異人兒

SPECIALS

史考特・威斯特菲德　著

獻給曾經寫信給我談到這套書的書迷們。感謝你們告訴我什麼是對，什麼是錯，還有哪些內容會讓你們氣得把書扔到牆角。

（你們知道我說的人是誰。）

第一部　特務員

摘取花瓣，無法得到花的美麗。
——摘自泰戈爾的《漂鳥集》

闖入盛宴

六個浮板帶著閃電般的優雅之姿，宛如遊戲卡般地飛旋著擲入樹林中。浮板騎士在布滿冰霜的樹枝間閃避穿梭，弓著膝蓋，伸長著手臂，開心地笑著。他們穿過樹林時，喚起了一場光彩奪目的水晶雨。在他們身後，許多細碎的冰柱紛紛從松針上滑落，在月光下閃耀著晶亮的光彩。

塔莉感覺所有的東西都像冰柱般地清澈，刺骨、凍人的冷風吹過她裸露的手臂，當身體轉換重心時，那股重力將她的雙腳壓在浮板上。她吸入森林的氣息，松樹的清香瀰漫在她的喉舌間，濃郁宛如蜜糖。

冷空氣彷彿讓聲音變得更加清脆：寬鬆的宿舍外套尾部像風中飄蕩的旗幟般霹啪作響。每次轉彎時，她的吸力鞋都會在浮板上嘎吱地叫著。佛斯特直接在皮膚信號器中播放著舞曲，但外界聽來卻杳然無聲。在瘋狂的節奏中，塔莉感覺到她全新的單纖維護肌，隨著每一個節奏跳動著。

她在冷風中瞇著眼睛，連淚水都湧了出來，但是淚水卻讓她的視力更加明亮。冰柱像閃亮的線條，不斷往後飛逝，月光將世界變成了銀色世界，像一部老舊的黑白電影，突然變得栩栩如生。

這就是身為卡特族的特點：現在一切都變得很酷冰（註1），好像整個世界的表皮都被掀開了一般。

註1　酷冰與《美人兒》中的酷炫一詞相似，表示很酷之意。

雪宜突然滑到塔莉身邊，她的手指瞬間拂過塔莉的手，拋給她一閃而逝的微笑。塔莉想回她一笑，但她看到雪宜的臉時，胃卻突然絞痛了一下。今晚五個卡特族偽裝出勤，黑色的虹膜隱藏在單色的隱形眼鏡底下，智慧塑膠面具柔化了冷酷美人的下巴——為了闖入克利歐佩特拉公園的宴會，他們把自己偽裝成醜人。

對塔莉來說，玩這種偽裝的遊戲實在太早了點，因為她幾個月前才剛成為特務員，本來期望能看到她最好的朋友雪宜那又新又炫的冷酷美人臉孔，但今晚見到的卻是她假扮的醜人臉孔。

塔莉將浮板轉向側邊，閃避一根布滿冰柱的樹枝，同時也錯開了與雪宜的接觸。她全神貫注在這閃耀的世界，在樹林中扭動著身軀，滑著浮板。急速的冷風，讓她全心專注在周遭的一切，不去想心中那種失落的感覺——因為薩納沒有跟其他的卡特族在一起，使她產生了失落感。

「前面就是醜人的派對場地了。」雪宜的聲音切斷了音樂，她下巴內的晶片擷取了聲音，透過皮膚信號器傳來，就像靠在耳邊低語一般。「塔莉—娃，妳確定妳已經準備好了嗎？」

塔莉深吸了一口氣，吸入令人腦清目明的冷風。她的神經仍有刺痛感，但是現在如果退縮就太遜了。「別擔心，老大，這件事一定很酷冰的。」

「應該是這樣沒錯，畢竟，這是個派對嘛！」她說：「我們就當個快樂的小醜人吧！」

幾個卡特族同伴瞄了一眼彼此的假面具，不由地咯咯地笑了起來。塔莉再度感覺到自己臉上的微米假面具：塑膠製的腫塊和疙瘩，使她的臉布滿了青春痘和疤痕，蓋住了炫麗的閃動刺青。參差不齊的牙套鈍化了銳利的牙齒，就連她手上的刺青都噴上了假皮。

瞄了一眼鏡中的自己，塔莉知道她現在的樣子：就像醜人一樣。難看彎曲的鼻子，嬰兒肥的臉頰，一副不耐煩的表情——不耐煩地等著下一個生日的到來，等著整型手術的到來，渴望能早點到河的對岸。換句話說，像一個普通的十五歲醜人。

這是塔莉變成特務員之後的第一個任務，大家認為她應該已經準備好應付任何事情了——這些手術讓她擁有酷冰的新肌肉，像蛇一般迅速的動作和彈性，隨後她在卡特族的訓練營裡待了兩個月，住在野地裡，沒有糧食，只有少許的睡眠。

但是，只是瞄一眼鏡中的自己，卻動搖了她的自信。

即使來到郊區的脆園鎮，飛在一排排綿延無盡、暗黑的屋子上方，也無法讓她覺得好過些。她在這個平凡單調的地方長大，此地給她的感覺，就跟她手臂上的感覺一樣令人不適；回收再用的舊制服，貼在她敏感的新皮膚上，只是讓她感覺更糟而已。綠林區修剪得整齊一致的樹林，朝塔莉全身擠壓過來，整個城市好像要把她再度變成平凡人。她喜歡與眾不同的感覺，喜歡待在戶外，喜歡酷冰和高人一等的感覺。她等不及早點回到野外，把這張醜陋的面具從臉上撕下。

塔莉握緊拳頭，傾聽著皮膚信號器傳來的訊息。佛斯特的音樂和其他人發出的雜音朝她席捲而來——輕柔的呼吸聲，微風吹拂在他們臉上的聲音。她極度敏銳的聽力，讓她不由自主地想像著他們的心跳聲，卡特族逐漸升高的興奮感，彷彿在她四肢百骸中迴盪著。

「散開。」逐漸接近派對的燈光時，雪宜說道：「不要讓我們看起來像成群結隊的樣子。」

卡特族的隊伍散了開來。塔莉跟佛斯特和雪宜一組，塔哈斯和何離開他們，朝克利歐佩特拉公園的上方飛去。佛斯特調整了一下他的音樂盒，音樂隨即消失，只剩下呼呼的風聲和遠方派對的喧囂聲。

塔莉緊張地又深吸了一口氣，群眾的味道狂湧而來——難聞的汗臭味和散逸的酒味。派對的舞曲並未使用皮膚信號器播放；宴會的音樂粗俗地散播在空中，四散的聲波在樹林間激盪出千百種回音。醜人一向都很吵。

塔莉受訓時，知道她可以閉上眼睛，靠微弱的回音就能在森林中行進，像蝙蝠靠自己的聲音導航一般；但是今晚她需要用到特殊的視力。雪宜在醜人村有臥底的間諜，聽說今晚會有外來者闖入宴會——新煙城人要發放奈米丸，製造麻煩。

因此卡特族才會來此出任務——這就是特殊情況。

他們三個降落在漂浮球閃光燈照不到的外圍，跳到森林中布滿松針的地面上，他們跳下時，結霜的地面發出了細碎的劈啪聲。雪宜命令浮板到樹頂上等待，隨後充滿興味地盯著塔莉。「妳聞起來好像很緊張的樣子。」

塔莉聳聳肩，穿著醜人的宿舍制服令她感到很不自在。雪宜總是嗅得出別人的感覺。「也許吧！老大。」

站在派對場地的外面，某種不愉快的記憶，喚起她以前每次抵達宴會時的感覺。即使當她還是個頭腦混沌的美人時，塔莉也很討厭每次擠在人群中，眾人的體溫和目光沉重地壓在她的身上，那會使她焦躁不安。此刻她感覺臉上的面具既黏膩又怪異，這層薄膜阻隔了她和這個世界的接觸。一點都不特別，她的臉頰在塑膠皮底下，突然灼熱起來，似乎有股羞恥的感覺。

雪宜靠過來，捏了一下她的手。「別擔心，塔莉—娃。」

「他們不過是一群醜人罷了。」佛斯特的低語聲從空中傳過來。「我們會在這裡陪妳。」他的手擱在塔莉的肩膀上，輕輕地推她前進。

塔莉點點頭，聽著其他人緩慢、平靜的呼吸聲，從皮膚信號器傳來。正如雪宜所允諾的一般：卡特族彼此聯繫在一起，成為牢不可破的團體。即使心中有某種失落感，但她永遠都不會再孤單了。即使當她感覺少了薩納在身邊時，那種頭暈目眩的慌亂感出現，她也不會孤單了。

她穿過樹枝，跳了下去，跟著雪宜走進閃爍的燈光裡。

塔莉現在的記憶力完美極了，不像以前那種混沌的美人腦袋，總是糊里糊塗，迷惑不已。她記得春季的宴會對醜人是件大事。春天的到來，表示白天會有更長的時間玩遊戲和滑浮板，還會有很多戶外的派對。

可是當她和佛斯特跟在雪宜的身後穿過人群時，塔莉感覺不到去年的那種活力。這個派對讓人感覺單調無趣、無精打采、平淡乏味。醜人們只是害羞地站在那裡，一副很不自在的樣子，每個人跳舞好像都跳得很費力似的。他們看起來單調無味、矯揉造作的模樣，就像電視牆上播放的影片——只是陪襯派對的畫面，等著真正的人物進場。

然而，正如雪宜常說的：醜人並不像美人的腦袋那般愚蠢。他們穿過人群時，群眾輕易地散開，每個人都自動讓路給他們。不管他們的臉上是否布滿青春痘和坑洞，醜人的眼睛仍然很敏銳，充滿意識清楚的警覺性。他們夠聰明，感覺到這三個卡特族與眾不同。沒有人盯著塔莉看，也沒有人發現到他們智慧塑膠面具底下的模樣，不過，即使是她最輕微的碰觸，都會使周遭的人立刻讓開。當她經過時，他們感覺到一陣戰慄竄過全身，醜人彷彿能感覺到空氣中瀰漫著危險的氣息。

塔莉輕易就能從他們的臉上看出思緒的波動，她看出嫉妒和憎恨，敵意和吸引力，這些全都寫在他們的臉部和姿態上。她現在是個特務員了，一切都清晰地擺在眼前，就像在空中俯瞰森林小徑一般。

她終於放鬆下來，臉上漾起微笑，準備要去狩獵了。要找出這些闖入宴會的外來者應該是輕而易舉的事。

塔莉掃視著群眾，搜尋任何看起來不屬於這裡的人：有點過於自信，肌肉過分發達，還有長期住在野外留下的黝黑皮膚。她很清楚煙城人長什麼樣子。

去年秋天，雪宜為了躲避整型手術逃到了野外。塔莉追過去帶她回來，兩人都在舊煙城裡住了好幾個禮拜。像動物般求生簡直是徹底的折磨，但她的記憶現在卻成了助益。煙城人有股傲慢的氣質；他們自以為比城市裡的人更優越。

塔莉在數秒之內，就在擁擠的人群中發現了何和塔哈斯。他們像兩隻貓走進蹣跚的鴨群中，明顯地與眾不同。

「妳會不會覺得我們太醒目了點，老大？」她低聲說道，讓他們的信號器傳話給雪宜。

「醒目？怎樣醒目？」

「他們看起來都呆呆的樣子，而我們看起來……太特別了。」

「我們本來就很特別啊！」雪宜回頭看了一下塔莉，臉上露出一抹微笑。

「可是我以為我們應該要偽裝出動才對。」

「那並不表示我們不能樂一下呀！」雪宜突然衝進人群當中。

佛斯特伸出手，碰了一下塔莉的肩膀。「認真看，跟著學。」

他當特務員的資歷比她深。卡特族是特勤局的新部門，但是塔莉的手術花了最長的時間。因為她以前做了許多異於常人的事情，所以醫生花了很長的時間，清除她的罪惡感和羞愧感。一般人的情緒殘留物會使人的腦袋變糊塗，這樣就不像特務員了。力量來自酷冰的清明，來自切割自己時的感覺，清楚地知道自己是誰。

於是塔莉跟著佛斯特站在一旁，認真看，跟著學。

雪宜隨便抓了一個男孩，把他從正跟他談話的女孩身邊拉開。他想掙脫時，看到雪宜的眼神，手上的飲料頓時潑濺到地面上。

雪宜的臉雖然看起來跟其他醜人一樣，但是塔莉發現，即使帶著醜人的面具，她眼中的紫光仍然清晰可見。她將男孩拉近自己，目光在閃光燈底下，像掠食動物般閃閃發亮。與他碰觸時，充滿彈性的肌肉像繩索一般，從她身上突然滑下來。

隨後，他的目光就不曾移開了，即使他把手中的啤酒交給另一個女孩時，眼睛也一瞬也不瞬地盯著雪宜，另一個女孩接過啤酒時也驚得目瞪口呆。那個醜人男孩把手放在雪宜的肩膀上，身體開始跟著她一起移動。

現在大家都在看他們兩個了。

「我不記得有這部分的計畫。」塔莉輕聲說道。

佛斯特笑道：「特務員不需要計畫，總之，不是死板板的計畫就是了。」他站在塔莉的身後，靠得很近，手臂摟著她的腰。她感覺到他的氣息吹拂著她的頸背，體內突然竄起一股顫動。

塔莉把身子挪開一些。卡特族經常彼此碰觸，但她就是不習慣特務員的這部分。這使她感覺更奇怪，為什麼薩納到現在尚未加入他們。

塔莉從皮膚信號器上聽到雪宜跟那個醜人男孩的對話。她的呼吸變得急促起來，不過，以雪宜的體能，兩分鐘內跑完一公里也不會留一滴汗。當她把臉頰靠近男孩臉上，一刷而過時，一陣尖銳、粗糙的聲音從信號器傳過來。佛斯特咯咯地笑了起來，塔莉卻忍不住打起寒顫。

「放輕鬆點！塔莉—娃，」他揉著她的肩膀說道：「她很清楚自己在幹什麼。」

顯而易見的，雪宜的舞蹈不斷擴大範圍，把周圍的人全都吸過去了。到目前為止，這個派對裡彷彿有個令人緊張的泡泡漂浮在空中，她刺破了繃緊的表面，釋放出內部某種酷冰的東西。群眾開始成雙成對，手挽著手，快速地舞動起來。那個播放音樂的人一定注意到了這些變化——音量變大了，貝斯更低沉了，上方的漂浮球忽明忽暗，不停地閃著奪目刺眼的光芒。人群跟著節奏上下跳動起來。

塔莉心跳加快，驚訝地發現雪宜竟然不費吹灰之力，就帶動了他們熱鬧的氣氛。宴會的氣氛全然改觀了，這全都是因為雪宜的加入。這跟他們在醜人時代玩的愚蠢把戲不同——鬼鬼崇崇地過河或是偷拿高空彈跳護傘——這簡直是魔術。

特務員的魔術。

那麼，就算她戴著醜人的面具又如何？正如雪宜在訓練營中常說的一般，那些美人全搞錯了——長相如何並不重要，重要的是你如何表現自己以及如何看待自己。力量和反應能力只是其中一部分——雪宜很清楚她是特別的，因此她就是特別的。其他人就像壁紙一般，像一群沒精打采地談天的模糊背景，直到雪宜以她個人獨特的聚光燈照亮他們之後才變得有生氣。

「來吧！」佛斯特低聲說道，把塔莉從擁擠的人群中拉走。他們退到舞會的外圍，趁大家把目光鎖在雪宜和那個男孩身上時悄悄地溜走。「妳到那邊去，保持警覺。」

塔莉點點頭，聽著其他的卡特族低語著，大家分散到舞會各處。突然之間，這一切都變得有道理了……

因為這個派對太死氣沉沉，太單調乏味，無法掩護特務員或是他們獵物的行動。不過現在群眾舉起了雙臂，跟著節奏來回擺動。塑膠杯在空中飛來竄去，所有的東西都像暴風雨來臨般地移動。如果煙城人想要闖入派對的話，此時就是他們等待的最好時機。

現在要在宴會裡走動變得困難多了，塔莉從一群年輕女孩中間擠過去——尤其是那些小不點們——全都閉著眼睛在跳舞——漂浮球的閃光燈，強烈地打在他們凹凸不平的皮膚上，當塔莉從他們身邊走過去時他們並未顫抖，她身上特殊的氣息已被雪宜在舞會中所散發的魔力和舞蹈的新能量給取代了。

這些小醜人的身體撞到她的身軀，令她想到自己體內的變化有多大。她的骨頭是用建造飛機的陶瓷做的——跟竹子一樣輕盈，卻像鑽石一般堅固。她的肌肉是用能自行修復的單纖維做的，當她的肌肉碰到醜人的身體時，覺得很柔軟而且很不堅實，就像泡棉填充的玩具突然活過來似的，造型粗糙，完全不具威脅力。

她的腦中突然傳來「砰」的一聲，佛斯特加大了皮膚信號器的範圍，點點滴滴的雜音傳到她的耳邊：在塔哈斯旁邊跳舞的女孩尖叫了幾聲，何站在喇叭附近，他那裡傳來了砰砰砰的節奏聲。在各種擾人的聲音底下，還有雪宜在那位醜人男孩耳邊低語的聲音，就像五個地方同時發出聲音，而塔莉的意識似乎混在雜音和光線當中，分散在舞會各處，吸食著它的能量。

她深吸一口氣，朝空地的邊緣走去，尋找漂浮球光線照不到的黑暗角落。她在那裡可以看得更清楚，頭腦也會更清晰。

當塔莉移動時，她發現用跳舞的方式比較容易；跟著大家的動作舞動，比強行走出一條路容易多了。她任由群眾推擠她，就像她任由浮板在強風的氣流中滑行一般，想像自己宛如被獵人追捕的鳥兒。

塔莉閉上眼睛，用其他部分的感官和知覺啜飲著舞會中的氣息。也許這就是身為特務員真正與眾不同的地方：跟著大眾起舞，感覺自己才是群體中唯一的活人……

突然間，塔莉頸背上的寒毛豎立了起來，鼻孔外張。一股氣味，跟人們的汗水和四濺的啤酒不同的味道，使她的心神頓時回到醜人時期，回到那段第一次逃離城市；在荒野中獨自求生的日子。

她聞到了煙味——營火殘留的煙味。

她張開了眼睛，城市裡的醜人不會焚燒樹木，甚至連火把都不會燒，因為在城市裡禁止焚燒東西。這個派對的光源來自漂浮球的閃光燈和半空中的月光。

這個氣味一定來自城外的地方。

塔莉擴大她移動的範圍，眼神掃視著人群，試著尋找那個氣味的來源。

但卻沒有看到特別醒目的人，只有一群愚蠢的醜人手牽著手，搖頭晃腦地跳著舞，啤酒橫飛四濺。沒有人特別優雅，自信滿滿，或是特別強壯……

隨後塔莉看到了那個女孩。

她跟某個男孩跳著慢舞，親熱地在他耳邊低語。他摟在女孩背後的手指緊張地顫抖著，他們的動作跟音樂的節拍完全不搭調。兩人看起來就像小孩子尷尬地約會似的，女孩的外套綁在腰際，彷彿不畏寒冷一般。她手臂的內側有一塊淺色的方形圖案，那裡就是貼防曬貼片的位置。

這個女孩經常待在戶外。

當塔莉再靠近一些時，又聞到了燃燒木材的煙味。

她完美的新視力見到了這個女孩粗糙的衣領，這個衣領是用天然的纖維織成的，有許多縫線，散發出另一種奇特的氣味……洗潔劑的味道。這件衣服的設計，不是穿過之後就丟進回收筒的東西；這件衣服要用洗的，用肥皂揉出泡沫，在冷溪流中用石頭捶打才能洗乾淨。塔莉發現這個女孩的髮型充滿缺陷，她的頭髮是用金屬剪刀——是某人親手剪出來的。

「老大。」她低聲喚道。

雪宜疲倦的聲音回道：「這麼快？塔莉—娃，我玩得正開心呢！」

「我好像發現一個煙城人了。」

「妳確定嗎？」

「確定，她聞起來有洗衣房的味道。」

「我現在看到她了。」佛斯特的語音從音樂聲中傳來。「那個穿褐色衣服的？是那個在跟男生跳舞的女孩嗎？」

「沒錯，而且她的皮膚曬得很黑。」

那頭傳來一聲不耐的、氣惱的嘆息聲，雪宜放開那個男孩，喃喃地說了幾句道歉的話。「還有其他人嗎？」

塔莉再度掃視人群，繞著那個女孩的四周移動了一圈，試著捕捉另一抹微弱的煙味。「目前沒看到。」

「我看沒有什麼特別的人。」

佛斯特在附近，一路搖擺著頭，朝那個女孩的方向蜿蜒而行。塔哈斯和何也從舞會的另一邊朝這裡走過來。

「她在做什麼？」雪宜問道。

「跳舞，還有……」塔莉停頓了一下，突然看到那個女孩的手，滑進男孩的口袋裡。「她剛剛拿給他某樣東西。」

雪宜的呼吸聲頓時停住，發出一陣微弱的噓聲。在這幾個禮拜以前，煙城人只是帶一些宣傳單進醜人城而已，最近卻走私更致命的東西：某種裝滿奈米的藥丸。

這種奈米丸會吃掉讓美人頭腦混沌的有害細胞，增強他們激烈的情緒和原始的欲望。這些奈米丸不像其他的藥會逐漸失去藥效，奈米丸帶給他們的改變是永久性的。這些奈米丸是飢渴的、微小的機器，它會不斷長大再生，每天不斷增加。如果運氣不好的話，它有可能把整個腦子都吃掉。光一顆奈米丸就足以讓人發狂了。

塔莉已經見識過它的威力。

「抓住她。」雪宜說道。

腎上腺素在塔莉的血脈中奔流，她的腦子變得清晰銳利，音樂聲和群眾的動作頓時模糊起來。是她先發現那個女孩，因此抓那個女孩是她的工作，也是她的特權。

她轉了一下中指上的戒指，一根細小的針彈了出來。只要輕輕一刺，那個煙城女孩就會踉蹌地搖晃幾下，像喝多了酒一般倒下去。等她醒來之後，人已在特勤局總部，準備上手術臺了。

這個想法讓塔莉起雞皮疙瘩——這個女孩很快就會變成呆子：漂亮、美麗、快樂，而且愚蠢至極的美人。

但是，至少她會比可憐的薩納好一些。

塔莉用手指蓋住這根細針，避免它刺到其他人。走了幾步之後，她伸出另一隻手，拉開那個男孩。「我可以加入嗎？」她問道。

他睜大雙眼，露出了笑容。「什麼？妳們要一起跳舞？」

「沒關係，」煙城女孩說道：「也許她也想要一些。」她解開腰間的外套，拉到肩膀上，把手伸進袖子裡的暗袋，塔莉聽到塑膠袋沙沙作響的聲音。

「那就請便吧！」男孩說道，往後退一步，斜眼看著她們。他的表情使塔莉的臉頰感到一陣灼熱。這個男孩在嘲笑她，好像覺得這件事很好笑，把塔莉看成一般人，跟其他人沒兩樣——好像她並不特別。她臉上的醜人面具開始燒灼起來。

這個愚蠢的男孩以為她來這裡是為了給他看笑話的，他得看清楚，事實並非如此。

塔莉決定要改用新的計畫。

她迅速地按了一下防墜手鐲上的按鈕，宛如超音速般，將信號傳送到她臉上的智慧塑膠面具上和手上，智慧分子彼此分離，她的醜人面具突然爆炸，發出一陣煙塵，露出面具底下冷酷美人的真面目。她用力眨了一下眼睛彈出隱形眼鏡，露出野狼般的眼睛，炭黑色的瞳孔散發出冬日寒冷的光芒。她感覺牙套鬆開之後，逕自將它吐到男孩的腳下，得意地露出尖牙對他一笑。

整個變身的過程不到一秒，他的表情都還來不及變化。

她微笑著說道：「給我滾開，醜八怪！至於妳，」——她轉頭去看那位煙城人——「把妳的手從口袋裡拿開。」

女孩緊張地嚥了嚥口水，攤開了雙臂。

塔莉感覺無數雙眼睛突然盯著她冷酷的臉孔，感覺到大家看到她臉上閃動的刺青時，驚駭得頭昏眼花，這個刺青像閃爍的黑色蕾絲刻在她的皮膚上。她唸出逮捕人時的口訣：「我們不想傷害妳，但是必要時，我們也會這麼做。」

「妳不需要這麼做。」女孩平靜地說道，隨後做了個手勢，兩隻拇指都朝上。

「想都別想……」塔莉正要開口，突然發現藏在女孩衣服內的高空彈跳護傘，她知道太遲了——看似護傘的帶子，以它慣有的方式晃動起來，在她的肩膀和大腿上抽緊。

「煙城永存。」女孩輕聲說道。

塔莉伸出手想抓住她……

……女孩這時像繃緊的橡皮圈突然鬆開一般，正好朝空中猛然一射。塔莉的手只抓到一把空氣。她瞠目結舌地瞪著上方，女孩仍在往上攀升。他們不知道用什麼方式改變了高空彈跳護傘的電池，讓她能從靜止的狀態彈到半空中。

可是，難道她不會立刻掉下來嗎？

塔莉看到黑暗的天空中出現了新的動靜。森林的邊緣射出兩個浮板朝派對這邊急速飛過來，其中一個浮板上有個穿皮衣的煙城人，另一個浮板則是空的。那個女孩衝到頂點時，他伸出手，幾乎沒有減緩速度，直接就把她拉到半空中無人的浮板上。

當塔莉認出那個煙城男孩穿的是手工製的皮衣時，體內升起陣陣的寒意。透過漂浮球瞬間變換的閃光，她超強的視力讓她捕捉到他眉毛上的一道疤痕。

大衛，她心想道。

「塔莉！快低頭！」

雪宜的叫聲驚醒了塔莉，她看見更多的浮板從人群中急速升空，剛好飛在頭部的高度。防墜手鐲將她從浮板上拉起來，她彎起膝蓋算準了時間，等他們到來時便即時跳起來。

群眾立刻從她身邊散開，被她冷酷美人的臉孔和那個女孩突然往空中跳起來的動作嚇得目瞪口呆——但是那個跟煙城女孩跳舞的男孩卻伸出手想抓住她。「她是特務員！快幫助他們逃走。」

他的動作既遲鈍又笨拙，塔莉拿出剛剛未使用的細針刺向他的手掌。男孩的手立刻縮回去，表情呆滯地盯著手掌看了一會兒，接著便倒了下來。

等他攤倒在地時，塔莉已經飛到半空中了。她用兩隻手抓住浮板的邊緣，雙腳一擺，跳到浮板上，再轉換重心，將浮板改變方向。

雪宜已經跳上浮板了。「何，快抓住他！」她指著下方昏倒在地的醜人男孩命令道，她自己的面具也化成灰燼。「其他人快跟我來！」

塔莉已經衝到前頭，刺骨的寒風打在她光裸的臉頰上，酷冰的戰吼聲逐漸在她喉間升高，千百張臉孔從布滿啤酒的地面上仰望著她，表情驚駭萬分。

大衛是煙城人的其中一位首領——他會是卡特族在這寒冷的夜晚特別期望得到的大獎。塔莉簡直不敢相信，他竟然有膽闖進城市來，不過她鐵定要他來得了，去不成。

她在漂浮球的閃光下蜿蜒滑行，在森林的上方滑翔。她的雙眼在黑暗中迅速變換，看到那兩個煙城人就在前方不到一百公尺左右的地方。他們飛得很低，浮板往前傾，像衝浪者在巨浪中滑水一般。

他們雖然比她提早飛上去，但是塔莉的浮板跟特務員一樣，也是特殊的設計——這是本市最好的產品。

她催促浮板加速前進，浮板的前端劃過迎風招展的樹梢，頓時將樹枝剁成片片的薄冰。

塔莉並未忘記發明奈米丸的人是大衛的母親，就是這個小型的奈米機器，把薩納的腦子變成現在這個樣子。也許幾個月前，大衛就故意把雪宜引誘到荒野中，先誘惑她，然後再誘惑塔莉，竭盡所能地破壞她們的友誼。

特務員絕不會忘記他們的敵人，永遠都不會。

「哼，我現在逮到你了。」她說道。

獵人與獵物

「散開！」雪宜說道：「別讓他們逃到河流上。」

塔莉在狂風中瞇起眼睛，舌頭舔了幾下未戴牙套的尖牙。卡特族浮板的前後都裝了飛行旋翼，過了城市的邊境，這些旋翼可以讓他們繼續飛行。但煙城人的老式浮板一旦離開了磁網區就會像石頭一般落下。這就是住在野外的下場：要忍受日曬雨淋、蚊蟲叮咬和老舊的爛科技。這兩個煙城人遲早得衝到河流上，利用沉澱河底的鐵礦作為飛行的途徑。

「老大？要我呼叫總部增援嗎？」佛斯特問道。

「太遠了，他們無法及時趕到這裡來。」

「那要不要聯絡凱波博士呢？」

「不要管她，」雪宜說道：「這是卡特族的事情，我們可不想讓一般的特務員得到這個功勞。」

「特別是這一次，老大，」塔莉說道：「前面那個人是大衛。」

雪宜沉默了半晌，隨後發出利刃般的尖笑聲，一股冰冷的寒意竄過塔莉的背脊。「他是妳的舊情人，可不是嗎？」

塔莉咬緊牙根抵禦這股寒意，醜人時代那些惱人的往事沉重地壓著塔莉的胃。不知道為什麼，過去的罪惡感並未完全消失。「我好像還記得，他以前也是妳的男朋友哪！老大。」

雪宜又大笑了一聲。「呵，我想我們兩個都有舊帳要清。不管發生什麼事，都不准打電話，佛斯特，這個男孩是我們的。」

塔莉換上一張堅定的臉孔，但她胃裡那個結仍鎖在原處。以前在煙城的時候，雪宜和大衛曾經交往過，後來塔莉到了煙城之後，大衛認為自己比較喜歡塔莉，於是嫉妒和不幸的事件開始發生，就跟醜人一樣，老是把事情搞得一團糟。後來即使舊煙城被摧毀了——即使雪宜和塔莉都成了愚蠢的美人之後——雪宜對背叛一事的怒氣，卻從來不曾完全消失過。

現在她們都變成特務員了，過去的恩怨應該不再重要，但是看到大衛在眼前出現，讓塔莉酷冰的心境莫名地慌亂起來，使她不由得懷疑，也許雪宜的憤怒仍埋藏在內心深處。

也許抓到了大衛之後，就能結束她倆的恩怨，從此一了百了。塔莉深吸一口氣，身體往前傾，催促她的浮板加快速度。

城市的邊界逐漸逼近，下方的綠林地帶突然變成郊外的景物，成排單調的房子是中年美人撫養小孩的地方。兩位煙城人下降到街道的高度，在銳利的街角蛇行急轉，膝蓋彎曲，雙臂伸展。

塔莉朝追逐戰的第一個死角衝去，當她感覺自己彈性絕佳的身體，輕鬆地變換著姿勢時，臉上不由得泛起淡淡的笑容。煙城人經常就在這裡成功地脫逃，因為一般的特務員開著爛飛車，只能在直線的地方快速飛行，但卡特族是特別的特務員：每一部分都跟煙城人一樣活動自如，也同樣瘋狂。

「跟緊他們，塔莉—娃。」雪宜說道。其他人還遠遠落在後方。

「沒問題，老大。」塔莉快速滑過街道，離水泥的地面只有一公尺，幸好中年美人從來不曾在這麼晚的時候出門——如果有人不小心闖進他們的追逐戰，只要浮板的旋翼稍微擦撞一下，他們馬上就會變成一團漿糊。即使是這麼狹窄的空間也不會讓塔莉追逐的速度變慢。以她過去在煙城的經驗，她至今仍記得，大衛很擅長滑浮板，好像他是在浮板上出生的一樣。這個女孩在鐵鏽廢墟的巷道內可能也有很多練習的機會，這些煙城人利用那個鬼城作為進攻城市的基地。

但是塔莉現在是特務員了，大衛的反應根本比不上她，再多的練習也沒辦法彌補他只是個普通人的事實：以天然的方式製造出來的生物。塔莉可是專門為這種場合設計出來的超人——或是說改造，無論怎麼說都一樣——專門設計用來追蹤城市的敵人，將他們逮捕歸案，拯救大自然免遭這些敵人的侵害。

她在堅固的河堤邊不斷加速，在陰暗的屋角疾馳而過，把屋簷上的滴水槽也撞爛了。大衛就近在咫尺，她甚至能聽到他的吸力鞋在浮板上嘎吱作響的聲音。

再過幾秒鐘，她就能跳過去抓住他，踉蹌幾下之後，她的防墜手鐲就會把兩人拉起來，幾乎要把人手臂扯斷的猛扭，強烈的旋轉幾圈。當然，在這麼快的速度下，即使是她特殊的身體也會感覺些許疼痛，一般的人類可能會被扯得四分五裂……

塔莉握緊拳頭，讓浮板稍微往後退一點。她得在空曠的地方才能採取行動，畢竟，她並不想殺死大衛，只想抓住他，把他變成沒腦袋又愚蠢的美人，讓他從此遠離她的生活，一了百了。

轉入下一個彎角時，他冒險回頭瞥了一眼，塔莉從他的臉上看出，他認出她來了。她全新的、冷酷美人的臉孔一定很震撼。

「沒錯，前任男友，是我。」她低語道。

「慢一點，塔莉—娃，」雪宜說道：「等到城市邊界再行動，只要跟緊一點就好。」

「好的，老大。」塔莉稍微後退了一些，現在大衛知道是誰在追他，令她感到很滿意。以最快的速度飛行，他們很快就抵達了工業區。大家全部往上攀升，以免在黑暗中撞到無人駕駛的運輸車。這些卡車是靠底部的橘色燈光讀著地面的標示來找尋方向的。其他三個卡特族在她身後分散開來，阻斷了這些煙城人可能的退路。

她抬頭看了一眼天上的星星，略為估算了一下，塔莉發現這兩人不但不朝河流的方向前進，反而朝城市邊界的某處疾飛而去。

「好像有點奇怪，老大。」她說：「為什麼他不朝河流的方向飛呢？」

「也許他迷路了，畢竟他只是自然生產出來的普通人罷了，塔莉－娃，他不是妳記憶中那個勇敢的男孩。」

塔莉從皮膚信號器聽到她的輕笑聲，臉頰不由得熱了起來。她們為什麼要一直這樣呢？好像大衛對她還有特別的意義似的？他不過是個普通的醜人罷了，再說，像這樣偷偷溜進城市來，也不算什麼勇敢的事情……甚至顯得愚蠢至極。

「也許他們想去林間小徑。」佛斯特說道。

林間小徑是脆園鎮旁邊大塊的保留區，中年美人喜歡到這類的地方去散步，假裝走進大自然的感覺。這個地方看起來很原始，不過，如果累了的話，仍然可以叫飛車過來接他們。

也許他們認為靠走路就能擺脫追兵。難道大衛不知道卡特族可以在城外飛行嗎？不知道他們在黑暗中也看得見嗎？

「我應該開始行動了嗎？」塔莉問道。在這個工業區，她可以把大衛從浮板上拖下來，不至於殺死他。

「放輕鬆點，塔莉─娃，」雪宜說道：「這是命令，不管他們走哪個方向，總會遇到磁網區的盡頭。」

塔莉握緊拳頭，未加爭辯。

雪宜成為特務員的時間比其他人長。她的心志非常酷冰，雪宜幾乎是自己變成特務員的——總之，是靠她自己本身的意志力——靠一把利刃割傷自己的皮膚，掙脫了蠢美人的束縛，而且也是雪宜獨自跟凱波博士談條件的，這些協議讓卡特族可以依他們自己想要的方式來摧毀新煙城。因此雪宜成了卡特族的老大，其實服從命令也不算太糟，這樣總比自己思考要酷冰多了，思考會把人的腦子搞得一團亂。

下方出現了脆園鎮整齊的屋子，空盪盪的花園一閃而逝，這裡正等著老年美人種一些春季的花朵。大衛和他的同伴降到非常靠近地面的高度，保持低飛以便讓他們的浮板吸收磁力網上的每一分磁力。

他們跳過一道低矮的籬笆時，塔莉發現他們輕輕地碰了一下彼此的手指，不禁納悶地想道，不知道他們兩個是不是正在交往。也許大衛找到了另一個新煙城的女孩，正準備毀掉她的人生。

這就是他的把戲：到處招攬醜人逃離城市，吸收最好、最聰明的城市小孩，讓他們同意造反。而且他總會找到喜歡的人，先是雪宜，然後是塔莉……

塔莉搖了搖頭擺脫這個念頭，提醒自己煙城人的社交生活跟特務員無關。

她將身體往前傾，催促浮板加速，耗費鉅資建造的林間小徑就在前方，這個追逐戰就要結束了。

兩個煙城人鑽進黑暗之中，消失在濃密的樹林裡。塔莉爬升到高處查看濃密的森林，尋找他們在月光下前進的路線。林間小徑的不遠處就是真正的荒野，城市外的世界，一片漆黑。

樹梢突然顫動了一下，那兩個煙城人的浮板像一陣風似地快速鑽進森林裡……

「他們還是一直往外面飛過去。」她說。

「我們就在妳後面，塔莉—娃，」雪宜答道：「要下來加入我們嗎？」

「好的，老大。」塔莉下降時，以雙手掩面，一大片的松針從她腳下一直刷到頭頂上，松樹枝打在她的身上，等她降到樹幹的高度時，開始在森林中蛇行穿梭，膝蓋彎曲，睜大雙眼。

其他三位卡特族此刻也追上她了，他們彼此的間隔大約一百公尺，分散成扇狀一起前進；冷酷美人的臉孔在月光下閃著惡魔般的光芒。

前方是林間小徑和真正荒野的交界處，那兩位煙城人已經慢慢下降，浮板上的磁力找不到鐵礦了。他們滑下時的聲音從樹叢裡傳過來，接著是跑步的聲音。

「遊戲結束了。」雪宜說道。

塔莉浮板下方的旋翼開始啟動，低沉的轟鳴聲，隆隆地迴盪在樹林間，宛如冬眠初醒的野獸低吼。卡特族放慢了速度，降到幾公尺的高度，在黑暗的地平線上掃描著敵人的動靜。

塔莉的背脊竄起一陣興奮的快感，這場追逐戰變成了捉迷藏的遊戲。

但卻不是很公平的遊戲。她做了個手勢，她手上和腦中的晶片回應了她發出的訊息，將塔莉的正常視力轉換成紅外線的頻道。整個世界都變了——雪地變成了冰冷的藍色，樹木發出了柔和的綠光——每樣東西都靠自己本身的熱能發出微光。幾隻小型的哺乳動物尤其醒目，紅色的身軀有節奏的跳動著，牠們轉動著頭，彷彿本能地察覺有危險的東西逼近。不遠處，飄浮在半空中的佛斯特閃閃發光，他特殊的身體發出黃色的亮光，塔莉自己的手看起來好像覆蓋著一層橘色的火燄。

但是前方呈紫色的黑暗中，沒有任何人形的物體出現。

塔莉皺起眉頭，在紅外線和正常的視力之間來回切換。「他們到底跑到哪裡去了？」

「他們一定是穿了隱身衣。」佛斯特低聲說道：「否則，我們應該看得見他們才對。」

「或者，至少聞得到他們的味道。」雪宜說道：「也許妳的男朋友不是一般人哪！塔莉—娃。」

「那我們該怎麼辦？」塔哈斯問道。

「我們就靠耳朵行動吧！」

塔莉將浮板降落到地面上，浮板的旋翼停下來時，絞碎了小樹枝和乾樹葉。等到浮板靜止後，她從上面走下來，晚冬的寒意穿透她的吸力鞋滲進她的皮膚裡。

她扭動了一下腳趾，傾聽著森林裡的動靜，望著她呼出的熱氣在眼前裊裊上升，等著其他浮板的轟鳴聲漸次消散。等到一切都恢復寂靜之後，她靈敏的耳朵捕捉到一些細微的聲響，松針上覆蓋著細細的薄冰在她四周啪嗒啪嗒地震動著，風吹得松針沙沙作響，幾隻飛鳥擾亂了靜寂的天空，飢餓的松鼠從冬眠中醒來，到處翻找埋在雪地裡的乾果。卡特族同伴的呼吸聲從皮膚信號器傳來，宛如鬼魅一般，這些呼吸聲將他們的世界與其餘的事物隔開。

但是，沒有一丁點人類在森林的地面上移動的聲響。

塔莉微笑了一下，至少大衛讓這件事情變得更有趣了些。像這樣站在原地一動也不動，即使有隱身衣掩飾他們的體熱，他們也不可能永遠待在那裡不動。

此外，她可以感覺到他就在附近。

塔莉把皮膚信號器調成靜音，同時關掉其他卡特族的雜訊，讓自己處在全然靜寂的紅外線世界。她蹲下來，閉上眼睛，將一隻手掌放在堅硬、冰冷的地面。她特殊的手掌上裝了晶片，能探測到最細微的顫動，塔莉讓自己全身的感官都專注地傾聽微細的聲響。

空中有某樣東西……耳邊有種嗡嗡的聲音，有點像搔癢的感覺，而不是真實的雜音。這是她現在所能聽到的，來自那兩個鬼魅的聲響，像是她自己的腦神經傳來的嗡嗡之聲，或是霓虹燈發出的嘶鳴聲。醜人和美人完全聽不到的聲音傳到特務員的耳裡，就像人類皮膚的渦紋和隆起的線條，在顯微鏡底下的模樣那般令人感到陌生又不可思議。

但是，那到底是什麼東西呢？那個聲音隨著微風起起落落，像繃緊的弦所彈奏出的高音。也許這是個陷阱，也許他們在兩棵樹之間綁了一條金屬線。或者拿了一把利刃對準他們，以便順風射過來？

塔莉繼續閉著眼睛，更專注地傾聽，皺起了眉頭。

更多的聲音出現了，現在這些聲音從四面八方傳來。三、四，接著共五個高音調的弦音響了起來，全部的音量加起來，也不比百尺外的蜂鳥更大聲。

她睜開了眼睛，在陰暗的森林中重新調整焦距，這時塔莉突然看見了他們：五個人影，分散在森林各處，與背景的景物稍有差別，他們的隱身衣幾乎完美地融入背景裡。

隨後她看到了他們的姿勢——雙腿張開，穩穩地站立著，一隻手臂往後拉著——她突然明白，剛剛的聲音是什麼東西……

弓弦繃緊，準備要發射了。

「有埋伏！」塔莉輕聲叫道，隨後才想起剛剛關掉了皮膚信號器。

當她重新打開時，第一支箭正好射過來。

夜襲

箭矢從空中疾飛而來。

塔莉翻滾到地上，在布滿冰雪和松針的地面上攤平。某個東西咻地一聲飛射過去，近得足以擦到她的頭髮。

其中一支箭射中了二十尺外的某人，一陣電擊聲傳到她耳中，像是網路負載過量時的聲音，塔哈斯發出一聲哀號；接著另一支箭又射中了佛斯特，塔莉聽到他驚喘一聲後，他的信號器陷入一片沉寂。她奮力衝到最近的那棵樹旁尋找掩護，同時聽到兩個人的身體重重地摔倒在地面上。「雪宜？」她低聲喚道。

「他們沒射到我。」她答道：「箭要射過來之前，我已經看到了。」

「我也是，他們一定有隱身衣。」塔莉靠到寬大的樹幹上，掃視著樹林中的人影。

「還有紅外線裝置。」雪宜說道，語調十分冷靜。

塔莉低頭看了一下雙手，紅光異常的強烈，不由得嚥了嚥口水。「這麼說，他們可以清楚地看到我們，我們卻看不到他們？」

「看來我真是低估了妳的男朋友哪！塔莉—娃。」

「如果妳願意稍微回想一下，他以前也是妳的男朋友的話，妳就會……」前面的樹林中，有個東西晃動了一下；她的語音未落，又聽到箭弦拉動的聲音。她立刻閃到一邊，這支箭射中了樹幹，像電擊棒一般嘶嘶作響，樹幹頓時布滿了網狀的閃光。

她急忙逃開，滾到兩棵樹的樹枝交纏在一起的地方，擠進樹枝彎曲纏繞的窄縫中。她問道：「老大，現在有什麼計畫？」

「計畫是，我們要好好地痛揍他們一頓。」雪宜低聲斥責道：「我們可是特務員，他們雖然取得了先機，但也只是普通人而已。」另一支箭射出來，雪宜哀叫一聲，接著是一堆腳步聲從樹叢裡傳出來。

更多支箭發射的聲音，使塔莉再次趴到地面上，不過這些箭是朝雪宜的方向射過去。搖晃的身影在森林間閃動著，接著是箭矢放電的聲音。

「哈，又沒射中。」雪宜兀自笑道。

塔莉嚥了嚥口水，試著傾聽心臟狂跳的聲音，心中暗罵，卡特族竟然沒想到要帶隱身衣，或是可以投擲的武器出來，塔莉現在幾乎沒什麼武器可以使用。她唯一擁有的只是刀子、指甲、特殊的彈性和超強的肌肉。

最尷尬的是她現在已經被弄得不知所措。她真的是躲在樹的後面嗎？或者，敵人正直視著她，冷靜地把另一支箭掛上弦，準備擊倒她？

塔莉抬起頭想要觀察星象，但是幾根樹枝阻隔了天空，使星星變得難以辨識。她等待著，想要緩緩地、穩穩地吸一口氣。如果他們沒再射她，她應該已經逃離了他們的視線範圍。

但是，她應該要跑呢？還是靜止不動？

緊貼在兩棵樹的縫隙中，塔莉感覺毫無屏障遮蔽。煙城人以前從來不曾這樣打過；每次特務員出現的時候，他們不是逃走就是躲起來。卡特族的訓練都是追蹤和捉拿敵人，從沒有人提過跟隱形敵人作戰的事情。

她瞥見雪宜發熱的黃色身形溜進城市內的林間小徑，漸行漸遠，將她獨自留在這裡。

「老大？」她低喚道：「也許我們應該要呼叫一般的特務員過來支援。」

「別想了，塔莉，不准妳在凱波博士面前害我丟臉。妳留在原位，我會從旁邊繞過去，也許我們自己可以解決掉這群伏兵。」

「好吧！但是要怎麼做呢？我是說，我們看不見他們，甚至連……」

「耐心點，塔莉—娃。還有，拜託妳安靜一點。」

塔莉嘆口氣，強迫自己閉上眼睛，努力使心跳緩和下來，極力傾聽弓弦拉起的聲音。

一個顫抖的聲音從她後方不遠處傳來，弓弦拉緊，長箭上弦，準備發射。隨後另一個搭箭聲加入，接著第三個聲音……但是，他們是瞄準她嗎？她緩緩地數到十，等待著箭射出時的咻咻聲出現。

可是，卻沒有半點聲響。

她躲在這裡一定很隱密，可是她剛才計算時，總共有五個煙城人。如果三個人拉著弓箭，那另外兩個呢？

隨後，她聽到一陣腳步聲，在松針上輕輕地移動著，甚至比雪宜平靜、穩定的呼吸聲更輕。但是這麼安靜謹慎的動作，不是城市長大的人辦得到的，只有在荒野中長大的人，動作才有可能這麼輕巧。

大衛。

塔莉緩緩地站起來，背貼著樹幹，慢慢地往上移動，雙眼圓睜。

腳步聲越來越近，從她的右方逐漸逼近。她小心翼翼地往旁邊移動，讓樹幹擋在她和那個聲音之間。

塔莉大膽地朝上方瞄一眼，納悶地想著，不知道這些樹枝是否夠濃密，足以遮蔽她的體熱，不讓紅外線探測到。但是，要爬到別的地方，不讓大衛聽到是不可能的。

他就近在咫尺……也許她可以在其他煙城人的弓箭射中前，衝出去刺他一針。畢竟，他們只是醜人而已，自大的普通人不會有突擊她的優勢。

塔莉轉動一下戒指，彈出一支充好電的細針。「雪宜，他在哪裡？」她低聲問道。

「離妳十二公尺的距離。」她以最輕柔的氣音傳送話語。「他跪在那裡，正在看地上。」

即使從靜止的站姿，塔莉也能在幾秒鐘之內，輕易跑十二公尺……她是否能在其他的煙城人射中她之前，擊中目標呢？

「壞消息，」雪宜呼出一口氣說道：「他找到塔哈斯的浮板了。」

塔莉咬了咬唇，明白這場突擊是為了什麼——煙城人想要拿到特勤局的浮板。

「準備一下，」雪宜說道：「我要衝回妳那邊去。」她發光的身影在遠處兩棵樹間閃爍了幾下，明亮醒目，但速度太快，距離太遠，像弓箭那麼慢的東西，根本射不到她。

塔莉強迫自己再閉上眼睛，極力傾聽。她聽到了更多的腳步聲，動作比大衛更大聲、更笨拙——這是第五位煙城人，他正在尋找另一個卡特族的浮板。

現在是她行動的時候了；她睜開了眼睛。

令人討厭的轟鳴聲傳遍了森林：浮板上的旋翼啟動了，彈出了被絞碎的細樹枝和松針。

「快攔住他！」雪宜低聲說道。

塔莉已經開始行動了，直接朝那個聲音衝過去，心中有種不舒服的感覺，突然想到浮板旋翼的聲音，足以蓋過拉弓的聲音。浮板在她眼前升起，溫熱的黃色身形，抱著一個黑色的人影。

「他捉到塔哈斯了！」她大叫道。再跑兩步，她就能跳起來了……

「塔莉，快蹲下去！」

她朝地上躲，在半空中轉身的同時，箭的羽毛剛好從她肩膀上掠過，嘶嘶作響的靜電使她的頭髮豎立起來。塔莉收腿往地上滾時，避開了另一支箭，盲目地期望著，不會再有其他的箭射過來了。

浮板已經升到三公尺高，仍緩緩地往上攀升，因承載了兩個人的重量而微微地顫抖著。她以垂直的方向往上跳，旋翼上的強風猛烈地朝她吹下來。就在最後一刻，塔莉感覺自己的手指伸進不斷轉動的旋翼裡——旋翼切斷了她的軟骨，鮮血四濺——她的神經系統自動調整了一下，指甲嵌入浮板的邊緣，勉強抓到了，她額外的重量開始把浮板慢慢地往下拉。

塔莉眼角的餘光，瞥見一支箭朝她這邊飛射而來，她在半空中急忙轉身閃避。雖然驚險地避開了這支箭，但她的手指卻從浮板上滑落了，一隻手滑下去，接著另一隻手……

塔莉掉下來時，第二個浮板的轟鳴聲也在空中響起，他們又偷了另一個浮板。

雪宜的大叫聲穿過那個雜音：「推我一把！」

塔莉在一堆旋飛的松針上砰然落地，看到雪宜溫熱的黃色身影，朝她這邊衝過來。塔莉在及腰的地方將手指交叉併攏，準備把雪宜擲到浮板上，因為浮板現在的高度已經很難碰到了。

另一支箭從黑暗中朝塔莉這邊筆直地射過來，但如果她現在蹲下去的話，雪宜跳到一半就會被射中。她咬緊牙根，準備承受被電擊棍般的箭矢射中脊椎時的痛楚。

不過浮板旋翼的氣流像一隻隱形的手把箭往下推。箭射到塔莉的兩腳之間，在冰地上爆炸開來，發出的光芒像閃亮的蜘蛛網一般。在潮溼的空氣中，她感覺到電力的衝擊，像許多隻隱形的細小手指撫過她的皮膚，但她腳上的吸力鞋讓她的腳與電擊絕緣。

隨後雪宜的體重落到塔莉的手上，塔莉悶哼了一聲，使盡全力將她往上拋。

雪宜往上飛躍時，大喝了一聲。

塔莉往旁邊趴下去，心想可能又有其他的箭射過來了，她跳過仍嘶嘶作響的電擊區，繞過電擊箭之後，往身後倒下。

另一支箭從她身邊擦過，與她的臉只差幾公分的距離……

她抬頭看了一眼：雪宜已經跳上了浮板，浮板因此嚴重地搖晃著。旋翼負載三個人的重量後，發出了尖銳的嘎吱聲。雪宜手上拿著一根細針，高舉手臂，但大衛黑色的身影，將塔哈斯朝她扔過去，迫使她不得不接下塔哈斯軟弱無力的身體。她在浮板邊緣踉蹌了幾下，努力不讓兩人摔下去。

大衛猛烈攻擊，拿一根電擊棒攻擊雪宜的肩膀。又一道蜘蛛網般的火花，在夜空中閃爍。

塔莉站起身，朝他們兩人奮戰的地點跑回去。煙城人這樣的打法一點都不公平！

在她的上方，一個明亮的黃色身影頭朝下地從浮板上摔下來……塔莉往前一跳，極力伸長手去接。重得要命的身體壓在她的手臂上——特務員的骨頭跟一整袋球棒一樣硬——硬生生地把她壓倒在地。「雪宜？」她低聲問道，但這個人卻是塔哈斯。

塔莉抬頭望，浮板現在已經飛到十呎高，不可能跳上去了，雪宜軟綿綿的身體掛在大衛黑色的隱身衣上，兩人抱在一起的姿勢顯得怪異極了。

「雪宜！」塔莉大聲喚道，浮板仍持續往上升高。隨後她聽到了弓弦彈動的聲音，又趕緊趴到地面上。

她旋轉了一下防墜手鐲，可是卻毫無反應。他們把特務員的四個浮板都拿走了——塔莉現在被困在地面上，就跟遠足的普通人一樣，迷失在森林中了。

她不敢置信地搖了搖頭。煙城人到底是從哪裡拿到隱身衣的？他們從什麼時候開始學會用弓箭射人了？這個簡單的任務，怎麼會弄到這種地步呢？

她將皮膚信號器連結到城市的網路，正要打電話呼叫凱波博士，隨後記起雪宜的命令。不論發生什麼事，都不要打電話——她不得不服從。

四個浮板現在全都升空了，旋翼發出微弱的橘色光芒。她看到雪宜昏迷地躺在大衛的懷中，另一個特務員發亮的身體，也被人用其他的浮板帶走了。

塔莉咒罵了幾聲。塔哈斯仍躺在地上，這表示他們抓到了佛斯特。她必須要呼叫救援部隊，可是那樣又會違背命令……

網路上傳來一個訊息……

「塔莉？」這個聲音來自遠處。「那邊到底發生了什麼事？」

「何！你在哪裡？」

「我是追著你們的定位器來的。再過幾分鐘就到了。」

他大笑道：「妳一定不會相信，派對裡那個男生跟我說了什麼。跟妳找到的煙城人跳舞的那個男生，記得嗎？」

「算了！你趕快到這裡來就是了！」塔莉掃視著天空，絕望地看著卡特族的浮板在黑暗的天空中，越飛越高。再過一分鐘，這些煙城人就會永遠消失了。

正規的特務員也來不及趕過來了，現在做什麼事都來不及了……

憤怒和沮喪填滿塔莉的胸口，強烈得幾乎難以自制。大衛無法打敗她的，這次可不行！她可不能因此丟了腦袋。

她知道該怎麼做了。

塔莉把右手變成爪子，指甲深深地刺進左手臂的血肉中。皮膚內敏感的神經痛得令她想大叫，一陣劇烈的疼痛在她體內逐漸加深，超過她大腦的負荷。

不過，等到那特殊的一刻衝擊她的大腦時，酷冰的清晰取代了驚慌與困惑。她在冷風中倒抽了一口氣……

當然，大衛和那個女孩一定把他們自己的浮板給丟了。他們一定將那些浮板扔到附近。她轉身朝城市的方向往回跑，在黑暗中搜尋著記憶中模糊的大衛氣味。

「發生了什麼事？」何問道：「怎麼只有妳在網路上？」

「我們被偷襲了，小聲點。」

幾秒鐘後，塔莉嗅到了某樣東西：大衛的氣味殘留在他的手觸摸過的地方，他在追逐戰中也流了不少汗水。煙城人甚至懶得把他們老式的浮板找回來，她現在也不算毫無希望。

她輕彈了一下手指，大衛的浮板從布滿松針的地面上升空。她跳上去時，浮板像跳水板的尾端一樣晃動了幾下，雖然沒有旋翼，不過塔莉以前滑過這樣的浮板好幾個月了，這個東西暫時還能湊合著用。

「何，我過去跟你會合！」浮板沿著城市的邊緣急速飛去，等她找到磁力網的力量時，便持續加速。

她飛到樹林的上方，搜尋著地平線上的動靜。煙城人的身影在遠方閃爍著，他們的俘虜像火燄中的餘燼一般閃閃發光。

她抬眼觀察星象，計算著角度和方向……

煙城人朝河流的方向飛去，到那裡就能使用磁力網的浮力了。

每個浮板載兩個人，他們會盡可能找能提供磁力的地方飛行。「何，你往林間小徑的西邊飛過來，快一點！」

「為什麼？」

「省時間呀！」她必須要隨時注意她的獵物，煙城人也許能隱形，但那兩個俘虜卻像兩座燈塔般地閃耀著。

「好吧！我就來了，」何答道：「可是，到底是怎麼一回事呀？」

塔莉沒有回答，像參加障礙滑雪比賽的選手般，迅速地在樹梢間穿梭。何不會喜歡塔莉即將進行的計畫，但她別無選擇。被抓走的人可是雪宜哪！大衛把她給強行帶走了。這是塔莉回報她的機會，以便彌補過去所犯的錯誤。
證明她是個真正的特務員。

何到了，他等在林間小徑稀疏的黑色樹林裡。
「嘿，塔莉，」他見到她逐漸靠近時問道：「妳為什麼要用那個爛浮板呀？」
「說來話長。」她轉個身，在他旁邊停了下來。
「是喔，能不能拜託妳告訴我，究竟發生……」塔莉把他推下浮板時，他驚訝地大叫一聲，直接跌到下方漆黑的樹林裡。
「抱歉，何——拉。」她說道，離開煙城人的浮板，踏到何的浮板上，轉個彎，朝雪宜的方向飛馳而去。當她越過城市的邊界，底下的旋翼立刻啟動。「我需要跟你借一下浮板，沒時間解釋了。」
何的防墜手鐲拉住他，他又哀叫了一聲。「塔莉，妳到底搞什麼鬼……」
「他們抓到雪宜和佛斯特了，塔哈斯昏倒在林間小徑的後方，你快去看他有沒有受傷。」
「什麼？」塔莉快速飛入荒野中，遠離了電腦轉發器的網路範圍之後，何的聲音逐漸轉弱。她在地平線四周搜尋，看到紅外線的光芒在遠處閃爍，像兩隻發光的眼睛一般——那是佛斯特和雪宜。
狩獵行動仍未停止。
「我們被突擊了，你有在聽嗎？」她露出尖牙。「而且，雪宜說不要跟凱波博士聯絡，我們不需要任何人的幫忙。」塔莉很清楚，雪宜一定很不願意讓特勤局的人知道卡特族——凱波博士最特別的特務員——被人耍了。

再說，一大群呼嘯的飛車只會讓煙城人知道自己被跟蹤了。如果單獨行動的話，塔莉也許還能偷偷地接近他們。

她的身體往前傾一些，將借來的浮板上的動力，逼到極限的速度，何不斷抗議的聲音逐漸消失在她身後。

她一定要逮到他們。五個煙城人和兩個俘虜滑四個浮板是不可能以最快的速度飛行的。塔莉只要記住，他們不過是一群普通人，而她是特務員就夠了。

她仍然有機會援救雪宜，擒拿大衛，讓這個行動進行得順順利利。

救援行動

塔莉飛得又低又快，幾乎碰到了河面，緊盯著兩邊黑暗的森林。

他們在哪裡？

煙城人不可能飛得這麼遠才對——他們才提前幾分鐘出發而已。但是跟她一樣，他們也飛得很低，利用彎曲的河床上的鐵礦增加動力，並利用樹林掩護行蹤。問題就出在這裡，即使有紅外線特殊的光芒，雪宜和佛斯特的體熱發出的光芒，也不可能穿透濃密的森林。

塔莉需要飛到天空中俯瞰，但是煙城人也有紅外線裝置。要迅速地偷看一下又不被發現的話，她得降低自己的體溫才行。

她看著暗黑的河水沖刷過她的腳，不由得顫抖起來。

這個動作可一點都不好玩。

塔莉轉個圈，再停下來，冰冷的水花從浮板的尾端飛濺上來，使她的手臂和臉部都發癢起來，讓人顫抖的寒意也跟著侵入了骨髓。河水流得很快，這是從山邊流下來的雪水，跟以前蠢美人時代的香檳酒桶一樣冰冷。

「好極了。」塔莉皺著眉頭說道，隨後從浮板上走下來。

她讓腳尖先下去，幾乎沒有濺起任何水花，但是冰冷的河水讓她的心臟狂跳起來。不到幾秒鐘她的牙齒就開始打顫，肌肉緊繃起來，彷彿要折斷她的骨頭似的。她將何的浮板也拉進水裡，放在身旁，旋翼遇到冰水時，濺起一陣陣的水蒸氣。

塔莉開始從一數到十，忍受著漫長又折磨人的時間，希望厄運或壞事降臨到大衛和煙城人的身上，還有那個發明冰水的人也不得好死。寒意慢慢地滲透她的身體，深深地侵入了她的骨髓，使她的神經痛得想要尖叫。

但是，那特殊的一刻再次衝擊她。就像她割傷自己時一樣，疼痛逐漸加深，直到她無法承受時……突然出現大逆轉，隱藏在痛苦之中的那種清明感又出現了，彷彿這個世界自動組成了完美的次序。正如凱波博士所承諾的，這個比酷炫更酷炫。塔莉所有的感官宛如著火了一般，但她的心似乎與這一切無關，只是冷靜地觀察著感官的變化，絲毫不受影響。

她不是一般人，比普通人更優秀……幾乎超越了人類的極限，她是被設計來拯救這個世界的。

塔莉停下她的計數，緩緩地、冷靜地呼出一口氣，一點一點地呼氣，她的顫抖逐漸消失；冰水失去了力量。

她再次回到何的浮板上，蒼白的指關節抓著浮板的邊緣。她試了三次，才有辦法讓發麻的手指彈出夠大的聲音呼叫浮板，最後浮板終於升上黑暗的天空，爬升到冰冷、沉靜的磁力所能推舉的最高點。當她離開樹林時，冷風像雪崩一般打過來，但塔莉不予理會，眼睛掃視著下方清晰無比的世界。

他們在那裡——大約在前方一公里外——幾個閃爍的浮板映在黑色的河面上，她的紅外線網膜也瞥見了發亮的人形。煙城人似乎移動得很慢，幾乎沒在動。也許他們正在休息，不知道被人跟蹤了。但對塔莉來說，感覺好像是她酷冰的特殊能力，阻止他們前進一般。

她將浮板緩緩下降，趁體溫穿透冰冷的濕衣服前離開對方的視線範圍，宿舍制服外套像濕答答的羊毛被黏在她的身上，塔莉將它脫掉扔進河裡。

她的浮板轟隆隆地再次啟動，旋翼全速往前推進，保持在一公尺高的警戒線內。

塔莉全身溼透，冷到了骨髓，而且她一個人要應付五個人，但是剛剛進入冰水裡，使她的頭腦變得更加清晰。她感覺到她特殊的感官，仔細地研究著四周的森林，本能反應也發揮到了極致，看到天上的星象之後，她在心中計算著要追上他們所需的確切時間。

她的手仍在發麻，但是塔莉知道，不管那些煙城人有什麼鬼把戲，她只要有這雙手當武器就夠了。

她已經準備好要去應戰了。

六十秒後，她就看到了某個人站在浮板上，單獨在河流的拐彎處等她。那個人平靜地站在浮板上，黑色的身影抱著一個特務員發亮的身體。

塔莉旋轉一下，停了下來，繞一小圈掃視樹林各處。森林中深紫色的背景裡，有許多模糊的影子隨風飄動著，但沒有一個是人影。

她看了一下擋在她前方河面上的黑色人影。隱身衣遮住了他的臉龐，但塔莉還記得大衛站在浮板上的姿勢：他的腳跟成四十五度張開，像舞者等待音樂開始一般，她也感覺到那個人就是他。趴在他手臂上又熱又亮的人一定是雪宜，她現在仍在昏迷中。

「你看到我在跟蹤你嗎？」她問道。

他搖搖頭，「沒看到，但我知道妳會跟來。」

「你這是要幹什麼？又要突擊嗎？」

「我們需要談一談。」

「好讓你的朋友逃遠一點嗎？」塔莉握起拳，不過她並未衝上去攻擊他。再次聽到大衛的聲音，感覺很奇怪。他的聲音在激流的雜音中，清晰地傳過來，帶著一股緊張的感覺。

她知道他在怕她。

他當然會怕她，但這種感覺很奇怪……

「妳還記得我嗎？」他問道。

「你認為呢？大衛，」她露出憤怒的表情。「我甚至在蠢美人的時代都還記得你，因為你總是令人印象深刻。」

「很好。」他說，好像把她的話當成讚美似的。「那妳就會記得上一次見到我的時候，妳發現城市裡的人在妳的大腦內動了手腳，妳用意志力強迫自己再次清楚地思考，不像一般的美人那樣糊塗，後來妳逃走了，還記得嗎？」

「我還記得我的男朋友半腦死地躺在床上，」她說：「多虧了你媽媽弄出來的藥丸。」

當她提到薩納時，大衛黑色的身影突然顫動了一下，「那是個錯誤。」

「錯誤？你是說，你是不小心才把藥丸拿給我囉？」

他在浮板上挪動了一下身子。「不，但我們警告過妳這個風險，妳不記得了嗎？」

「我現在什麼都記得，大衛，我終於看清楚了。」她的心更清楚了，特別的清楚，不會再被醜人狂野的情緒，或是美人的混沌的腦袋給困惑了，她現在已經完全看清煙城人的真面目了。他們是革命分子，自大狂，除了玩弄他人的生活，讓人醒來心碎至極外，一無是處。

「塔莉。」他柔聲地懇求道，但她只是大笑一聲。塔莉的閃動刺青瘋狂地轉動著，因冰水和怒氣使它轉動得異常迅速。她的心像利刃的尖端般尖銳，她的心跳不斷加速，使她更能清楚地看見他的身形。

「你偷竊小孩，大衛，城市的小孩根本不知道荒野中的世界有多危險，你卻玩弄他們。」

他搖搖頭。「我從來不曾……從來不曾玩弄過妳，塔莉，我很抱歉。」

她正要回答時，卻及時看到大衛發出的訊號。本來也沒什麼，不過是一根手指晃動了一下而已，但她的心智卻敏銳到連這個小動作都像黑暗中的煙火一般明顯。

塔莉警覺地感應到四面八方的動靜，在周圍的黑暗中搜尋著異狀。煙城人選了個好地點，這裡有突出的岩石和激流的轟隆聲，掩蔽了所有微細的聲響，但不知為什麼，塔莉就是感覺到突擊的動作。

剎那間，她眼角的餘光瞄到弓箭射出來了：兩邊各一支，就像兩隻手指要捏一隻蟲似的。在她的心中，時間變得異常的緩慢。不到一秒鐘的時間，不管她曲膝的速度有多快，箭矢都已經近得連地心引力都來不及拉她了。但塔莉並不需要地心引力的幫忙……

她的雙手迅速地朝兩旁一伸，手肘彎曲，手指微握成拳，抓住了箭桿。箭桿在她的手掌中滑了幾公分，摩擦時產生的熱力，就像要捏滅正在燃燒的蠟燭一般，但是這些箭矢的力道仍被她的握力給攔下來了。

箭矢尖端的電擊聲，劈哩啪啦地怒吼了幾下，近得使塔莉兩頰都感覺得到熱力，隨後這兩支箭在她手裡挫敗地發出嘶嘶之聲。她的眼神仍緊緊地鎖在大衛的身上，即使他穿著隱身衣，她仍見到他驚訝地張大了嘴，一個細小的驚嘆聲越過轟隆隆的水聲，從他口裡傳過來。

她尖聲大笑起來。

他的聲音在發抖。「塔莉，他們到底在妳身上做了什麼？」

「他們讓我看清了真相。」她說。

他悲哀的搖了搖頭，隨後將雪宜推到河裡去。

她軟綿綿的身體往下墜，臉重重地撞向水面。大衛在浮板上迅速轉身，離開時濺起了一陣水花。那兩名弓箭手從樹林裡撤退，也跟在他身後迅速離開，浮板轟隆隆地啟動了。

「雪宜！」塔莉大叫道，但她靜止不動的身體已經往下沉了，被沉重的防墜手鐲和溼透的衣服往河底拖下去。在紅外線中，雪宜身體的顏色在冷水裡逐漸轉變，她的雙手從明亮的黃色，慢慢變成了橘色。激流將她帶到塔莉下方的水底，塔莉趕緊把手上的箭矢丟到一旁，踮起腳跟跳進冰水裡。

她慌張地划了幾下，來到顏色逐漸暗淡的身體旁邊，伸手抓到了雪宜的頭髮，用力將她的頭拖離水面。她蒼白臉上的閃動刺青幾乎毫無反應，不過，後來雪宜抽動了一下，突然把肺裡的水咳了出來。

「雪宜—拉！」塔莉在水中轉過身來，抓得更牢一些。

雪宜虛弱地揮動著手臂，隨後咳出更多的水。她的閃動刺青已經逐漸恢復了生機，隨著她心跳的速度旋轉得越來越快。她臉上的血逐漸回流之後，在紅外線中，她臉上的光芒也更亮了。

塔莉換另一隻手抓她，奮力想讓兩人的頭保持在水面上，同時在防墜手鐲上發出訊號。她借來的浮板回應了她，朝這邊飛過來。

雪宜睜開眼睛，眨了幾下。「是妳嗎?塔莉—娃?」

「是的，是我。」

「不要再拉我的頭髮了。」她又咳了一下。

「喔，抱歉。」塔莉鬆開手指，放開她溼淋淋的頭髮。浮板輕觸她的背時，她將一隻手臂擱在上面，另一隻手環抱著雪宜的身體。兩人都顫抖了好一陣子。

「水好冷……」雪宜說道。她的嘴唇在塔莉的紅外線底下，幾乎變成了藍色。

「說得也是，不過，至少冷水把妳叫醒了。」她勉強把雪宜抬到浮板上，將她扶正。她坐在浮板上，在微風中難過地縮成一團，塔莉仍在水中，透過隱形鏡片，抬眼看了一下天空。「雪宜—拉?妳知道妳現在在哪裡嗎?」

「妳叫醒我，那我剛剛是……睡著了嗎?」雪宜搖搖頭，閉上眼睛，專心地思索著。「狗屎!那表示他們該死的箭射中我了。」

「不是箭，而是大衛手上的電擊棒。」

雪宜朝河裡吐了一下口水。「他使詐，把塔哈斯推到我身上。」她皺起眉頭，再次睜開了眼睛。「塔哈斯還好吧?」

「還好，我在他落地前接住了他，然後大衛把妳帶走，不過，我現在把妳帶回來了。」

她勉強露出淡淡的微笑。「幹得好，塔莉—娃。」

塔莉感覺自己顫抖的臉上，似乎也露出了淡淡的微笑。

「那佛斯特呢？」

塔莉嘆了口氣，一面從水裡爬到浮板上。加上她額外的重量時，旋翼開始轉動起來。「他們把他抓走了。」她瞄了一眼河流的上方，除了黑暗之外，什麼也看不到。「我猜，他們現在早已經走遠了吧！」

雪宜用顫抖、溼透的手臂摟了摟塔莉。「別擔心，我們會把他帶回來的。」她低頭看了一下，困惑不解地問道：「那我是怎麼掉進河裡的？」

「他們把妳帶到這裡來，利用妳當餌。他們也想抓我，不過我的動作比他們快，所以，他們就把妳推進河裡，以便分散我的注意力；或者，也許大衛只是想要給其他的煙城人多一點時間逃走，起碼讓那幾個帶著佛斯特先走的人逃走吧！」

「嗯，這樣實在有點羞辱人呢！」雪宜說道。

「怎麼說？」

「他們竟用我當餌，而不是用佛斯特？」

塔莉微笑了一下，將雪宜摟得更緊了些。「也許是因為他們比較肯定，我會為妳停下來。」

雪宜掩嘴咳了一下。「哼，等我逮到他們的時候，他們就會認為，早知道應該要把我丟到懸崖下，而不是河裡了。」她深吸了一口氣，肺裡的水終於清乾淨了。「真是奇怪，把昏迷的人丟到冰河裡，這一點都不像煙城人的作風。妳了解我的意思嗎？」

塔莉點點頭。「也許他們在情急之下，就越來越不顧一切了。」

「也許吧！」雪宜又顫抖了一下。「感覺好像住在野外，把他們都變成鐵鏽人了。畢竟，弓箭真的可以殺死人的，我還是比較喜歡他們以前的樣子。」

「我也是。」塔莉嘆口氣說道。宛如剃刀般尖銳的憤怒逐漸淡去，此時她的心情就跟溼衣服一樣沉重。無論她多麼努力想要改變局勢，佛斯特還是走了，大衛也走了。

「不管怎麼樣，謝謝妳救我，塔莉─娃。」

「別客氣，老大。」塔莉拉起朋友的手。「那麼……我們現在是不是扯平了？」

雪宜笑了起來，抱住了塔莉，開懷的笑容露出了每一根尖牙。「妳跟我不需要擔心是否扯平的事情，塔莉─娃。」

塔莉心中湧起一股暖意，每次看到雪宜的笑容時都有這種感覺。「真的嗎？」

雪宜點點頭說道：「我們忙著當特務員就已經忙不完了。」

她們回到被突擊的地點時，看見何已經想辦法喚醒了塔哈斯，也呼叫其他的卡特族過來。他們約二十分鐘後趕到，帶來了額外的浮板，大吼著要復仇。

「別擔心報仇的事，我們很快就會去造訪煙城了。」雪宜說道，完全不提這個計畫的重要問題：沒有人知道新煙城在哪裡。事實上，任何關於新煙城的可能位置都沒有人能確知。自從原來的煙城被摧毀之後，煙城人不斷到處遷移。而且他們現在有了四個全新的特勤局浮板，要攻擊他們就更不容易了。

雪宜和塔莉將溼衣服擰乾時，何和塔哈斯在黑暗中的林間小徑內，尋找煙城人留下的蛛絲馬跡。

不久之後，他們找到了那個煙城女孩扔掉的浮板。

「檢查裡面的充電器。」雪宜命令塔哈斯道：「至少我們可以算出，他們要飛多遠才能到這裡來。」

「好主意，老大，」塔莉說道：「畢竟晚上無法用太陽能充電。」

「是啊！我感覺這個點子好極了，」雪宜說道：「不過，光知道距離無法告訴我們多少事情，我們需要更多的資料。」

「我們的確有很多的資料啊！老大，」何說道：「塔莉把我從浮板上推下來之前，我就想告訴她了，我跟派對裡那個男生談了一下，就是那個跟拿奈米丸的煙城女孩跳舞的男生，記得嗎？我把他交給看守員之前，稍微嚇唬了他一下。」

塔莉毫不懷疑這一點，何的閃動刺青，加上魔鬼般的臉孔，血紅色的刺青隨著他的心跳轉動，再穿插著不斷變化、一連串的狂野表情，的確很嚇人。

雪宜輕蔑地說道：「那個小混蛋會知道新煙城在哪裡嗎？」

「當然不可能，不過他知道要把奈米丸送到哪裡去。」

「讓我猜一下，何—拉，」雪宜說道：「送到新美人城對不對？」

「對極了，當然是那裡。」他拿出那個塑膠袋。「不過這些奈米丸不是給一般人的，老大，他打算要把這些奈米丸送到犯罪社。」

塔莉和雪宜彼此對望了一眼，大部分的卡特族以前都是犯罪社的成員。這個社團成立的目的就是要製造麻煩：表現得像醜人一樣，對抗腦部傷害，努力不讓新美人膚淺的生活，使大腦的功能逐漸變弱。

雪宜聳聳肩。「犯罪社最近變得很大，已經有好幾百個社員了。」她微笑道：「就連以前我和塔莉讓犯罪社大為出名的時候，都沒有這麼多人哪！」

他點點頭。「嘿，我以前也是犯罪社社員吶，記得吧？不過那個醜人小子提到一個名字，說他應該把這些奈米丸交給一個特定的人。」

「是我們認識的人嗎？」塔莉問道。

「沒錯……薩納，他說這些奈米丸是要給薩納的。」

承諾

「妳為什麼沒告訴我薩納已經回來了？」

「因為我也不知道呀！才兩個禮拜而已。」

塔莉咬著牙，從齒縫間長長地嘆了一口氣。

「怎麼回事？」雪宜問道：「妳不相信我嗎？」

塔莉轉過頭去，瞪視著營火，不知道該怎麼回答才好。不信任其他的卡特族成員，不是很酷冰——不信任會變成懷疑，讓人的腦袋變糊塗。可是，自從她成為特務員之後，這是她第一次感到全身不自在，這個新的皮膚也令她不舒服。她的手指不安地在雙臂的幾道傷疤上移動著，森林中傳來的聲音也令她煩躁不安。

薩納已經出院了，可是他卻沒在卡特族的營地裡跟她在一起，他應該在這裡的，這使她覺得很不對勁……

其他的卡特族都盡量讓自己保持酷冰。他們今晚砍了幾棵樹來生火，經過昨天的突擊事件之後，雪宜認為這樣可以提升大家的士氣。他們總共有十六個人——扣掉佛斯特——大家圍在營火邊，挑戰其他人，看有誰敢光腳從火堆上走過去，互相吹噓著等大家抓到煙城人之後，要如何對付他們。

然而，塔莉不知為什麼，總感覺自己不屬於這群人。

通常她很喜歡圍在營火邊，看著火焰讓影子像生物一般地跳動著，感覺燃燒樹木像在做真正壞事的感覺。這就是當特務員的好處：特務員的存在是為了確保別人會遵守紀律，但不表示他們也要遵守。

可是今晚營火的煙味，不斷勾起她過去在煙城時的回憶。幾個剛成為特務員的卡特族，將自割的行為改成烙印，用火把又紅又熱的那頭壓在手臂上，做出特殊的記號。這個動作跟刀割一樣，是為了讓心智保持酷冰。不過，對塔莉來說，那種味道實在太像以前在煙城時，他們拿死掉的動物肉烹煮的味道，所以她堅持只用刀子。

她把一根木柴放進火焰裡。「我當然相信妳，雪宜，可是這兩個月以來，我一直以為薩納身體好一點之後，就會加入特勤局。想到他待在新美人鎮，成天一臉呆滯的樣子……」她搖了搖頭。

「塔莉—娃，如果我可以把他拉進特勤局的話，我一定會的。」

「那麼，妳會跟凱波博士談了？」

雪宜攤了攤手。「塔莉，妳很清楚那些規定的：要加入特勤局，就必須證明自己是特別的人。一定要自己想辦法掙脫混沌的腦袋。」

「可是薩納以前領導犯罪社時，就非常特別了，難道凱波博士不了解這一點嗎？」

「但他在服下瑪蒂的藥丸之前，並未真正地改變呀！」雪宜立刻靠過來，把手搭在塔莉的肩上，眼睛在火光中閃著紅色的光芒。「我跟妳是自己想辦法脫離那種情況的，沒有靠任何東西的幫助。」

「薩納跟我是在第一次接吻的時候開始改變的，」塔莉掙脫她的手臂說道：「要不是他的腦袋被燒壞的話，他現在也會成為特務員了。」

「那妳還擔心什麼呢？」雪宜聳聳肩道：「他以前成功過一次，那他也能再做一次。」

塔莉轉過臉來，凝視著雪宜，實在不了解自己到底想知道什麼。薩納現在還是那個成立犯罪社時酷炫的人嗎？或者，他的腦袋受損後改變了一切，導致他下半輩子都要當呆子了？

這整個事件都很不公平，真的是爛透了。

當煙城人第一次拿奈米丸到新美人鎮時，他們留了兩顆藥丸給塔莉尋找，還有一封她自己寫的信，警告服下這個藥丸的危險性，但又說她自己已經簽了「同意書」。她起先太害怕了，但是薩納一向都很酷炫，一直很想脫離美人的笨腦袋，所以自願服下未經測試的藥。

這些奈米丸本來應該能讓美人的笨腦袋變成……沒有人想過到底會變成什麼樣子。你會怎麼處理一群被寵壞，又完全不需節制食慾的超級美人呢？放任他們到脆弱的世界裡，像鐵鏽人在三百年前那樣，摧毀這個世界嗎？

反正，不管怎麼說，那個藥丸並未如預期般地解決問題。塔莉和薩納分別服下其中一顆藥丸，薩納不幸拿到不好的那一顆。裡面的奈米丸把使他頭腦混沌的損害部分吃掉之後，卻繼續吃他的腦細胞，越吃越多……

塔莉一想到自己竟然如此幸運，不禁打了個冷顫。

她那顆藥丸唯一的功能是要終止另一顆藥丸的作用，光吃這一顆的話，是毫無效果的——她只是以為自己吃了解藥而已。不過她卻靠自己的力量，脫離了美人的混沌腦袋——沒有奈米丸，沒有手術，甚至連像雪宜的同伴一樣割自己的行為都沒有。

這就是為什麼她能加入特勤局。

「可是我們兩個都有可能會吃到那顆藥丸呀！」塔莉輕聲說道：「真是不公平。」

「沒錯，是不公平，可是，塔莉，這並不表示那就是妳的錯呀！」一個光著腳的卡特族，大笑著從木炭上面跑過去，激起一堆火花。「妳是那個幸運的人，因此妳就成為特務員了，事情就是這樣，妳為什麼要有罪惡感呢？」

「我從來不曾說過我有罪惡感。」塔莉把木柴折成兩段。「我只是想要改變這個情形罷了，所以，我今晚跟妳一起去好嗎？」

「我不確定妳是否能勝任，塔莉—娃。」

「我沒問題的，只要不要再弄什麼塑膠到我臉上就好了。」

雪宜笑了一下，伸出手，用小指指甲順著塔莉閃動刺青的曲線畫著。「我不是擔心妳的臉——只是擔心妳的心，一下子面對兩個前男友，可能會搞砸這件事。」

塔莉把頭轉開。「薩納不是前任男友，他現在可能是愚蠢的美人，但他以後一定會突破的。」

「妳看看妳，」雪宜說道：「在發抖呢！這樣一點都不酷冰哪！」

塔莉低下頭，望著自己的手，握起拳頭，控制自己不發抖。

她把一塊沉重的木頭踢到火裡去，頓時火花四濺。望著火燄包圍木塊時，她張開了雙手，靠到炙熱的火燄旁。不知為什麼，冰冷的河水帶給她的寒意，始終不肯離去，不管她多靠近火燄都沒有用。

她只是非再見到薩納不可，這樣她骨子裡這種怪異的感覺，也許就會消失了。

「妳發抖是因為剛剛見到大衛的關係嗎？」

「大衛？」塔莉不以為然地說道：「妳怎麼會這麼想呢？」

「不用不好意思，沒有人有辦法隨時保持酷冰的，也許妳只是需要割一下？」雪宜抽出她的刀子。

塔莉也想割自己，但她嗤之以鼻，朝火燄中吐了一口痰。雪宜不讓她以這樣的方式退縮逃避。

「大衛的事情，我處理得很好……我似乎記得，我處理得比妳好多了。」

雪宜笑了笑，戲謔般地朝她的肩膀上打了一下，只是她感覺真的很痛。

「唉喲，好痛，老大！」塔莉叫道。事實上，雪宜仍在氣前一天晚上，在近身肉搏戰中被一個普通人打敗的事情。

雪宜低頭看了一下自己的拳頭。「抱歉，我不是故意的，真的。」

「算了，那我們算扯平了，對吧？我可以跟妳一起去見薩納嗎？」

雪宜哀叫道：「哎呀，只要他還是蠢美人的樣子就不行啦！塔莉—娃，那樣只會讓妳發狂的。妳為什麼不去幫忙找佛斯特呢？」

「妳不認為他們可以找到任何線索，對不對？」

雪宜聳聳肩，隨後關掉與其他卡特族連結的皮膚信號器。「得給他們一點事做才行呀！」她輕聲說道。

隨後，其他人都滑浮板到荒野中搜尋佛斯特的下落。除非煙城人殺了佛斯特，否則絕無法移除他身上的皮膚信號器，因此只要在大約一公里的範圍內，都能收到他的訊號。不過，塔莉知道，在荒野中，幾公里的訊號範圍根本沒什麼用。她以前要去煙城的時候，滑著浮板飛了好幾天都沒見到半點人類的蹤跡，只看到好幾座城市被淹沒在沙漠的泥沙和叢林之中。如果煙城人想要躲起來的話，大自然的屏障綽綽有餘。

塔莉嗤之以鼻地說道：「那並不表示也要浪費我的時間呀！」

「塔莉—娃，我要解釋這件事多少次才行呢？妳現在已經是特務員了，妳不應該為了一個蠢美人浪費時間呀！妳是卡特族，薩納不是——事情就是這麼簡單。」

「如果事情真是這麼簡單的話，我為什麼會有這種感覺？」

雪宜發出一聲哀號。「因為，塔莉，妳被以前的舊習慣給困住了，妳老是把事情弄得很複雜。」

塔莉嘆了口氣，朝營火踢了一下，激起一陣火花飛竄。她還記得以前有很多次，她覺得很滿足——當她還是個蠢美人時，甚至是煙城人時的感覺。可是不知為什麼，她的滿足感都不長久，總是發現自己不停地改變，不停地挑戰自己的極限，也不停地摧毀她周圍其他人的生活。

「並不是每次都是我的錯，」她輕輕地說道：「有時候，事情就是變得這樣複雜。」

「好吧！那妳就相信我這一次吧！塔莉，去見薩納真的只會讓事情變得更複雜。給他一點時間，讓他自己想辦法加入我們吧！難道妳跟我們在一起不快樂嗎？」

塔莉緩緩地點頭——她是很快樂。她特殊的感官讓整個世界都變得很酷冰，這個新的身體感受到的每一刻，都比當美人時一整年的感覺還要好。可是當她知道薩納的身體已經恢復了，卻不在這裡時，便使她心亂如麻。突然間，她似乎覺得有事情尚未完成，還有一種不真實的感覺。

「我很快樂，雪宜—拉，可是妳還記得，上次薩納和我逃離城市時的事情嗎？我們把妳留在城市裡，還記得吧？我不能再做這種事了。」

雪宜搖了搖頭。「塔莉—娃，有時候妳得放他們走。」

「那我昨晚應該要丟下妳囉？我應該讓妳淹死嗎？」

雪宜哀叫一聲。「真是個好例子，塔莉，聽著，這是為妳好，相信我，妳不會想要讓這麼複雜的事情發生。」

「那我們就讓它變簡單吧！雪宜—拉。」塔莉將拇指尖伸進尖牙底下，用力咬下去。有種刺痛的感覺，血液中的銅鐵味，在舌中擴散開來，她的心稍微清明了一些。

「等薩納變成特務員之後，我就會停止，我永遠不會再讓事情複雜化了。」她伸出手。「我發誓，血對血的誓言。」

雪宜瞪著那幾滴血。「妳要拿那個來發誓？」

「沒錯，我會當個很聽話的卡特族，不管妳和凱波博士叫我做什麼，我都會去做，只要給我薩納就好。」

雪宜停頓了片刻，隨後將拇指朝刀子上一劃，若有所思地望著鮮血湧出來。「我要的只是跟妳站在同一陣線而已，塔莉。」

「我也是，我只要薩納跟我們在一起就好了。」

「只要能讓妳高興就好。」雪宜微笑了一下，拉起塔莉的手，將兩人的拇指貼在一起……緊緊地黏在一起。

「血對血的誓言。」

當疼痛衝擊她時，這是今天塔莉的心首次感到酷冰的時刻。她現在能看見未來了，一個清楚、沒有曲折也沒有困惑的未來。她當醜人的時候要奮戰，當美人的時候也要奮戰，但現在這一切都要結束了——從現在起，她只想專心當個特務員就夠了。

「謝謝妳，雪宜─拉，」塔莉輕柔地說道：「我會遵守這個誓言的。」

雪宜放開了她，把刀子朝腿上快速地擦了幾下。「我會確保妳遵守誓言的。」

塔莉嚥了嚥口水，然後舔了一下仍然刺痛的拇指。「那我今天晚上可以跟妳一起去嗎？老大，求求妳？」

「我想妳現在非去不可了，」雪宜悲哀地苦笑道：「可是妳可能不會喜歡妳看到的。」

新美人鎮

等到其他人都出發去荒野，雪宜和塔莉也掩埋了營火之後，她們跳上浮板朝城市飛去。跟每一天一樣，彩色的煙火照亮了新美人鎮的天空。繫著鐵鍊的熱氣球漂浮在派對燈塔的上方，火把將遊樂公園照得明亮至極，像發光的彩蛇一般從島上傾斜的兩側往上攀升。煙火瞬間的光芒在最高的幾棟建築物上投下許多跳動的陰影。每一次煙火爆炸時，都重新塑造了城市的剪影。

等他們飛近新美人鎮時，醉酒的蠢美人陸續跑下來迎接她們，發出許多參差不齊的歡呼聲。那一瞬間，這快樂的笑聲使塔莉頓時感覺自己像個醜人，羨慕地望著對岸，等待著十六歲生日的到來。自從成為特務員之後，這是她第一次回到新美人鎮。

「雪宜—拉，妳曾想念過美人的生活嗎？」她問道。她們只在蠢美人的樂園裡住了幾個月的時間而已，後來情況就變複雜了。「以前那樣還滿好玩的。」

「遜斃了，」雪宜說道：「我寧願有腦袋比較好。」

塔莉嘆口氣，不得不贊同——但是有腦袋有時候也很痛苦。她舔了一下拇指，上面的紅色斑點仍然標示著她的誓言。

爬上新美人島的斜坡，穿過遊樂公園，兩人一直躲在陰影中，朝鎮中心前進。她們從幾對纏綿的情侶上方飛過，但沒有人注意到上面。

「塔莉—娃，早跟妳說過，我們根本不用打開隱身衣的隱形裝置。」雪宜輕聲地咯咯笑道，讓皮膚信號器將她的話語傳過去給她。「碰到這群蠢美人，我們已經算是隱形人了。」
塔莉沒有回答，看著下方幾個路過的新美人。他們看起來多麼愚蠢，完全不知道外界的危險，也不知道別人如何幫他們抵禦危機。他們的生活也許充滿歡愉，但這個現在對她來說似乎不具任何意義了。她不能讓薩納過這樣的生活。
一陣笑聲和尖叫聲突然從樹林中傳來，以浮板的速度逐漸逼近。啪地一聲，塔莉立刻啟動了隱身的裝置，朝最近的松樹叢頂端飛去。一群人滑著浮板排成一列，蛇行似地穿過遊樂公園，宛如一群歇斯底里的魔鬼般地狂笑著。她蹲低了一些，感覺她的衣服好像快要從偽裝的保護色中露出來似的；她納悶地想著，新美人鎮內為什麼會一下子突然出現這麼多的醜人呢？這樣的把戲還挺酷的……
也許跟蹤這群人會有所收穫。
但她隨後卻見到他們的臉孔：美麗的大眼睛，完美的比例，毫無瑕疵的臉龐。他們是美人。他們迅速地飛過，完全沒注意到她們兩人，竭盡所能地高聲尖叫著，朝河邊疾飛而去。尖叫聲逐漸淡去後，只留下香水和香檳的氣味縈繞在四周。
「老大，妳剛剛有看到……」
「塔莉─娃，我當然看到了。」雪宜沉默了半晌。
塔莉嚥了嚥口水。蠢美人是不會滑浮板的，需要全神貫注才有辦法騎在浮板上面，頭腦混沌和容易分心的人是辦不到的。新美人想要刺激的時候，通常都會穿上高空彈跳護傘，從高樓上跳下來，或是坐熱氣球出遊，因為這種事情不需要任何技巧。

可是這些美人不只是會滑浮板而已，而且還技術高超。自從塔莉上次離開此地之後，新美人鎮變了很多。

她記得特勤局最新的報告說，現在每個禮拜從城市逃出去的醜人增多了，一大群醜人都消失到荒野中。要是美人也突然想要逃走怎麼辦呢？

雪宜從隱匿處出來，將迷彩綠轉成深黑色。「也許煙城人散播出去的奈米丸比我們想像的還要多。」她說：「他們可以在新美人鎮內行動，畢竟，他們拿到隱身衣之後，就能自由行動了。」

塔莉的目光掃視著四周的樹林。大衛突襲他們時已經證明，如果穿上裝備精良的隱身衣的話，連特務員也探測不到他們的蹤跡。「老大，這讓我想到一件事：煙城人是怎麼拿到這些隱身衣的？他們自己無法製作對吧？」

「不可能，他們也不是偷來的。凱波博士說，所有的城市都會追蹤失竊的軍事裝備。可是沒有人通報失竊，這個大陸地區都沒有人報失竊。」

「妳跟她提到昨天的事了嗎？」

「只提到隱身衣的事情，但沒說到搞丟佛斯特和浮板的事情。」

塔莉思索著這件事，慵懶地在火把上方成弧形的角度漂浮著。「那麼……妳想煙城人是不是發現了鐵鏽人的舊科技了？」

「鐵鏽人是做不出這種隱身衣的，他們只擅長殺害動植物而已。」雪宜的聲音漸弱，她沉默了片刻，樹林下方有一群正要參加宴會的人經過此地，大張旗鼓地朝河邊的宴會地點走去。塔莉低頭凝視著這群人，納悶地想著，不知道他們是否比一般赴宴的人更活潑呢？難道鎮上的每一個人都變得越來越酷炫了嗎？也許奈米丸的效果連沒吃藥的人都受到影響了——就像以前在薩納身邊時總會讓她更酷炫一樣。

等這群人離去之後，雪宜說道：「凱波博士認為煙城人找到了新朋友，城市的朋友。」

「可是只有特勤局才有隱身衣呀！我們的人怎麼可能會……？」

「我並沒有說是這個城市，塔莉—娃。」

「哦？」塔莉咕噥地應道。城市通常都不會去管別的城市的事情——這樣的衝突，後果太可怕了。這可能會造成像鐵鏽人那樣的戰爭，所有的大陸彼此爭奪控制權，互相殘殺。只要想到跟其他城市的特勤局打仗，就讓塔莉的背脊冷汗直流……

塔莉降落在普伽大樓的頂樓，從太陽能電池和抽風機內下去。幾個蠢美人站在屋頂上，不過他們被舞動的熱氣球和上頭的煙火秀深深吸引，完全沒看到她們。

再回到普伽大樓的感覺很奇怪，塔莉去年幾乎一整個冬天都跟薩納一起住在這裡，但她看到現在一切都變了。味道也不一樣了——人類住所的味道從旋轉的抽風機內傳過來，汙染了屋頂的空氣。完全不像荒野中的空氣那麼新鮮，令塔莉有種焦慮不安和擁擠的壓迫感。

「妳看一下這個，塔莉—娃。」雪宜說道，用皮膚信號器傳了影像訊息給她。塔莉打開訊息，腳下的建築物漸漸化成透明，出現一張藍圖，藍線上標示著許多光點。

塔莉眨了好幾次眼睛，試著弄清楚重疊的畫面。「這是紅外線之類的東西嗎？」

雪宜大笑道：「不是，塔莉—娃，這是從城市的電腦中心傳來的圖表。」她指向兩層樓底下的一堆光點。「那是薩納─拉和他的幾個朋友，他仍住在以前的房間裡，看到了沒？」

塔莉的目光輪流注視著其中的光點，光點旁邊都會出現名字。她記得以前還是美人和醜人時戴的電腦戒指，以及城市如何追蹤他們的事情。不過，跟所有愛作怪的美人一樣，薩納很可能被迫戴上手環，這個手環跟電腦戒指的功能一樣，只是脫不掉而已。

薩納房內其他光點旁邊那些名字，大部分塔莉都不認識。她以前在犯罪社時的老朋友在去年冬天大逃亡時大多逃到荒野去了。他們跟塔莉一樣，靠自己的力量擺脫混沌的腦袋，所以他們現在變成特務員了──除了那些仍留在荒野中的煙城人之外。

帕里斯的名字在薩納的身旁出現。帕里斯是塔莉從小到大最好的朋友，可是上次逃亡時，他卻在最後一刻退縮了，決定要繼續當個蠢美人。他是那個永遠不可能變成特務員的美人，這一點塔莉非常清楚。

不過，至少薩納身邊還有個熟人。

她皺起眉頭。「這對薩納一定很怪異，因為我們以前做過的惡作劇，每個人都認得薩納，可是他自己可能完全都不記得……」她低語的聲音突然斷掉，努力將這可怕的思緒逐出腦海。

「至少他還有一定的水準，」雪宜說道：「今晚新美人鎮裡有幾十個派對，不過，顯然沒有一個派對夠酷炫，薩納和他的同伴對那些派對都不感興趣。」

「可是他們只是坐在薩納的房間而已呀！」每個光點似乎都沒什麼在動的樣子，不管他們想做什麼，看起來都不怎麼酷炫。

「是啊！這樣你們倆要私下談話就有點困難了。」雪宜打算盯著薩納一陣子，隨後再把他拉到旁邊陰暗的角落。

「他們為什麼都無所事事的樣子呢？」

雪宜碰了一下塔莉的肩膀。「放輕鬆，塔莉─娃。如果他們讓他回到新美人鎮，那就表示薩納適合這裡，不然幹麼讓他回來呢？也許現在還太早，這時候出門太遜了。」

「但願如此。」

雪宜做了個手勢，重疊的畫面變淡了一些，他們身旁真實的世界又恢復了。她戴上適合攀爬的手套說道：「來吧！塔莉─娃，我們親自去看個清楚吧！」

「我們不能透過電腦中心聽到他們的聲音嗎？」

「除非我們希望讓凱波博士也聽到，我寧願這件事情只讓我們卡特族的人知道就好。」

塔莉微笑道：「好吧！雪宜─拉，那麼，就讓我們卡特族自己來處理吧！今晚的計畫究竟是什麼？」

「我以為妳想見薩納呢！」雪宜說道，隨後聳聳肩。「反正特務員根本不需要計畫。」

現在爬牆對她是輕而易舉的事情。

塔莉已經不怕高了──甚至也不會讓她覺得酷冰了。當她從屋頂邊緣往下看時，只有一丁點警戒的感覺出現。一點都不會讓她慌亂或緊張──感覺只是大腦提醒她要小心一點而已。

她雙腿一盪，準備好之後，雙腳從普伽大樓光滑的牆面上滑了下去。吸力鞋上的腳趾卡在兩塊磁磚的隙縫中，她停頓了一下，讓隱身衣自動轉成大樓外牆的顏色。她感覺隱身衣上的外殼，轉變成與大樓相符的材質。

等到隱身衣調整完畢之後，塔莉放開抓在屋頂邊緣的手，半跌半滑地往下移動，手腳擦過磁磚，瘋狂地尋找其他的縫隙，窗櫺的外緣，或是牆上有點殘破的裂縫。沒有一樣東西足夠支撐她的重量，但手腳瞬間擦過外牆時，使她的速度稍微減緩了一些，因此下降的速度始終在她的掌控之中。快速下滑時周遭模糊的畫面令人興奮不已，彷彿一隻在水面上奔跑的蟲子，因為速度太快以致不會沉到水裡。

等她來到薩納的窗外時，雖然塔莉下滑的速度很快，但她立刻伸出手指，輕鬆地抓住窗臺，盪了一下，吸力手套黏到窗臺上。她逐漸增加力道，像鐘擺般地前後搖晃。

她抬頭望時，發現雪宜停在上方一公尺處，一個突出牆外不到一公分的窗臺上。她戴著手套的手張開放在身後，像五隻腳的蜘蛛一般，不過塔莉實在看不出來，那一丁點力量怎麼能夠支撐她的重量呢？「妳在上面還好吧？」她輕聲問道。

雪宜咯咯地笑道：「我不能把所有的祕密都告訴妳，塔莉─娃，不過這裡有點滑，快點，快過去聽一下吧！」

塔莉一隻手抓著窗櫺，用牙齒咬著手套上的指尖脫下手套後，伸出一根手指觸碰窗戶的角落。她手上的晶片能接收音波的震動，將窗玻璃變成一支巨大的麥克風。她閉上眼睛，傾聽著房內傳來的雜音，那些聲音突然變得非常接近，像把耳朵靠在玻璃杯上，而杯子貼在細薄的牆壁上一般。她聽著訊息傳來時，雪宜也透過她的皮膚信號器同時傾聽著。

薩納正在說話，他的聲音使塔莉微微地顫抖起來。這聲音多麼熟悉啊──但卻有點失真，不知道是因為她的竊聽器有問題，還是兩人分開太久了。她聽得到他們說的話，卻聽不懂他話中的涵義。

「全部是固定不變的、穩定凍結的關係，他們那些一系列古老、神聖的偏見和想法，將會全部一掃而空，」這就是他說的話。「在他們變僵化之前，所有新成型的東西都會過時……」

「他到底在胡說八道什麼東西？」雪宜不滿地說道，同時調整了一下姿勢。

「我不知道，聽起來好像是鐵鏽人的談話，好像是一本舊書的內容。」

「不要跟我說薩納在……唸書給這些犯罪社社員聽？」

塔莉困惑不解地抬頭看了一下雪宜。事實上，唸這種戲劇性的對話聽起來並不像是犯罪社的人會做的事情，一點都不像，反而很遜。然而薩納的聲音持續唸著，單調的聲音正唸到有什麼東西融化之類的。

「塔莉－娃，妳去看一下！」

塔莉點點頭，用手往上撐起來，直到她的眼睛跟窗臺的高度一樣為止。

薩納坐在一張布滿軟墊的大椅上，一手拿著一本破破爛爛的舊書，另一手隨著朗讀的聲音，像交響樂團的指揮般地揮舞著。但是電腦中心資料顯示著其他犯罪社社員所在的位置卻是空的。

「哦，雪宜，」她低聲說道：「妳一定會喜歡這個。」

「我就快掉到妳頭上去了，塔莉－娃，頂多只能再撐個十秒。到底是怎麼一回事？」

「只有他一個人在，其他那些犯罪社社員只是……」塔莉瞇起眼睛，看著薩納身旁，燈光外圍的陰暗處，它們就在那裡，像專注的聽眾似的，分散在房間各處。「戒指，除了薩納之外，其他的只有電腦戒指在這裡而已。」

儘管雪宜停在上面搖擺不定，還是吃吃地竊笑不已。「也許他比我們想像中更酷炫呢！」

塔莉點點頭，兀自笑了起來。「我該敲窗子嗎？」

「請便。」

「可能會嚇到他。」

「嚇嚇他也是好事，塔莉—娃。我們要他酷炫一點呀！現在，快一點！我快滑下去了。」

塔莉往上爬高一些，一腳的膝蓋跪在窗外窄長的窗臺上。深吸一口氣後，敲了窗子兩下，試著不露出尖牙微笑。

薩納朝聲音這邊望過來，愣了一下，隨後睜大眼睛。他做了個手勢，窗戶隨即打開。

他的臉上漾出了微笑。

「塔莉—娃，」他說：「妳變了。」

薩納－拉

薩納仍然美麗無比。

他的頰骨瘦削，眼神充滿專注又熱切的渴望，彷彿仍在使用卡路里清除錠刻意讓自己保持警覺。他的嘴唇仍跟一般蠢美人的一樣豐滿，當薩納專注地凝視著塔莉時，他的嘴唇像孩子般噘起。他的頭髮一點都沒變，她還記得他總是用墨水把頭髮染成略帶深藍的黑色，遠超過美人委員會的品味標準。

但是他的臉有點不一樣，塔莉心念電轉，努力想找出究竟是哪一點變了。

「妳把雪宜－拉也帶來了嗎？」塔莉身後的窗外，傳來吸力鞋嘎吱作響的聲音。「這可真令人愉快呀！」

塔莉緩緩地點頭，從他的聲音中聽出，他希望她單獨前來。當然，他們有好多話要說，但幾乎都不想在雪宜面前談。

她突然感覺自上一次與薩納見面至今，似乎已經過了好幾年。塔莉全身的感覺都不一樣了──超輕的骨頭和閃電刺青，和手臂上的割痕──這一切彷彿提醒著她，兩人分開後的這段期間的改變，以及兩人此時的差距有多麼懸殊。

雪宜對著電腦戒指笑道：「難道你的朋友不覺得那種老掉牙的舊書有點無聊嗎？」

「我的朋友遠比妳想像的人數更多，雪宜－拉。」他的目光環顧四周的牆壁。

雪宜搖搖頭，從皮袋裡拿出一個黑色的小型裝置。塔莉銳利的耳朵聽到一種幾不可聞的嘶嘶聲，像潮溼的落葉扔入營火中的聲音。「放輕鬆，薩納—拉，城市的電腦聽不到我們的聲音。」

他張大了眼睛。「他們允許妳們這麼做？」

「你沒聽說嗎？」雪宜微笑道：「我們是特別的特務員。」

「喔，這樣，既然只有我們三個的話……」他把書放到一旁的空椅子上，帕里斯的戒指在椅子上，輕輕地搖動著。「今晚其他人去玩個小把戲，我正在掩護他們，以防萬一有看守員監視我們。」

雪宜大笑道：「這樣看守員就會相信犯罪社正在辦讀書會了嗎？」

他聳聳肩。「也不是真正的看守員，就我們所知，不過是電腦程式罷了，只要有人在說話，它就滿意了。」

塔莉在薩納有點凌亂的床鋪上坐下，一股戰慄感竄過她的全身；她突然發現，薩納說話的樣子一點都不像蠢美人。如果他正在掩護他的朋友，好讓他們去玩些犯罪的把戲，那他仍然酷炫，仍是那個愛搞怪的美人，將來有一天也能成為特務員……

她從床單中吸著他熟悉的氣息，心想不知道她的閃動刺青現在怎麼樣了——可能正瘋狂地轉動，幾乎要從她臉上跳出來了吧？

但是薩納自己並未帶電腦戒指或是手鐲，那這些看守員是如何監視他的呢？

「塔莉—娃，妳的新臉孔可以得到一百萬個海倫哪！」薩納說道，他的目光掃視著她臉上和手臂上的閃動刺青。「能讓十億艘船為妳出海，不過，有可能是私人的小船就是了。」

她聽到這個爛笑話，微微地笑了一下，努力想找話說。她等這一刻已經等了兩個月了，突然間，她卻只能像白痴一樣，呆呆地坐在這裡。

可是，這不是因為她神經緊張才使她說不出話來。她越看薩納就越覺得他不大對勁，不知道為什麼，他的聲音聽起來好像是來自另一個房間的感覺。

「我一直希望妳會來。」他溫柔地加了一句。

「她堅持要來。」雪宜說道，聲音如在耳邊低語。

塔莉這才明白為什麼薩納的聲音感覺這麼遙遠，這是因為他的皮膚上沒有裝皮膚信號器，他說的話不像其他的卡特族那樣傳過來。他不再是她的同伴了，因為他不是特務員。

雪宜在塔莉身旁的床邊坐下。「不過，如果不介意的話，你們兩個改天再聊這些無聊話吧！」她拿出何前一天晚上，從那個醜人男孩身上拿到的，裝奈米丸的小塑膠袋。「我們今天來是為了這個東西。」

薩納從椅子上準備起身，伸手要去拿那些奈米丸，但是雪宜只是大笑道：「先別急，薩納——拉，你有吃錯藥的壞習慣。」

「不要再提醒我了。」他不耐地說道。

塔莉身上又竄起另一陣的戰慄感。薩納坐回椅子上時，動作極為緩慢，刻意放慢了速度，幾乎像老人一樣。

塔莉記得瑪蒂的奈米丸破壞了他的運動神經，影響他大腦中控制身體動作和反射神經的系統。也許只有這樣而已，像小型的機器稍微震動一下而已，沒什麼值得大驚小怪的。

然而，當她再次看著他的臉時，卻覺得好像也少了點什麼東西。他的臉上沒有吸引人的閃動刺青，也沒有她看著卡特族深黑色眼睛時的那種振奮感。他看起來一副睡眼惺忪的樣子，特務員是絕不會有這種表情的，感覺他好像只是壁紙一般，只是一個庸俗的美人。

可是，他是薩納呀！不是那些平凡的蠢美人……

塔莉垂下目光，凝視著地面，希望自己能把這完美清晰的視力關掉。她不想看到這些令人不安的細節。

「這些東西是哪裡來的？」他問道，聲音仍然很遙遠的感覺。

「從一個煙城女孩那裡拿來的。」

他瞄了一眼塔莉。「是我們認識的人嗎？」

她搖了搖頭，眼神仍盯著地面，那個女孩不是以前犯罪社的社員，也不是舊煙城的人。塔莉心中閃過一個念頭，不知道她是不是來自另一個城市。也許她就是新煙城神祕的新盟友……

「不過，她知道你的名字，薩納─拉。」雪宜說道：「說這些奈米丸是特別指定給你的。你在等人送貨來是嗎？」

他緩緩地吸了一口氣。「也許妳該問她才對。」

「她逃走了。」塔莉說道，聽到雪宜發出小小的噓聲。

薩納笑道：「這麼說特勤局需要我的幫助了？」

「我們跟他們不一樣……」塔莉正想解釋，聲音卻斷了。她是特務員，薩納自己也看得出來。

但是，她突然很想解釋，卡特族跟一般的特務員有何不同，跟以前他還是醜人時，那些逼迫他的特務員是不一樣的。卡特族可以按照自己的原則辦事，他們找到薩納一直想要的東西──住在外面的荒野中，不受城市的指揮，他們的心是酷冰的，卻沒有醜人的缺陷……

也沒有薩納無形中流露出來的，那種平凡的氣質。

她閉上嘴巴，雪宜一隻手搭在她的肩膀上。

塔莉感覺她的心跳逐漸加快。

「當然，我們需要你的幫助。」雪宜說道：「我們想要阻止這個東西進來。」她舉起了裝奈米丸的小塑膠袋。「免得製造出更多像你一樣的美人。」說到最後一個字時，她把袋子扔給他。

塔莉看著塑膠袋移動時的每一公分，看著袋子從他身邊飛過去——他的手整整慢了一秒鐘，來不及接住它。藥丸沿著牆壁滑下去，滾落到牆角的地面上。

薩納落空的手垂到大腿上，他的腿像死海參一般蜷在那裡，動也不動。

「接得真好啊！」雪宜說道。

塔莉嚥了嚥口水，薩納已經殘廢了。

他聳聳肩說道：「反正我也不需要藥丸，雪宜—拉，我會永遠保持酷炫。」他指了一下額頭。「奈米丸傷到我這裡，這是腦部損傷應在的位置。我猜醫生想放更多的東西進去，不過，據我所知，似乎毫無效果，我頭腦裡的那一部分，已經全變成新的，也全跟以前不一樣了。」

「但是，你的……」塔莉問到這裡，喉嚨突然打結了。

「我的記憶嗎？我的思考能力嗎？」他又聳聳肩。「頭腦天生就很擅長重建新細胞。就像妳以前那樣，塔莉，妳自己想辦法擺脫了美人的大腦問題。還有妳，雪宜—拉，當妳割自己的時候也是一樣。」他一隻手從腿上舉起來，像顫抖的鳥兒展翅高飛一般。「要改變別人的腦子來控制他們，就像挖水溝阻止飛車一般無用。如果他們努力思考的話，他們就能從空中飛過去。」

「可是，薩納……」塔莉說道，眼睛熱了起來。「你在發抖呀！」

不只是他的動作搖晃不穩而已——他的臉，他的眼睛，他的聲音……薩納不是特務員。

他的眼神盯著她。「妳可以再做一次，塔莉。」

「做什麼？」她問道。

「修正他們對妳做的事情。這就是犯罪社社員所做的事情——重新連結他們的腦神經。」

「我的腦子沒有問題呀！」

「妳確定嗎？」

「把這一套留給你那些新的犯罪社社員吧！薩納—拉，」雪宜說道：「我們來這裡不是要跟你討論腦袋受損的問題。這些藥丸究竟是哪裡來的？」

「妳想知道這些藥丸的事情？」他微笑道：「為什麼不呢？妳無法阻止我們的。這些藥丸是來自新煙城。」

「謝啦！天才，這個我也知道呀！」雪宜說道：「但是新煙城在哪裡呢？」

他低下頭看著自己顫抖的雙手。「但願我知道，我現在正需要他們的幫助呢！」

雪宜點點頭。「這是你幫助他們的原因嗎？希望他們幫你解決問題？」

他搖搖頭。「這件事遠比我個人的事重要多了，雪宜—拉。不過，妳說得沒錯，我們犯罪社社員的確在散播解藥，這些本來應該坐在這裡的五個人，現在就是在做這些事情。」他比了一下電腦戒指所在的位置。「可是這件大事比我們更重要——鎮上一半以上的社團都在幫忙，到目前為止，我們已經發出幾萬顆奈米丸了。」

「幾萬顆？」雪宜驚呼道：「這是不可能的，薩納—拉！新煙城的人怎麼可能製造這麼多藥丸？據我所知，他們連沖水馬桶都沒有，更別說工廠了。」

他聳聳肩。「妳可以搜查我，不過，現在要阻止我們已經太遲了。生產新藥丸的速度太快了，有太多的美人已經能獨立思考了。」

塔莉瞄了雪宜一眼，這件事真的比薩納個人的事情更嚴重。如果他說的是真的的話，難怪整個城市都改變了。

薩納伸出顫抖的手，雙腕靠在一起。「妳現在要逮捕我嗎？」

雪宜停頓了一下，她臉上和手臂上的閃動刺青，有節奏地跳動著，最後，她聳聳肩說道：「我永遠不會逮捕你的，薩納—拉，塔莉也不會讓我這麼做。此外，我現在一點都不在乎你那幾顆小藥丸。」

他揚起了一邊的眉毛。「那你們卡特族到底在乎什麼？」

「我們在乎卡特族的同伴。」雪宜—拉冷淡地說道：「你的煙城同伴昨晚綁架了佛斯特，我們對此很不滿。」

這時薩納兩邊的眉毛全都揚了起來，他瞥了塔莉一眼。「那真是……有趣。妳認為他們打算對他做什麼？」

「做實驗，可能讓他變得像你一樣抖個不停。」雪宜說道：「除非我們能及時找到他。」

薩納搖搖頭。「他們沒有同意書是不會做實驗的。」

「同意書？你到底是對『綁架』的哪一部分不了解，薩納—拉？」雪宜說道：「這些人已經不像以前的煙城人那樣軟弱無能了。他們有軍備武器，態度也變得很酷冰，他們還拿電擊棒突擊我們耶！」

「他們也差點淹死雪宜，」塔莉說道：「把昏迷的雪宜推進河裡。」

「昏迷？」薩納臉上的笑容漸深。「雪宜—拉，妳執勤時在睡覺喔！」

雪宜身上的肌肉緊繃，有那麼一瞬間，塔莉以為雪宜可能會從床上跳起來，衝過去攻擊他——她那堅硬如鑽石的指甲和牙齒，將刺進薩納毫無抵抗力的血肉之軀。

不過，她只是大笑幾聲，雙手從戰鬥的姿勢鬆開，轉而撫摸塔莉的頭髮。「差不多是這樣沒錯，不過，我現在非常的清醒。」

薩納只是聳聳肩，好像完全沒注意到，她剛剛差點扭斷他的喉嚨似的。「我不知道新煙城在哪裡，幫不上妳的忙。」

「你可以幫上忙的。」雪宜說道。

「怎麼幫？」

「你可以逃走。」

「逃走？」薩納的手指伸到頸部，他的脖子上有一條金屬鍊，色澤黯淡的銀色鍊子。「這恐怕會有點困難。」

塔莉閉上眼睛一會兒；這就是他們監視他的方法了。薩納不只是身體虛弱，不是特務員，而且還像狗一樣被栓上項圈。她使勁全力才沒立刻跳起來，衝出窗外。這房間的味道——多次回收利用的衣服，充滿溼氣的書本，香檳溼黏的甜味——這一切都使她作嘔。

「我們可以找個東西幫你把這東西剪斷。」雪宜說道。

薩納搖搖頭。「我不認為妳有辦法找到，我已經到那個小廠房試過了，製作這個東西的合金材質跟太空船一樣堅硬。」

「相信我，塔莉和我有辦法做任何事。」

塔莉瞄了雪宜一眼，切斷太空船合金？像這麼重要的高科技，他們得找凱波博士幫忙才辦得到呀！

薩納撫弄著鍊子。「幫這一點小忙，妳就希望我背叛煙城嗎？」

「你不會為你的自由這麼做的，薩納。」雪宜說道，把手搭在塔莉的肩膀上。「不過，為了她，你就會願意。」

塔莉感覺到兩對眼睛落在她的身上——雪宜又深又黑的、特別的眼睛，薩納的則是水汪汪、平庸的眼睛。

「妳這話是什麼意思？」他慢慢地問道。

雪宜只是靜靜地站在那裡，不過透過皮膚信號器，塔莉聽到她輕聲說出的幾個字，宛如呼氣般地輕柔。

「他們會把他變成特務員……」

塔莉點點頭，努力要找合適的話說；他不會聽任何人的話。

塔莉清了清喉嚨。「薩納，如果你逃走的話，就能向他們證明，你仍然酷炫。等他們抓到你的時候，他們就會把你變成跟我們一樣的特務員。你一定無法相信，當特務員的感覺有多好，多酷冰，那我們就能在一起了。」

「我們現在為什麼不能在一起呢？」他柔聲問道。

塔莉想像自己親吻他孩子般的嘴唇，撫摸他顫抖的雙手，這個念頭使她噁心至極。

她搖搖頭說道：「我很抱歉……但是，你這個樣子，我們不能在一起。」

他的聲音像對孩子說話般地輕柔。「妳可以改變妳自己的，塔莉……」

「你也可以逃走的，薩納，」雪宜打斷他。「到野外去，讓煙城人來找你。」她指了一下牆角。

「如果你願意的話，甚至可以留下那袋藥丸，讓你那群犯罪社的社員更酷炫一點。」

他的眼神不曾稍離塔莉。「然後背叛他們嗎？」

「你什麼都不用做，薩納，除了切割器之外，我還會給你一個追蹤器。」雪宜說道：「等你到了新煙城之後，我們會去接你，然後這個城市就會把你變得強壯、迅速、完美，永遠酷炫。」

「我已經很酷炫了。」他冷冷地說道。

「沒錯，但是你並不強壯，迅速，也不完美呀！薩納—拉。」雪宜說道：「你甚至連一般人都不如。」

「妳真的認為我會背叛煙城嗎？」他問道。

雪宜捏了一下塔莉的肩膀。「為了她，你會的。」

他看了一下塔莉，一時之間，臉上顯得茫然若失，彷彿他真的不確定似的。隨後他低下頭，盯著自己的手，嘆了口氣，緩緩地點頭。

可是塔莉看得像白天一樣清楚，薩納臉上的神情清楚地顯露出他的想法：他會接受這個提議，然後，等他逃出去之後，就會想辦法擺脫她們。他真的相信，他能唬過她們兩個，然後想辦法拯救塔莉，讓她再變回平凡人。

要看清他的心是輕而易舉的事情，就像以前在春宴時，看清醜人那些可悲的競爭把戲一樣簡單。他衰弱的身體，洩露了他的心事，像自然生產的平凡人，在天熱時汗流浹背一樣。

塔莉別開了目光。

「好吧！」他說：「為了妳，我願意做，塔莉。」

「明天午夜，在河流的交會處等我們。」雪宜說道：「煙城人對逃跑的人心存懷疑，所以帶充分的補給品，做好長期等待的準備吧！不過，我相信他們終究會來接你的，薩納。」

薩納點點頭。「我知道該怎麼做。」

「盡可能多帶幾個朋友一起走，越多越好，你在野外可能會需要人幫忙。」

他並未反擊這句侮辱人的話，只是點點頭，想要迎視塔莉的目光，她卻望向別處，不過，仍勉強自己露出一抹微弱的笑容。「你成為特務員之後會更快樂的，薩納，你不了解這種感覺有多好。」她彎了幾下手指，看著閃動刺青不斷地旋轉。「每一秒鐘都好酷冰，好美！」

雪宜站起身，拉著塔莉朝窗邊走去。她一腳踩在窗臺上時，略為停頓了一下。

薩納只是望著塔莉說道：「我們很快就能在一起了。」

塔莉只能點點頭。

切割器

「妳說得對，真的很可怕。」

「可憐的塔莉—娃……」雪宜的浮板滑了過來。下方的水面上，月亮的倒影緊緊跟隨著她們，浮板在激流中，猛烈地激起一陣陣的水波。「我真的很抱歉。」

「他看起來為什麼變這麼多？好像變成完全不同的人似的。」

「妳也不同了呀！塔莉，妳現在是特務員了，他只是平凡人而已。」

塔莉搖搖頭，試著回想她在美人時代，薩納當時的模樣。他那時多麼酷炫，談話時，臉上充滿興奮的光彩，這些都曾使她深深著迷，讓她想觸碰他……即使他很討人厭的時候，薩納身上也沒有絲毫平庸的因子。但是，今晚的他看起來好像失去了所有精華的特質，就像香檳的氣泡全部消失了一般。

她腦中有分裂的影像：一種是記憶中的薩納，另一種是她現在看到的他，兩種畫面相互抵觸。跟他在一起時，那漫長的數分鐘，讓她感覺頭都快要裂開了一般。

「我不要這樣。」她輕聲說道。她的胃不舒服，完美的視力覺得水面上的月光太刺眼，線條太銳利了。「我不要這個樣子。」

雪宜的浮板往旁邊一轉，朝塔莉這邊筆直飛過來，突然又一個旋轉緊急煞住，這樣的動作危險極了。塔莉往後傾身，兩個浮板緊急煞住時，像兩把鋸子般發出尖銳的嘎吱聲，兩個浮板靠在一起，只隔了幾公分的距離。

「什麼樣子？氣惱？可悲？」雪宜大叫道，她的聲音尖銳的像利刃和毛玻璃似的。「我早就叫妳不要來呀！」

塔莉因這幾近衝突的場面，心臟狂跳不已，怒氣沸騰。「妳明明知道見到他會給我這種感覺的！」

「妳以為我什麼都知道嗎？」雪宜冷冷地說道：「我又不是那個談戀愛的人，自從妳從我身邊奪走大衛之後，我就不曾談過戀愛了。可是，我以為愛情也許會讓妳有不一樣的感覺。塔莉—娃，對妳來說，愛會讓薩納變特別嗎？」

塔莉畏縮了，體內有某種東西令她翻攪不已。她低頭看著下方黑暗中的河水，感覺很想吐。她試著保持酷冰，努力回想薩納以前在美人時代給她的感覺。「雪宜，凱波博士到底對我們做了什麼？我們腦中是不是有什麼特別的傷痕？是不是有某個東西讓我們覺得別人都很可悲？好像我們都高人一等？」

「塔莉—娃，我們的確比他們好啊！」在新美人鎮燈光的映照下，雪宜的眼睛像銀幣般地閃閃發光。「這個手術讓我們看得更清楚，所以別人看起來都是糊里糊塗又可憐兮兮的樣子，因為大部分的人都是這樣子啊！」

「薩納不是這樣，」塔莉說道：「他從來都不會可憐兮兮的樣子。」

「他也變了，塔莉—娃。」

「可是，那不是他的錯……」塔莉轉過頭去。「雪宜，我不要用這樣的眼光看人！我不要每次看到不是我們卡特族的人就覺得噁心！」

雪宜微笑道：「妳寧願像個沒腦袋的美人一樣，當個可愛又快樂的呆子嗎？還是像煙城人一樣生活？在地洞裡拉屎，吃死兔子，感覺這些都是正當的？妳究竟對特務員的哪一部分不滿意？」

塔莉握緊拳頭，擺出戰鬥的姿勢。「我不喜歡感覺薩納不對勁的這部分。」

「妳以為別人就覺得他很好嗎？塔莉，他的腦袋已經一團糟了！」

塔莉感覺熱淚逐漸在體內升高，但這股熱力卻無法衝到她的眼睛裡。她從來不曾見到特務員哭，甚至不知道自己是否哭得出來。「回答我，我腦袋裡是不是有東西讓我覺得他看起來不對勁？凱波博士到底對我們做了什麼？」

雪宜沮喪地長嘆一口氣。「塔莉，在每一種鬥爭中，兩邊的人對人的腦子都動了一些手腳，但是，至少我們這邊的人做對了，城市的人把蠢美人變成這樣，是要讓他們每天過得快快樂樂的，讓地球安全無慮。他們讓我們特務員能清楚地看世界，這個世界美麗無比，所以我們不希望人類再次毀壞它。」雪宜將浮板靠得更近一些，伸手搭起塔莉的肩膀說道：「但是煙城人卻是外行人，他們拿人當實驗品，把人都變成像薩納這樣的怪物。」

「他不是怪……」塔莉想開口，但卻說不下去。她心中有一部分的自己，極端地厭惡他的虛弱——她無法否認，薩納令她噁心的感覺，好像他是某種不配活在世上的生物。

但這不是他的錯，這是凱波博士的錯，她不肯把薩納變成特務員，就因為那些該死的蠢原則。

「保持酷冰吧！」雪宜柔聲說道。

塔莉深吸一口氣，努力控制自己的怒氣和挫折感。她增強自己的感官，直到能聽到風吹打在松針上的聲音為止。各種味道從水裡飄上來——水藻的味道和河底古老的各種礦物。她的心跳這才稍稍緩和了些。

「告訴我，塔莉，妳確定妳真的愛薩納嗎？不是因為對他殘餘的記憶而已？」

塔莉抽搐了一下，閉上眼睛。薩納的兩種影像仍在她心中互相交戰，她困在其中，頭腦一直無法清晰地思考。

「看到他的樣子讓我噁心，」她低語道：「但是我知道這種感覺不大對勁，我想回到……以前那種感覺。」

雪宜降低了音量。「那妳聽著，塔莉，我有個計畫——把他的項圈弄掉的方法。」

塔莉再度睜開眼睛，想到他脖子上的項圈，就忍不住咬牙切齒。「我什麼都願意做，雪宜。」

「不過，要做得像薩納自己逃走的樣子——否則凱波博士不會要他，這表示我們要唬過特勤局的人。」

塔莉嚥了嚥口水。「我們真的辦得到嗎？」

「妳的意思是說，我們的腦子會不會允許我們這麼做嗎？」雪宜輕蔑地說道：「那當然，我們又不是沒腦袋的蠢美人。不過，我們得冒所有的風險，明白嗎？」

「妳願意為薩納這麼做？」

「我是為妳，塔莉—娃。」雪宜笑了起來，眼裡閃閃發光。「還有為了做這件事的樂趣，不過，我需要妳保持非常的酷冰才行。」

雪宜抽出刀子。

塔莉再次閉上眼睛，點了點頭；她迫切地需要清晰的腦袋。她伸出手，抓住雪宜的刀鋒。

「等一下，不是割妳的手……」

但是塔莉抓著刀子的手，已經用力一扭，讓利刃割進血肉裡了。交織在她手掌上那纖細、精良的神經，比一般人的感覺更敏銳一百倍，手掌裂開，痛到了極點。她忍不住尖叫了起來。

這特殊的時刻，帶來了狂野的清澈，塔莉終於能在紛亂的思緒中，看清楚自己的念頭：在她內心深處，有種永恆不變的思想，不管她是醜人、美人還是特務員，這些東西始終都不曾改變——愛情也是其中一項。她渴望再跟薩納相聚，體驗過去對他的所有感覺，但要以她強化了一千倍的新感官來感覺他。她希望薩納了解當特務員的感覺，用全然酷冰又清晰的感官來看這個世界。

「好吧！」她的呼吸有點急促，隨後睜開了眼睛。「我會跟妳一起去。」

雪宜的臉上充滿光彩。「好女孩，不過，通常都會需要武器。」

塔莉張開手，手掌上的皮膚脫離了刀鋒，產生一陣陣新的疼痛感，她深吸了一口氣。

「我知道很痛，塔莉—娃。」雪宜著迷地盯著染了血的刀鋒，低語道：「看到薩納這個樣子，我也覺得很想吐。說真的，我根本不知道他的情況竟然這麼糟。」她的浮板滑近了一些，輕輕地把手放在塔莉手掌的傷口上。「不過，我不會讓這件事害慘妳的，塔莉—娃，我不希望妳變成一個既糊塗又平庸的人。我們會把他變成卡特族的一員，也會拯救這個城市；我們會順利解決一切的。」她從隱身衣內的袋子裡，拿出醫藥箱。「就像我現在幫妳解決問題一樣。」

「可是他不會出賣煙城人的。」

「他不需要這麼做。」雪宜用醫藥噴劑在傷口上噴了一下，疼痛很快就減輕到微微的刺痛而已。

「他只要證明自己很酷炫就夠了，其他的部分我們會負責——把他和佛斯特帶回來，然後再抓大衛和其他人。這是唯一能阻止此事發生的方法。正如薩納所說的，逮捕一群美人沒有用，我們要切斷源頭，必須找到新煙城才行。」

「我知道。」塔莉點點頭，她的心仍然酷冰。「但是薩納殘廢得這麼嚴重，煙城人會知道是我們放走他的。他們會把他帶去的東西全部拆開來檢查，掃瞄他全身的每一根骨頭。」

雪宜微笑道：「他們當然會這麼做，不過，他身上不會有東西的。」

「那我們要怎麼跟蹤他呢？」塔莉問道。

「用老式的方法。」雪宜把浮板轉過來，伸手拉起塔莉沒有流血的手。她們不斷往上攀升，雪宜將她越拉越高，腳下的旋翼開始啟動，直到整座城市在四周擴展開來，城市巨大的圓形光芒外，到處漆黑一片。

塔莉低頭看了一下自己的手，疼痛已經減緩，隨著心跳發出一陣陣的悶痛，醫藥噴劑把她流出來的血凝固了，化成灰塵，隨風散去。傷口癒合了，除了一道凸痕之外，看不出任何異樣。這道傷痕從閃動刺青上劃過去，切斷了真皮底下使它舞動的電路。她凌亂的掌紋抖動著，就像電腦螢幕受到重擊後的模樣。

但是塔莉的思緒仍然清晰無比，她彎了幾下手指，手臂也跟著隱隱作痛。

「塔莉–娃，妳看得到那塊黑影嗎？」雪宜指著城市邊緣的部分。「那是我們的地盤，不是他們普通人的地盤。我們是為荒野求生而設計的，到時我們就一步步地緊跟著薩納和他的同伴吧！」

「可是我以為妳說過……」

「不是用電子設備，塔莉－娃，我們要用視力，味覺和所有在森林裡的老方法。」她的眼睛閃動了一下。「就像前廢墟人使用的那種方法。」

塔莉望著那些工廠的橘色光芒，黑暗就在那裡劃出城外的界線。「前廢墟人？妳是說，尋找彎曲的樹枝，諸如此類的東西？滑浮板的人是不會留下很多腳印的，雪宜－拉。」

「確實如此，所以他們不會懷疑被人跟蹤，因為，至少已經有三百多年沒有人使用這種方法了。」雪宜的眼睛閃著興奮的光芒。「不過，妳和我在一公里外就能聞得到沒洗澡的人的體味，十公里外就能聞到營火的煙味。我們在黑暗中，比蝙蝠看得更清楚，聽得見所有的聲響。」她的隱身衣轉成夜晚的黑色。「我們可以不讓任何人發覺，無聲無息地移動，考慮一下，塔莉－娃。」

塔莉緩緩地點頭，煙城人不會想到有人在黑暗中監視和偷聽他們的一舉一動，聞著每個營火堆和烹煮肉食的味道。

「而且，有我們跟著他們，」塔莉說道：「就算薩納迷路或受傷的話也不會出事。」

「一點也沒錯，等我們找到新煙城之後，你們兩個就能團圓了。」

「妳確定凱波博士會將他變成特務員嗎？」

雪宜輕推了一下塔莉，她一面笑，浮板一直往下掉。「等我做了那些事情之後，凱波博士很可能會把我的職位交給他呢！」

塔莉低下頭看著仍然刺痛的手，隨後伸出這隻手，摸了一下雪宜的臉頰。「謝謝妳。」

「妳不需要謝我，塔莉－娃。我真的很不喜歡見到妳剛剛在薩納房裡的樣子，妳那悽慘悲哀的表情一點都不像特務員。」

「抱歉，老大。」

雪宜笑了一下，拉著塔莉再次滑動起來，離開河流，朝工業區前進，下降到正常的高度。「正如妳所說的，妳昨晚並沒有丟下我，塔莉—娃，所以我們也不能丟下薩納。」

「我們也要把佛斯特找回來。」

雪宜轉過頭來，似笑非笑地說道：「哦，對喔！我們可不能忘了可憐的佛斯特，還有其他額外的小紅利……那個叫什麼來著？」

塔莉深吸了一口氣。「新煙城的末日。」

「好女孩，還有其他的問題嗎？」

「有，還有一個問題：我們要到哪裡去找可以切斷太空船合金的東西呢？」

雪宜滑著浮板，旋轉了一圈，以一根手指比在唇邊。

「噓，某個很特別的地方，塔莉—娃。」她低語道：「跟我來，到時一切就會揭曉了。」

軍械庫

「老大，妳說很危險，不是在開玩笑對吧？」

雪宜咯咯地笑了起來。「已經想退縮了嗎？塔莉—娃？」

「不可能。」塔莉低語道。剛剛那一刀使她焦躁不安，爆滿的精力急欲宣洩。

「好女孩。」雪宜隔著高高的草叢對她微笑。她們已把皮膚信號器關掉了，免得城市的電腦記錄下她們今晚來過這裡。雪宜的聲音聽起來異常的微弱、遙遠。「要是他們相信這是薩納自己策劃的，他會得到一百萬分的酷炫。」

「那是當然的了。」塔莉低聲說道，抬頭盯著眼前巨大的建築物。

她小時候曾聽一些醜人說要偷偷跑到軍械庫裡面去，不過沒有人蠢到真的這麼做。

她記得以前聽過許多傳言，說軍械庫裡有整座城市登記有案的武器：手槍、戰車、偵查機器、古代的工具和機械，甚至連摧毀城市的重裝備武器都有。只有極少數的人曾經獲准進入，軍械庫的警備大部分都是全自動的。

這座無窗的陰暗建築位在空曠的荒野中，附近有紅色的燈號標示禁止飛行。地面上裝滿感應器，還有四支全自動的大砲，在軍械庫的各個角落守衛，如此重大的軍備是為了預防城市間意外發生戰爭。

這個地方的設計不只是警告入侵者離開而已，它的設計是格殺勿論。

「塔莉—娃，準備好上場了嗎？」

塔莉看著雪宜專注的表情，感覺心跳加快起來。她握起受傷的手說道：「隨時候教，老大。」

她們穿過草叢，偷偷爬回浮板所在的位置；浮板停在一棟巨大的自動化工廠後方。她們朝工廠的屋頂上飛，塔莉拉起隱身衣前面的拉鍊，感覺衣服上的外殼微微地往上翻。她手臂上的外殼逐漸變黑變模糊，隱身衣會自行調整將雷達電波反射回去。

她皺起眉頭。「這樣他們就會知道做這件事的人有隱身衣了，不是嗎？」

「我已經跟凱波博士說過，煙城人在我們面前隱形的事情了；所以，這表示他們有可能會借一些玩意兒給犯罪社社員。」雪宜露出尖牙笑了一下，隨後拉起兜帽蓋住她的頭，變成沒有臉孔的剪影，塔莉也照做。

「準備好穿過彈道區了嗎？」雪宜戴上手套問道，她的聲音受到面具的影響有點變質。她的身影看起來就像一具人形的黑影映在地平線的上方，剪影則因隱身衣不規則的外殼而變得模糊不清。

塔莉嚥了嚥口水，面罩蓋住了她的臉，呼出的熱氣直衝到臉上，感覺好像要窒息了一般。「等妳準備好就行動，老大。」

雪宜彈了一下手指，塔莉蹲下身，在心中緩緩地默數到十。浮板慢慢地增加磁性，開始吱吱作響，旋翼在起飛前一秒鐘轉動了起來……

一數到十，塔莉的浮板立刻升空，衝力使她蹲下身來。旋翼的轟鳴聲一直叫到她衝到制高點為止，像煙火一般呈弧形朝軍械庫飛下去。幾秒鐘後，她們急速下降，塔莉在寧靜黑暗的天空中飛翔著，心中再次感到興奮不已。

她知道這個計畫很瘋狂，但是危險使她的心充滿酷冰的感覺，不久之後，薩納也能感受到這種酷冰了……

飛過一半的距離之後，塔莉抓起浮板，拉到側邊，將浮板藏到反制雷達的隱身衣後面。塔莉回頭看了一下——她和雪宜已經飛過了禁止飛行的屏障，高度足以避開地面上的感應器。她們飛過周邊陣地，警報器沒有響，隨後兩人靜靜地降落到軍械庫的屋頂上。

也許這件事情很容易完成。自從上一次城市間出現重大衝突，至今已經有兩百多年了——大家都不認為人類會真的再度發起戰爭，此外，軍械庫的自動警備是設計來抵抗重大攻擊，而不是防止幾個想來借小型武器的小偷。

她感覺自己的臉上再次露出了微笑，這是卡特族首次膽敢挑戰城市，感覺幾乎像回到醜人時代。

屋頂朝她直逼而來，塔莉將浮板舉到頭上，把它當作降落傘般地抓著。落地前幾秒鐘，旋翼開始啟動，讓她突然停在半空中。塔莉輕輕地降落，像走在人行道般地輕鬆自如。

浮板停穩後落在她的手上，她將浮板輕輕地放到屋頂上。從現在開始，她們不需要出聲說話，只要靠手語和隱身衣的接觸就能溝通。

雪宜在幾公尺外，豎起兩隻大拇指。

兩人謹慎輕柔地走到屋頂中央的飛車出入口，塔莉看到一道可以打開的裂縫。

她以指尖輕觸雪宜的指尖，隱身衣會傳遞她們的低語。「我們能割開這個東西嗎？」

雪宜搖搖頭。「這整棟大樓都是用太空船合金做的，塔莉，要是我們割得開的話，那我們自己就能把薩納放走了。」

塔莉掃描屋頂四周，看不到其他能進出的門。「我想我們還是照妳的計畫進行好了。」

雪宜抽出刀子。

「趴下。」

塔莉趴倒在屋頂上，感覺隱身衣配合屋頂，開始變換材質。

雪宜用力把刀子丟出去，隨後立刻趴倒在地面上。刀子飛過建築物的邊緣，旋轉著飛到外面的黑暗之中，朝布滿感應器的草地飛去。

過一會兒之後，震耳欲聾的警報器從四面八方響起。地面上的金屬撼動起來，生鏽的門嘎吱作響，門打開了，一陣漩渦般的灰塵從洞口彈出來，巨大的機器從門底下升上來。

這個機器看起來幾乎像兩塊浮板併在一起，不過卻很沉重的樣子——四個旋翼拚命轉動著，奮力要將它送到空中。等這個機器出了門之後，似乎逐漸變大，展開了翅膀和爪子，怪異的抖動著，像一隻剛剛出生的金屬巨蟲，球狀的身軀裝滿了武器和感應器。

塔莉已經很習慣接觸機器人了；新美人鎮內到處都有機器人，負責清潔和園藝的工作，但是那些看起來很像親切的玩具，而她頭上這個機器的一切——搖晃的動作，黑色的武器，嘎吱作響的旋翼——感覺毫無人性，危險且殘酷。

它飛了好一會兒，令人緊張至極，塔莉以為它發現她們倆了，但它的旋翼突然一個急轉彎，朝雪宜擲出刀子的方向飛去。

塔莉一轉頭，發現雪宜朝仍然開啟的門邊滾過去。她立刻跟上，滑進黑暗中，門就要關上了……

她跌進漆黑的升降機井內，不停地往下墜。紅外線將黑暗轉變成一個令人迷惑不解的混亂畫面，只看到一堆不同形狀和顏色的東西，從她身邊飛過去。

她努力伸出手腳摸到平滑的金屬牆試圖降低速度，但仍一直往下滑，直到她吸力鞋上的腳趾找到一處縫隙，才暫時停了下來。

她揮動著雙手，拚命找地方抓穩，但除了滑溜溜的金屬牆外，完全找不到能抓握的地方。她往後倒了下去，連腳趾也失去抓力……

但是升降機井的寬度比她的身高還要寬大──塔莉將雙臂舉到頭頂上，手指拉到極致，雙手抵在兩面牆上，靠手套的摩擦力讓她停下來，仰著頭，肌肉拉到極限。

她弓著背，卡在升降機井的兩面牆中間，像有人用手指將撲克牌彎起來那樣。這個衝力使她受傷的手，升起陣陣的疼痛。

她轉過頭去，想看看雪宜掉到哪個地方。

下面除了一片漆黑之外，空無一物，升降機井內空氣汙濁，有種腐蝕的味道。

塔莉極力想看清楚四周，雪宜一定就在附近──畢竟，這個升降機井不可能無止盡地往下延伸，而且塔莉也沒有聽到任何東西摔到地面的聲音。不過，在這裡根本無法判斷，四周盡是一堆亂七八糟的紅外線物體。

她感覺自己的脊椎好像快要被折斷的雞骨頭似的……

突然間，有個指尖輕觸她的背。

「放輕鬆點，」雪宜的低語聲透過隱身衣的接觸傳了過來。「妳弄出不少聲音哪！」

塔莉嘆口氣，雪宜就在她正下方的黑暗中，穿著隱身衣的她，讓人完全看不見。「抱歉。」她低聲說道。

雪宜的手離開了一下，隨後又碰觸她。「好了，我已經穩住了，妳可以下來了。」

她遲疑了一下。

「下來吧！膽小鬼，我會接住妳的。」

塔莉深吸一口氣，緊閉雙眼，放開雙臂。瞬間落下，很快發現自己落在雪宜的懷裡。

雪宜咯咯地笑了起來。「塔莉―娃，妳這個嬰兒還真重呢！」

「妳究竟踩在哪裡？我在這裡根本找不到任何踏腳的地方。」

「試試看這個。」雪宜透過隱身衣的接觸傳來影像，塔莉身邊的一切都變了，她重新調整紅外線的頻率。慢慢地，周圍的剪影漸漸變得更容易看清了。

這座升降機井內堆滿了飛行器，全都潛伏在凹陷處，外型看起來跟她們在上面看到的機器很像。這裡有幾十個不同形狀和尺寸的東西，一大群死寂的機器。塔莉想像著，如果這些機器全都一起出動的話，可能會把她剁成碎片。

她試探地把腳踩在其中一個機器上，隨後從雪宜的懷中滑下來，雙手抓在這個飛行器的砲管上。

雪宜伸手過來摸她的肩膀，低聲說道：「妳覺得這些槍砲怎麼樣？很酷冰對吧？」

「是呀！好極了！我希望我們不會把這些機器給吵醒就好。」

「我們的紅外線一路照上去還是看不清楚，所以這些東西一定很冷，有些機器還生鏽了。」塔莉看到背後靠著一堆凌亂雜物的雪宜抬頭往上看。「不過，外面那個倒是很清醒，我們最好趁它回來前趕緊行動。」

「好的，老大，走哪邊？」

「不能下去，我們不能離浮板太遠。」她抓著機器往上爬，腳踩在螺旋槳上，好像在體育館裡攀岩似的。

塔莉很樂意往上爬，她現在已經看見這些沉睡的飛行器上許多尖銳的東西，讓她能輕易攀爬。不過，抓著槍管令人有點緊張，好像從布滿利齒、沉睡的猛獸嘴裡爬進牠體內似的。她盡量避免去抓利爪、旋翼和任何看起來尖銳的東西。她的隱身衣只要稍微刮破一丁點，落下一小塊死皮，都會像留下指紋般地透露她的身分。

爬到一半時，雪宜伸手摸她的肩膀。「升降機入口。」

塔莉聽到金屬鏗鏘一聲，刺眼的光芒射進升降機井內，照在兩架飛行器上。在光線下，它們看起來不那麼嚇人了——生鏽又缺乏保養，好像老舊的博物館內的猛獸標本一樣。

雪宜從入口滑進去，塔莉也跟在她身後爬進去，進入一個狹窄的通道。她的視力漸漸適應上方的工作燈橘色光線，隱身衣也搭配淺色的牆壁做改變。這個通道對人類來說太窄了，只比塔莉的肩膀稍微寬一點而已——地面上布滿條碼，以及為機器導航的記號。她納悶地想著，不知道有什麼樣的怪機器會在這個窄道穿梭，搜尋入侵者。

雪宜在窄道中開始往上爬，搖動一根手指，召喚塔莉跟上去。

這個通道很快就通到一個巨大的房間——比足球場還大。裡面充滿靜止的交通工具，像冷凍的恐龍一般，矗立在她們四周。輪子跟塔莉一樣高，彎曲的起重機觸及天花板。在橘色的工作燈下，舉起的鐵爪和巨大的葉片發出暗淡的微光。

她很好奇，不知道城市為什麼要保留一堆鐵鏽人毀滅性的武器，這些老舊的機器唯一的用處就只有在浮柱和漂浮物無法發揮功用的地方建造城市的磁力網。她周圍這些鐵爪和鐵鏟是攻擊大自然的工具，不是維護城市的東西。

這裡沒有門，但是雪宜指著上方一根圓形的鐵柱，有個讓人爬上爬下的梯子在那裡。

來到一樓高的地方時，她們發現了一個狹小擁擠的房間。從地板伸展到天花板的架子上放滿了各式各樣的裝備：潛水用的呼吸器和夜視鏡，滅火器和防護衣……還有一大堆塔莉無法辨識的雜物。

雪宜已經在這堆器具裡翻找著，把一些有用的東西放進隱身衣內的袋子裡。她轉過身來，朝塔莉這邊丟了一樣東西。看起來好像是萬聖節用的面具，巨大的眼鏡，鼻子像大象一樣，塔莉瞇起眼睛讀著上面的小標籤：

約二十一世紀。

她看著這幾個字愣了一下，隨後想起老式的年代紀錄系統。這個面具是鐵鏽人二十一世紀的產品，大約是三百多年前的東西。

軍械庫的這一部分不是倉庫，而是博物館。

但這是什麼東西呢？她將標籤翻過來：

生化戰爭防毒面具，已使用過。

生化戰爭？已使用過？塔莉立刻將面具扔到一旁的架子上。她發現雪宜正在看她，穿著隱身衣的肩膀抖動著。

一點都不好笑，雪宜，她心想道。

生化戰爭是鐵鏽人精心發明的點子：製造細菌，彼此殘殺。這是最愚蠢的武器，因為一旦這些細菌解決了敵人之後，通常都會回來解決他們。事實上，鐵鏽人的文明世界已經被人造的吃汽油細菌消滅了。

塔莉希望負責這個博物館的人，不會放一些消滅人類文明的細菌在這裡。

她從地面上走過去，搭上雪宜的肩膀，輕聲說道：「真可愛。」

「對啊！妳真應該看看妳自己的臉，事實上，我也應該看看妳的臉，這該死的隱身衣。」

「有找到嗎？」

雪宜拿起一個閃亮的管狀物體。「這東西應該管用，起碼標籤上說能用。」她把這東西放進隱身衣內的其中一個袋子裡。

「那其他的東西是做什麼用的？」

「分散他們的注意力，如果我們只偷一樣東西的話，他們可能會知道我們想做什麼事。」

「哦。」塔莉咕噥地低語道，雪宜也許在說蠢笑話，不過她的腦袋仍然很酷冰。

「拿著這個。」雪宜抱了一堆東西過來給她，又回到架子上繼續翻找。

塔莉低頭看著這堆雜物，納悶地想著，不知道這裡是不是有感染什麼會傷害到她的細菌。她把幾樣塞得進隱身衣袋中的東西放進去。

裡面最大件的東西看起來像是來福槍，上面有根粗管和長距離的對焦鏡。塔莉朝鏡頭裡看了一下，看到雪宜小小的黑影，上面有十字形的記號，表示她扣下扳機的話，就能朝那裡射出子彈。她感到一陣噁心，這種武器是為了讓一般人成為殺人機器，隨便一個平凡人的指頭，似乎就能決定人的生死，冒的險可真大。

她的神經突然緊繃起來，雪宜已經找到她們需要的東西，該離開此地了。

隨後塔莉終於了解是什麼東西讓她緊張。隔著隱身衣的過濾器，她聞到了一股味道——人類的味道。她朝雪宜的方向走了一步……

這時，天花板上的燈光突然閃爍起來，明亮的白光趕走了室內橘色的光線。腳步聲從樓梯那裡響起，有人朝博物館這邊爬過來了。

雪宜蹲下身，滾到旁邊最低的架子上，從一堆工具中翻過去。塔莉瘋狂地在四周尋找藏身處，隨後擠進兩個架子的縫隙間，把來福槍藏到身後。她隱身衣的外殼扭動起來，想要混入陰影中。

房間的另一頭，雪宜的隱身衣呈現鋸齒狀，彷彿要從她的輪廓中擠出來似的。等到天花板上的光線不再閃爍時，她幾乎完全隱形。

不過塔莉卻沒有，她低頭看了一下自己。這套隱身衣是為了在複雜的環境下隱形而設計的——叢林、森林和各城市的戰場殘骸，並不適合在明亮的房間裡隱身。

但是現在要另找藏身處已經太遲。

有個男人從樓梯上走下來了。

衝出軍械庫

他看起來並不可怕。

只是一般的老美人，跟塔莉的祖父一樣，滿頭灰髮，滿手皺紋。臉上顯露著曾經接受一般的延長壽命治療的痕跡：眼睛四周的皮膚布滿皺紋，手上到處是突出的靜脈。

不過，塔莉並不覺得他看起來很沉穩，或是有智慧的樣子，這是她變成特務員之前對老美人的感覺——只是覺得他很老而已。她發現若有必要，她可以冷血地、毫不後悔地擊倒他。

更令人緊張的是，有三個小型的空中攝影機漂浮在這個老美人的頭頂上。攝影機遮住了他的視線，使他一無所覺地從塔莉身邊經過，朝其中一個架子大步地走過去。他伸手將某個東西放下去，攝影機在半空中轉變焦距，把鏡頭調近一些，像全神貫注的觀眾緊緊地盯著魔術師的一舉一動，始終對準他的雙手。他毫不理會身旁的攝影機，好像早已習慣它們的存在一般。

當然了，塔莉心想道，這個空中攝影機是這棟建築物的保全系統之一，不過，它們此時並未搜尋是否有侵入者。它們的功能是監視物品，確保沒有人會偷偷地把這些恐怖的老式武器帶走。攝影機在他頭上流暢地滑動著，嚴密地監視著這位歷史學家——或是博物館的館長，不管他是誰——在這個軍械庫內的每一個動作。

塔莉稍微放鬆了一下，自己都受到保全嚴密監控的老科學家，絕不會比她預期的一整隊特務員更嚇人。

他小心翼翼地處理這些物品，細心的動作讓她感到有點噁心，彷彿他把這些東西當成重要的藝術品，而不是殺人武器。

隨後，這個老美人突然愣了一下，沉下臉來。他檢視了一下手上發亮的電子筆記簿，開始一個個地詳細檢查……

他發現有東西不見了。

塔莉正在猜想，不知道他在找的是不是她身後這支來福槍，但這是不可能的；雪宜是從博物館另一頭的架子上拿的。

但是當他拿起生化戰的防毒面具時，塔莉緊張地猛嚥口水——她把東西放回去時，不小心放錯地方了。

她的目光緩緩地環顧四周。

不知為什麼，他看不到躲在角落裡的塔莉。隱身衣一定將她的輪廓融入牆上的陰影中，宛如靠在大樹枝上的昆蟲一般。

他拿著面具走到雪宜藏匿的地方，他的膝蓋離雪宜的臉只有幾公分的距離。塔莉確信他一定注意到她拿走的東西了，不過，等這個老美人把面具放回原位時，他點了點頭，轉身走回去，臉上帶著滿意的表情。

塔莉鬆了一口氣。

隨後她看到空中攝影機朝下方盯著她看。

它仍漂浮在老美人的正上方，不過它的小鏡頭已經不再監視他了。不知道是塔莉的想像力在作祟，還是它真的對準她，慢慢地調整焦距，再調整焦距。

這位老美人走回他開始清點的地方，可是攝影機卻留在原位，不再對他感興趣了。它朝塔莉這邊，搖搖晃晃地飛過來，前前後後地搖動著，好像蜂鳥不大確定眼前的是不是花。老人沒注意到它緊張地舞動著，不過塔莉的心臟卻撲通撲通地跳得很厲害，她因為努力憋住氣，視線已逐漸模糊起來。

攝影機越靠越近，塔莉從攝影機鏡頭中看見雪宜的身影在移動。雪宜也看見這個小攝影機了——事情恐怕會變得很棘手。

這個攝影機一直盯著塔莉，仍不大確定的樣子。它是不是夠聰明，知道有隱身衣這種東西？它會不會在鏡頭上，把她打個記號？

顯然雪宜不打算等答案揭曉，她隱身衣的保護色，變成光滑的黑色盔甲，悄悄地從藏身處走出來，指著攝影機，手指在喉間一劃。

塔莉知道該怎麼做了。

只有一個動作，她將來福槍從身後抽出，喀地一聲，敲到攝影機上，它飛到博物館另一頭，從呆若木雞的老美人頭上飛過，搖搖晃晃地撞到牆上去。摔到地面上，像石頭般地死硬。

這時，一陣警報的嘶鳴聲突然在室內響起。

雪宜立刻採取行動，衝向樓梯那邊，塔莉從藏身的角落擠出來，急忙跟上去，完全不理會老美人的驚叫聲。然而，當雪宜衝到梯子前時，卻被金屬護罩彈出來，她撞到護罩時，發出空洞的鏗鏘聲，她的隱身衣受到這個撞擊後，不斷地變換著一系列的顏色。

塔莉急忙四下張望——沒有其他的出口了。

剩下的兩部攝影機中的其中一部唧唧作響地朝她的臉筆直衝過來，她用來福槍的槍托朝它揮過去。當她想再打第二次時，它卻像隻躲避拍子的蒼蠅似地，緊張地飛到天花板的角落。

「妳們跑來這裡做什麼？」老美人大喊道。

雪宜不理會他，指著剩下那個攝影機說道：「砸了它！」她命令道，聲音因隱身衣的面具扭曲變形，隨後衝回架子前，極力快速地翻找著。

塔莉拿了一個看起來最重的東西——某種大鐵鎚——對準目標砸下去。那部攝影機慌亂地前後搖晃，鏡頭左右搖擺著，試圖拍攝她和雪宜兩人的動作。塔莉深吸一口氣，觀察它移動的模式好一會兒，心中默默地盤算著……

等下次攝影機轉到雪宜那邊時，她就用鐵鎚打下去。

鐵鎚擊中攝影機的死穴，它立刻摔到地面上，像垂死的鳥兒一般劈劈啪啪地拍著翅膀。老美人緊張地從它旁邊跳開，好像損壞的攝影機是博物館內最危險的物品似的。

「小心點！」他大叫道：「妳不知道自己在哪裡嗎？這個地方可是危機重重啊！」

「真的假的。」塔莉說道，低頭看著來福槍。不知道這東西的火力能不能弄斷金屬合金呢？她瞄準遮住樓梯的護罩，鼓起勇氣，扣下扳機……

發出喀嚓一聲。

真蠢，塔莉心想道。沒有人會在博物館裡放一把上了膛的槍。她好奇地想著，不知道樓梯前的護罩何時會再打開，接著升降梯井裡的恐怖機器就會出現，徹底清醒，裝滿火藥，準備大開殺戒。

雪宜蹲在博物館中央，手上拿著一個陶罐。她把陶罐放到地面上，將來福槍從塔莉手上拿過去，高舉過頭。

「不要！」老美人大喊道，這時，來福槍的槍托已經揮下，砰地一聲，擊中陶罐。雪宜舉起武器，準備再打一次。

「妳瘋了嗎？」老美人吼道：「妳可知道這是什麼東西嗎？」

「事實上，我知道。」雪宜說道，塔莉聽出她聲音中的笑意。罐子本身發出嗶嗶的聲響，警示的紅色小燈閃爍得很厲害。

老美人一轉身，開始朝身後的架子往上爬，將古老的武器往旁邊推，以便清出空間讓他爬上去。

塔莉轉向雪宜，隨後想起不能在這裡大聲呼叫她的名字。「那個人為什麼要往牆上爬？」

雪宜沒有回答，不過，等她再次揮動來福槍時，塔莉就知道答案了。

這個罐子打破之後，銀色的液體從裡面流出，在地面上蔓延開來，銀色的液體流成許多條小溪，像數百隻腳的蜘蛛，沉睡已久，剛剛甦醒般地伸著懶腰。

雪宜從這些流出的液體上跳開，塔莉往後退了幾步，無法從這驚人的景象中轉移目光。

老美人低頭看了一下，發出一聲驚恐的哀號聲。「妳把它放出來了？妳瘋了嗎？」

這個液體開始嘶嘶作響，博物館裡充滿塑膠燃燒的味道。

警報器的聲音變了，室內角落有一個小門立刻彈開，出現兩架小型飛機。雪宜朝兩架飛機的方向衝過去，用來福槍用力捶打其中一架，飛機撞到牆上去。第二架在她身邊打轉，同時在銀色液體上噴灑黑色泡沫。

雪宜再捶一下之後，黑色泡沫就卡住，噴不出來了。她從地面上逐漸增大的銀蜘蛛上方跳過去。「準備開始跳。」

「跳到哪裡？」

「跳下去。」

塔莉又看了地面一下，發現灑出來的液體正在下沉。這隻銀色蜘蛛一直往下融化，穿透了陶瓷地板。

即使隱身衣內部很涼爽，塔莉仍感覺得到強烈化學反應的熱度。燃燒的塑膠和焦黑的陶瓷味，越來越嗆人。

塔莉再往後退一步。「那是什麼東西？」

「這是飢餓的奈米蟲，幾乎什麼都吃，然後壯大自己。」

「有什麼東西可以阻止它？」

塔莉又往後退了一步。

「妳看我像歷史學家嗎？」雪宜在腳上抹了一些黑色泡沫。「這個東西或許有幫助。管理這地方的人，可能會有緊急的應變措施。」

塔莉抬頭看了一下那個老美人，他已經爬到最高的架子上了，驚恐地睜大著眼睛。她只希望，爬到牆上，手足無措，不是他們全部的應變措施。

下面的地板嘎吱嘎吱地鳴叫著，隨後裂了開來，銀色蜘蛛的中心點已經沉到下方，不見蹤影。

塔莉張口結舌地看了好一會兒，才發現這隻奈米蟲不到一分鐘之內，就已經吃掉一大片地板。幾條留在後端的銀色卷鬚，朝四面八方伸展，仍然飢餓不已。

「我們快下去吧！」雪宜大叫道。她小心翼翼地從洞口邊緣走過去，往下瞄了幾眼，隨後快速穿過洞口跳下去。

塔莉往前走了一步。

「等一下！」那個老美人大叫道：「不要丟下我呀！」

她回頭看了一下——其中一根卷鬚已經伸到他站的架子下了，而且很快就往上狂撲到那堆古老的武器和設備上。

塔莉嘆口氣，跳到他身旁的架子上。她在他耳邊低聲說道：「我會救你，不過，如果你敢搞鬼的話，我就把你扔下去餵那隻蟲！」

為了隱藏她的身分，她說的話經過變聲，因此聽起來像怪物的嘶吼一般，這個男人只敢低聲發牢騷。她從架子上抓到他的手指，隨後把他扛在肩膀上，跳到博物館內未被汙染的地面上。

此時，煙霧已經充滿整座博物館，老美人咳得很厲害。這裡熱得像三溫暖的烤箱似的，塔莉穿著隱身衣也是汗流浹背，這是她成為特務員之後，第一次流汗。

博物館的另一塊地板轟隆一聲塌陷下去，露出建築物下方驚人的景象。這座裝滿機器，像足球場般大的博物館內，布滿了銀色的卷鬚，其中一輛車子已經被吃掉大半了。

軍械庫現在很努力在抵抗奈米蟲了，空中到處是小型的飛行器，拚命噴灑著黑色的泡沫。雪宜在幾個機器間跳來跳去，用來福槍搥打著機器，好讓奈米蟲繼續擴散。

要從這裡跳下去，實在太高了，但是塔莉別無選擇，因為被奈米蟲吃掉底座之後，架子已經開始傾斜。

她深吸一口氣後，往下一跳，她肩膀上的老美人，一直尖叫個不停。

她跳到某個機器的上方，老美人的體重壓得她很難受，悶哼一聲，隨後跳到一塊未被汙染的地面上。

雖然離飢餓的銀色液體很近，不過她及時煞住了，吸力鞋像驚恐萬分的小老鼠般嘎吱嘎吱地尖叫著。

雪宜暫時停下她跟噴灑機的戰鬥，指著塔莉的頭頂上方叫道：「小心！」

塔莉還來不及抬頭，已經聽到天花板坍塌的聲音。她急忙跳開，避開銀色卷鬚和看起來黏滑的黑色泡沫。感覺就好像小時候玩「跳房子」一樣，但是，如果出差錯的話，後果卻是致命的。等她終於來到屋子的另一頭時，塔莉聽到身後有更多的天花板塌下來。博物館架子上的東西，如雨點般地落下，掉到建築工程用的機器上，其中兩輛已經變成一團銀色液體了。噴灑機極力在上面灑滿黑色泡沫。

塔莉將老美人放到地面上，抬頭檢查她頭頂上的天花板。他們現在已經不是在博物館的下方了，但這銀色的液體仍不斷地擴散，甚至穿透了牆壁。難道它準備把整棟建築物都吃掉嗎？

也許這就是雪宜的計畫，那些泡沫似乎生效了，不過雪宜仍繼續從一塊安全的地點跳到另一塊，搖撼著噴灑機，不讓它們控制場面。

警報器的聲音又變了，轉成疏散撤離的警告聲。

這對塔莉來說，感覺上似乎是個好主意。

她轉過頭去問老美人：「我們要如何離開這裡？」

他掩著嘴巴，咳了幾下。連這間巨大的屋子內都布滿了煙霧。「坐火車。」

「火車？」

他指著下方說道：「地下鐵，就在這下面。妳們是怎麼進來的？妳們到底是什麼人？」

塔莉哀叫一聲，地下鐵？她們的浮板在屋頂上呢！可是，從上面出去的唯一出口是停機坪，那裡堆滿死寂的機器，而且那些機器現在很可能都醒過來了……

她們被困住了……

一輛巨大的車子突然動了起來。

這輛車子看起來好像古代農場耕作的老舊機器，車子前面尖銳的打穀機開始轉動了起來。車子極力要掉頭，想從擁擠的停車場上衝出去。

「老大！」塔莉大叫一聲。「我們得趕快離開這裡！」

雪宜還來不及回答，整棟建築物就垮了下來。其中一輛建築用的機器已經完全融成銀色的液體，正要朝地面沉下去。

「小心下面！」塔莉輕聲說道。

「走這邊！」雪宜大喊道，在這片騷動中，她的聲音幾不可聞。

塔莉轉身去拉老美人。

「不要碰我！」他大叫道：「如果妳離我遠一點的話，它們就會來救我！」

她停頓了一下，看到兩架小噴灑機飛在他頭頂上，一副想要保護他的樣子。

她迅速衝到房間的另一頭，希望地板不會塌陷下去。雪宜正在等她，揮舞著來福槍，護衛牆上不斷增長的銀色蜘蛛網。「我們得從這裡穿過去，到下一個大廳，我們遲早會衝到外面去的，對吧？」

「對……」塔莉說道：「除非那東西把我們壓死了。」那臺耕作機仍奮力要從停車場上衝出去。她們正在觀望的同時，耕作機附近的堆土機突然發動起來，朝耕作機的方向開過去。這臺較大的機器，終於掙脫了四周雜物的纏繞，開始朝她們這邊駛來。

雪宜回頭看了一下牆壁。「差不多夠大了！」

這個洞很快就變大了，高溫使銀色液體的邊緣散發著光芒。雪宜從隱身衣的袋子裡拿出一樣東西，用力扔出去。

「低頭！」

「那是什麼東西？」塔莉蹲下來，大聲問道。

「舊式的手榴彈。我只希望它還……」

一道閃光和轟鳴聲從洞中傳來。

「……管用。我們快走吧！」雪宜朝那輛笨重的耕作機的方向跑了幾步，又停下來，隨後再轉身看著那個洞。

「可是它還不夠大……」

雪宜不理會她，直接穿過去。塔莉緊張地大嚥口水，要是有一滴銀色的液體，落到雪宜身上的話……

她該跟上去嗎？

耕作機的轟鳴聲提醒她，她沒什麼其他的選擇了。它繞過下陷和感染的區域，現在已經掙脫束縛，正不斷加速，朝這邊衝過來。耕作機的其中一個輪子沾到了銀色的黏液，不過，還要很久才會被吃掉，它還有時間把塔莉輾成碎餅。

她往後退兩步，像潛水客準備下水一樣，把手掌併攏，隨後盡全力朝洞口衝過去。

到了洞口另一邊，塔莉在地上滾了一下，停下之後，立刻站起來。耕作機撞到牆壁時，地板也跟著震動起來，她身後閃亮的洞口，突然又變大了許多。

穿過洞口之後，她看到那輛巨大的機器正在往後退，準備再次進攻。

「動作快一點！」雪宜說道：「那個東西很快就會衝過來的。」

「可是我……」塔莉回過頭去，檢查自己的背、肩膀和腳底。

「別緊張。妳身上沒有銀色的黏液，我身上也沒有。」雪宜在槍托上沾了一滴銀色的黏液，隨後抓著塔莉的手，拉著她跑到對面去。地面上殘留著許多焦黑的泡沫，警備機已經被雪宜的手榴彈摧毀了。

雪宜站在對面的牆邊說道：「這棟建築物不可能比那個更大。」她將被吃掉大半的來福槍靠到牆上去。「不管怎麼樣，希望不會。」

一滴銀色液體黏上去，已經開始長大了……

地面又傳來震耳欲聾的轟鳴聲，塔莉立刻回頭看，打穀機的前端從洞口抽回去。牆上的裂縫已經大得足以讓人穿過去了。介於飢餓的黏液和打穀機之間的那面牆是撐不了多久的。

耕作機全身都被銀色液體侵襲了，發亮的銀色卷鬚像旋轉的閃電般，在打穀機上竄流。她不知道機器穿牆之前，會不會被全部吃掉。不過兩架噴灑機飛進來，開始噴灑著黑色的泡沫。

「這個地方真的想殺死我們，不是嗎？」塔莉說道。

「我想也是，」雪宜說道：「當然，如果妳願意的話，也可以投降看看。」

「嗯。」地面搖動起來，塔莉看到更多的牆壁倒下來，這個洞幾乎大得足以讓那輛巨大的機器穿過了。「還有手榴彈嗎？」

「有，不過我想存起來。」

「存起來幹什麼？」

「存起來給那些東西用。」

塔莉回過頭去看不斷擴散的銀色蜘蛛網。牆壁的中央露出了一片夜空，塔莉看到外面有許多飛行器的閃光燈。

「我們死定了。」她輕聲說道。

「還沒。」雪宜將手榴彈輕碰一下奈米蟲，看著它擴散一會兒之後，低手一擲，投進裂縫裡，同時拉著塔莉蹲下。

巨大的爆炸聲，震耳欲聾。

室內的那一頭，打穀機揮出最後一擊，整面牆全都塌了下來，化成一團銀色的瓦礫。那臺機器現在慢慢地駛過來，車上布滿黑色泡沫和銀色閃光，它帶著被吃掉一半的輪子，奮力朝這邊衝過來。

塔莉穿過這個洞之後，看到多得數不清的飛行器。

「如果我們現在跑出去的話，它們一定會殺死我們。」塔莉說道。

「快蹲下！」雪宜大叫道：「那個黏液隨時會打中旋翼。」

「打中什麼？」

就在這時候，一陣恐怖的叫聲從外面傳來，好像腳踏車的齒輪出了問題，嘎嘎地摩擦著。雪宜拉著塔莉蹲下來，外面又傳來另一個爆炸聲。許多銀色的飛沫從洞口噴進來。

「哦。」塔莉低聲叫道。雪宜的手榴彈爆炸後，炸彈上的奈米蟲擊中幾個倒楣的飛行器旋翼，奈米蟲吃著飛行器時，造成一陣致命的銀雨。這時候，守在外面等著她們的飛行器可能都被感染了。

「快呼叫妳的浮板！」

塔莉轉動一下防墜手鐲，雪宜已經準備要跳了，在室內不斷擴散的銀色雨滴之間，跳來跳去。

雪宜小心翼翼地走了三步，隨後從裂縫中衝過去。

塔莉從洞口往後退一步——這也是她僅有的空間。那輛笨重的打穀機離她很近，她還感覺到機器崩解時散發出來的高溫。

她深吸一口氣後，潛入裂縫中……

飛行

塔莉陷入黑暗之中。

寧靜的夜晚包圍著她，她墜落了好一會兒。也許穿過洞口時，她已經碰到致命的銀色黏液，或是被空中落下的黏液滴到，或者也有可能掉下去摔死，不過至少外面又涼爽又安靜。

隨後她的手腕上傳來一陣拉力，她的浮板熟悉的形影從黑暗中飛馳而來。塔莉在半空中轉了一圈，落到浮板上時呈現完美的站姿。

雪宜已經朝城市最近的邊界急速飛馳，塔莉調整浮板的方向跟過去，腳下的旋翼急忙啟動，很快就大聲地鳴叫起來。

天空中布滿閃亮的物體，紛紛從塔莉身邊飛走。每一架飛行器都想跟其他的飛行器保持距離，它們不知道哪一架被噴到銀色黏液，哪一架仍是乾淨的。明顯受到汙染的那幾架，已經降落在禁飛區域，汙染了其他的飛行器之後，旋翼仍然轉個不停。

在那群飛行器再度組織起來之前，她和雪宜仍有幾分鐘的時間，可以盡速往前飛。

塔莉想像著自己的手臂上充滿針刺般的高熱，不由得低頭檢查身上是否有不斷擴大的銀色汙點。她納悶地想著，不知道那些噴灑機是否已經控制住飢餓的奈米蟲，還是整棟建築都將沉入地底。

如果銀色黏液是軍械庫保存在博物館內的東西，那深藏在地底的「重大」武器又會是什麼樣子呢？當然，以鐵鏽人的標準來看，毀掉一棟建築根本不算什麼。他們光靠一顆子彈，就能殺死好幾座城市的人，留下的輻射和毒物能使好幾世代的人生病。相較之下，銀色黏液這種小東西只不過是博物館的收藏品而已。

她身後已經出現許多城市派來控制災情的飛車，他們在整座軍械庫的上方，噴灑了一團團巨大的黑色泡沫。

塔莉從混亂中轉身，在黑暗的天空中，跟在雪宜的身後疾飛而去。看到自己黑色的隱身衣上沒有閃亮的銀色液體後，好不容易鬆了一口氣。「妳沒事。」她大叫道。

雪宜繞著塔莉轉了一圈說道：「妳也沒事。早跟妳說過，特務員天生就運氣好呀！」

塔莉噓了噓口水，回頭看了一下。幾架倖存的飛行器從極度混亂的地面上升空，正朝她們這個方向急速追過來。她和雪宜穿著隱身衣，也許它們看不見，可是她們的浮板在高溫的銀光下，仍然非常明亮。「我現在還不敢說我們運氣好。」她對著空中大聲叫道。

「別擔心，塔莉─娃，如果它們想跟我們玩遊戲的話，我還有幾顆手榴彈。」兩人來到脆園鎮的邊境時，雪宜下降到屋頂的高度，以便取得更多磁力網的磁力。

塔莉跟著她下降，慢慢地呼了一口氣。想到雪宜還有幾顆手榴彈竟令她頗感安慰，可見今晚的行動不同凡響。

她聽到飛行器的轟鳴聲逐漸升高，顯然那些銀色黏液沒有把它們全部擊倒。「它們越來越靠近了。」

「它們雖然比我們快，不過不會在城市裡跟我們打，因為不想殺死無辜的路人。」

那可不包括我們啊！塔莉心想道：「那我們要怎麼逃走？」

「如果我們可以在脆園鎮外找到一條河的話，就可以跳下去。」

「跳下去？」

「它們看不見我們，塔莉，它們只看得見我們的浮板。要是穿著隱身衣從半空中掉下去的話，我們就完全隱形了。」她正在把玩著一顆手榴彈。「幫我找一條河吧！」

塔莉在眼睛裡打開一張地圖。

「那些火力強勁的飛行器會把我們的浮板剁成碎片。」雪宜說道：「它們不會找到足夠的碎片來……」雪宜的聲音逐漸隱去。一眨眼間，那些飛行器突然全部一起消失，夜空變得一片沉寂。

塔莉換了好幾張紅外線圖，仍然什麼也看不見。「雪宜？」

「它們一定把旋翼關掉了，改用磁鐵的力量飛行，完全隱密。」

「可是為什麼呢？我們知道它們在跟蹤我們呀！」

「也許它們不希望嚇到那些老美人。」雪宜說道：「它們在我們四周繞來繞去，包圍我們，等我們離開城市之後，就會開始射殺我們。」

塔莉嚥了嚥口水，在那短暫的沉靜中，她的腎上腺素下降許多，她們做的這場大事，終將傳回家鄉，由於她們的行動，軍中鬧得沸沸揚揚，可能會認為遭到別的城市的攻擊。那一瞬間，身為特務員那種酷冰的榮耀感，彷彿悄悄地溜走了。「雪宜，以防我們出事，我要先謝謝妳幫忙營救薩納的事。」

「噓，塔莉─娃，」雪宜輕聲說道：「幫我找一條河就是了。」

塔莉倒數著秒數，一分鐘後即將離開城市邊界。

她想起前一天晚上，追逐煙城人到荒野邊境時的興奮感，但是現在她卻是被追逐的獵物，對方的數量比她多無數倍，火力也比她強大……

「我們到了。」雪宜警告道。

她們一進入城外的黑暗中時，許多閃亮的飛行器突然同時出現在她們的四周，塔莉聽到旋翼啟動的聲音，隨後，耀眼奪目的砲彈從天上射過來。

「不要輕易讓他們得逞！」雪宜大叫道。

塔莉開始蛇行，繞過空中燃燒的炮彈滑行。機關槍朝這邊連續掃射過來，彈如雨下，宛如沙漠中的熱風吹過她的臉頰，將下方的樹林劈成一根根火柴棒般的細枝。她扭來轉去，飛上飛下，差點被對面射來的彈幕擊中。

雪宜朝空中拋擲一顆手榴彈，幾秒鐘後，手榴彈在她們身後爆炸，爆炸的衝擊像拳頭一樣打中塔莉，使她的浮板搖晃起來。她聽到旋翼被撞歪，發出陣陣的悲鳴聲——雪宜甚至沒瞄準任何目標，就擊中了一架飛行器！

當然，這也表示飛行器的數目已經多到……

兩道砲彈歪斜的餘火，劃過塔莉前方的路線，在空中燃燒起來，她緊急轉彎，避開了它，卻差點從浮板上跌下去。

前方不遠處，有一條映著淡淡月光的河流。

「有河流！」

「我看到了，」雪宜叫道：「把妳的浮板設定成妳跳下去後，可以自動往前飛的模式。」

塔莉再次急轉彎，另一波機關槍砲差點就擊中她了。她試著調整防墜手鐲，將浮板設定成沒有她也能繼續往前飛。

「盡量不要濺出水花！」雪宜大叫道：「三……二……」

塔莉跳了下去。

她落下時，下方的黑色河流閃著月光，像曲折的黑色鏡子，映照著天空中的混亂局勢。她深深地吸了幾口氣，儲存好氧氣，雙手併攏，乾淨俐落地切入水面。

彷彿被河水的表面重重地拍打了幾下，隨後水中的轟隆聲，消除了槍砲和旋翼的嘶鳴聲。塔莉潛入陰暗的深水中，寒冷寧靜的河水將她整個包圍。

她揮動手臂，畫著圓圈，避免太快浮出水面，盡可能留在河裡，直到她的肺受不了為止。等她終於浮出水面時，目光掃視著天空中的動靜，卻只發現幾公里外黑色的地平線上，有少許忽隱忽現的閃光。河中的流水寒冷平穩。

她們逃過一劫了。

「塔莉？」水面上突然傳來一陣呼叫聲。

「我在這裡。」她輕輕地答道，拍打著河水，轉向聲音的來處。

雪宜用力朝她這邊划過來。「塔莉—娃，妳沒事吧？」

「我沒事。」塔莉迅速檢查了體內的骨頭和肌肉。「沒有受傷。」

「我也沒事。」雪宜疲倦地微笑了一下：「我們上岸去吧！還有很長一段路要走呢！」

她們慢慢地游上岸時，塔莉緊張地看了幾下天空——今天晚上，她已經跟城市的軍隊打夠了。

「這還真的很酷冰哪！」雪宜對她說道，兩人拖著沉重的腳步，走在泥濘的岸邊。她拿出在博物館裡取得的工具。「明天晚上的這個時候，薩納就會進入荒野，我們就跟在他後面。」

塔莉看著這個合金切割器，不敢相信，她們為了這個比手指還小的東西，差點被殺。「可是，我們做了這些事情之後，有人會相信，這是一群犯罪社社員幹的嗎？」

「也許不會相信。」雪宜聳聳肩，隨後咯咯地笑了起來。「不過，等他們趕過去阻止銀色黏液時，那裡是不會有多少證據留給他們調查的。不管他們認為是犯罪社社員、煙城人，還是另一個城市特務員的突擊隊，他們只會知道，薩納有一群壞朋友。」

塔莉皺起眉頭。她們只是想讓薩納看起來很酷炫的樣子，不是要讓他涉入重大的攻擊事件。當然，城市受到這樣的威脅，凱波博士很可能會想盡快招募更多的特務員，照理說，薩納會是最好的候選人。

塔莉微笑道：「他確實有壞朋友，雪宜——拉，他有妳跟我呀！」

雪宜大笑起來，兩人剛要走進樹林中，隱身衣也跟著調整顏色，以便符合月光下斑駁的色彩。

「那還用說，塔莉——娃，那傢伙根本不知道他有多麼幸運。」

第二部　跟蹤薩納

天下皆知美之為美，斯惡已。皆知善之為善，斯不善已。

——摘自老子《道德經》第二章

切斷項圈

隔天晚上她們去找薩納時，還有一群犯罪社社員也在等她們。他們聚集在水庫的陰影裡；這個水庫緩和了溪河的水流之後，繞著新美人鎮流過去。嘩啦啦的流水聲和犯罪社社員緊張的氣息，使塔莉也跟著緊張起來，她手臂上的閃動刺青像風車般地狂轉不已。

經過昨晚的冒險之後，要是換成她以前平凡的身體，現在一定累死了。她和雪宜一直走到市中心才呼叫塔哈斯送新的浮板過來，一般人走那麼長一段路的話，得躺上好幾天才能恢復體力。但是幾個小時的睡眠，已經讓塔莉的體力恢復了大半，昨晚在軍械庫的豐功偉業，現在感覺好像只是一個惡作劇——只是有點失控罷了，也許……

她的皮膚信號器響個不停，城市發出了許多強烈的警報：城市的看守員和一般的特務員全部出動，新聞報導質疑，不知道這個城市是不是遭到攻擊了。大半的老美人看到了昨晚的大火和軍械庫那一大堆黑色的泡沫，也很難解釋究竟發生了什麼事。軍隊的飛行器出現在市中心，派駐到市政廳旁邊守衛，避免遭受下一波的攻擊。夜晚的煙火表演全部取消，直到收到進一步通知為止，天空中顯得異常的黑暗。

就連卡特族也接到指示，出來搜查煙城人與破壞軍械庫的事件是否有關聯，這使塔莉和雪宜覺得很可笑。

城市出現危機時的各種聲響，令塔莉精神為之一振，她覺得整件事情真的很酷冰，就像以前在學校時，因為暴風雪或是火災停止上課般地令人興奮不已。即使她現在全身痠痛，還是有充足的體力跟蹤薩納到荒野中旅行幾個禮拜或幾個月，不管要多久都沒關係。

但是，塔莉的浮板一落地，她還是堅決不肯迎視他水汪汪的眼睛。她不希望因為看到他孱弱的身體，把她酷冰的好心情給毀了。於是她把目光轉到其他的犯罪社社員身上。

這裡總共有八個人，帕里斯也在其中，當他看到塔莉的新面孔時，眼睛大睜。他手上拿著幾個玩具般的彩色氣球，彷彿是小朋友生日派對中的餘興節目表演者一般。

「別跟我說你也要去。」她輕蔑地說道。

他不理會她的嘲諷，迎視她的目光說道：「我知道我以前在妳面前很懦弱，但我現在比以前更酷炫了。」

塔莉看著帕里斯豐滿的嘴唇，他想要表現出勇敢的樣子，不禁納悶地想道，不知道他這個新態度是不是跟瑪蒂的奈米丸有關。「那些氣球是要做什麼用的？以防萬一你不小心從浮板上掉下來嗎？」

「到時妳就知道了。」他答道，努力擠出一抹微笑。

「你們這些蠢美人最好做好準備，可能會有一段長時間的旅行。」雪宜說道：「煙城人可能會等一陣子之後才會去接你們。我希望那些袋子裡裝的是救生器材，不是香檳才好。」

「我們已經準備好了。」薩納答道：「淨水器和每人六天份的自動加熱食品；一大堆的義大利肉醬麵。」

塔莉噁心地做了個鬼臉；自從第一次到野外旅行之後，只要一想到義大利肉醬麵就讓她反胃。

幸好，特務員可以在荒野中自己蒐集食物，他們改造後的胃，幾乎能從任何東西吸取養分。有幾個卡特族開始打獵了，不過塔莉堅持只吃野生的植物——以前在煙城的時候，她已經吃夠死動物的肉了。

犯罪社社員開始背起背包，臉上一直保持嚴肅，想要表現出認真的樣子。她只希望這群社員不會在荒野中臨陣退縮，把薩納一個人丟在野外。即使浮板還在地面上，薩納看起來已經有點搖晃不穩了。

其他幾個犯罪社社員一直盯著她和雪宜，因為他們以前連一般的特務員都不曾見過，更別說是滿身傷疤和有閃動刺青的卡特族了。不過，他們似乎不怎麼害怕——不像一般蠢美人的反應——只是單純的好奇而已。

瑪蒂的奈米丸已經散播好一陣子了，犯罪社社員當然會是首先嘗試的人，只要能使他們變酷炫的東西他們都樂於嘗試。

當每個人都是愛搗蛋的犯罪社社員時，政府要怎麼管理市民呢？他們不像一般人規規矩矩地遵守規則，反而一直偷東西和惡作劇。難道他們最後不會變成真正的罪犯——做出暴力行為，甚至謀殺——或像以前的鐵鏽人那樣？

「好吧！」雪宜說道：「準備動身吧！」她拿出了合金切割器。

犯罪社社員從手指上脫下電腦戒指，帕里斯給每個人一個氣球，他們將戒指綁在氣球的繩子上。

「聰明。」塔莉說道，帕里斯對她露出滿意的微笑。綁著戒指的氣球升空之後，城市的電腦中心會認為，犯罪社社員只是慢慢地滑著浮板一起出遊，像標準的蠢美人一樣，順風滑行而已。

雪宜朝薩納前進一步，不過他卻抬手制止她。「不，我要塔莉來幫我。」

雪宜發出幾聲狂笑之後，把工具丟給塔莉。「妳的男人要妳動手哪！」

塔莉走近薩納站立的地方，緩緩地吸了一口氣，暗自發誓絕不讓他將她變成沒用的普通人。不過，等她伸手抓起鐵鍊，手指擦過他赤裸的喉嚨時，一股顫慄竄過全身。她的眼睛一直盯著項圈的鍊子，但是隔得這麼近，指尖離他的肌膚只有幾公分，頓時喚起了舊時令人發昏的記憶。

然而，當她看見薩納顫抖的手之後，馬上又升起一股厭惡感。直到他變成特務員之前，她心中的交戰將不會停歇——到時他的身體將會跟她一樣完美。

「穩住不要動，」她說：「這東西很燙。」

切割器的啟動燈亮起之後，她將視力調暗，黑暗中噴著藍白相間的色彩。像剛剛開門的烤箱，強烈的熱氣撲到她的臉上，空氣中布滿宛如塑膠燃燒的味道，而她的手在發抖。

「別擔心，塔莉，我相信妳。」

她嚥了嚥口水，仍不敢看他的眼睛。她並不想看到他水汪汪的眼睛，或是明顯露在薩納臉上的表情。她只希望他趕緊動身，立刻出發到荒野，到新煙城人可能會去找他的那個地點，等他被抓回來之後，就能重新改造成特務員。

閃亮的弧形觸碰到金屬時，她聽到腦中傳來一陣警報聲。這是城市的標準程序：這個項鍊若被毀損的話，會自動傳送訊息到電腦中心，附近的看守員也會聽到警報聲。

「最好現在就讓那些氣球升空。」雪宜說道：「他們很快就會過來了。」

弧形的切割器割到了項圈鍊子的最後幾公釐，塔莉便用雙手將它從薩納的脖子上拿起來，小心翼翼地不讓那些熱騰騰的尖角觸碰到他的頸部。

她的手臂正要從薩納身上撤離時，他突然抓住了她的手腕。「想辦法改變妳的頭腦吧！塔莉。」

她抽開手，他的握力不比幾條蜘蛛絲強多少。「我的腦袋現在這樣子很好。」

他的指尖順著那道凸起的傷疤，滑過她的手臂。「那妳為什麼這麼做呢？」

她看著他的手，仍然不敢看他的眼睛。「這樣可以讓我們更酷冰，就像酷炫的感覺，但卻更好。」

「有什麼妳無法感覺的東西，讓妳非這麼做不可？」

她皺起眉頭，無法回答這個問題。他只是不了解自割的感覺，因為他從來不曾試過。除此之外，她的皮膚信號器將每一個字都傳給了雪宜……

「妳可以重新改造自己的，塔莉，」他說：「他們將妳變成特務員的事實證明，妳有能力改變自己。」

她盯著仍在發亮的切割器，想起她們費了多大的勁才拿到它。「我做的已經遠比你想像得還要多了。」

「很好，那妳就能選擇妳要站在哪一邊了，塔莉。」

她終於正視他的眼睛。「這跟我要站在哪一邊無關，薩納，我做這件事不是為了別人，而是為了我們倆才做的。」

他微笑了一下。「我也不是，記得這一點，塔莉。」

「你是什麼意……？」塔莉垂下目光，搖了搖頭。「你該動身了，薩納。要是看守員在這裡抓到你，你卻連一步都還沒踏出去的話，看起來是不會酷炫的。」

「說到被抓的事情，」雪宜低聲說道並把追蹤器交給薩納。「你找到煙城的時候，轉一下這個我們馬上就會過來。塔莉—娃，如果把它丟進火裡也有用，對吧？」

他看了一下追蹤器，隨後將它放進口袋裡。他也許不是特務員，但他專注的神情也不像一般的蠢美人。

「試著繼續改變自己，塔莉。」他柔聲說道。

「快走！」她轉過身，走了幾步離開他，從帕里斯手中把最後幾個氣球拿過來，將氣球上的線纏繞在仍然發亮的項圈上。她剛放開氣球時，氣球彷彿掙扎著要拉起項鍊的重量，隨後一陣風吹來，增強了浮力。等她回頭去看薩納時，他的浮板已經升空，雙臂伸展，搖搖晃晃地，好像走在橫梁上的小孩一般。他的身邊有兩個犯罪社社員，滑在兩側，準備隨時協助他。

雪宜長嘆一聲。「這實在是太容易了點。」

塔莉沒有回答，目光一直盯著薩納，直到他消失在黑暗中為止。

「我們最好也趕緊動身。」雪宜說道。塔莉點點頭。等到那些看守員過來時，也許會覺得幾個特務員剛好在薩納最後出現的地點遊盪，似乎太巧了點。

她隱身衣的外殼抖動了一下，微微地往上舞動，塔莉戴上了手套，拉起面罩，蓋住了臉。不到幾秒鐘之後，塔莉和雪宜便像午夜的天空一般漆黑，完美地隱形了。

「走吧！老大，」她說：「我們去找煙城吧！」

城外

薩納的逃亡遠比塔莉預期的容易多了。

其他的犯罪社社員和美人盟友一定施了一些計謀——幾千個美人同時把電腦戒指一起綁在氣球上，空中布滿了假訊號；還有大約幾百個醜人也依樣畫葫蘆。看守員的頻道不斷傳來惱怒的談話，為了這些惡作劇，他們沿路停下來數十次，到處收拾電腦戒指。經過昨晚的事件之後，政府當局實在沒有心情應付這些惡作劇。

雪宜和塔莉最後只好把看守員嘈雜的頻道關起來。

「到目前為止還滿酷冰的。」雪宜說道：「妳的男朋友應該會成為不錯的卡特族。」

塔莉微笑了一下，很慶幸薩納那搖晃不穩的樣子終於離開了；令人興奮的追逐戰就要開始。他們跟在這一小群犯罪社社員的後方，保持約一公里的距離，八個紅外線的人影非常清晰，塔莉甚至還分辨得出薩納發亮的身影。她發現至少有一個人始終飛在他的身邊，準備隨時協助他。

這些逃亡者並未沿著河流急速飛到鐵鏽人的廢墟，反而不慌不忙地飛到城市的南邊。他們離開了城市的磁力網之後，降落到森林裡，開始走路，帶著浮板朝塔莉和雪宜前一天晚上跳下去的那條河走去。

「他們這樣倒是挺酷炫的，」雪宜說道：「沒有走平常的逃亡路線。」

「不過，這樣對薩納一定很辛苦。」塔莉說道。沒有磁力網在下方支撐，浮板拿起來很沉重。

「如果妳一路上都要為他擔心的話，塔莉—娃，那可就無聊透頂了。」

「抱歉，老大。」

「放輕鬆點，塔莉，我們不會讓妳的男朋友出事的。」雪宜往下降到松樹林裡。塔莉在高處多停留了一會兒，望著那一小群人緩慢地前進。他們要走上一個小時才能到達河邊再使用浮板，可是她不想在荒野中失去這些人的蹤影。

「現在就把精力耗掉，妳不嫌早了點嗎？」雪宜的聲音從下方傳來，透過皮膚信號器，感覺很靠近。

塔莉輕輕地嘆口氣，隨後慢慢下降。

一個小時後，她們坐在岸邊等那些犯罪社社員跟上來。

「十一。」雪宜一邊大聲地數著；一邊又丟了一塊石頭。石頭跳過水面，拚命旋轉，彈跳了十一下之後，終於沉入河底。

「哈！我又贏了！」雪宜宣布道。

「又沒人跟妳玩，雪宜—拉。」

「是我跟大自然比賽呀！十二。」雪宜又丟了一次，石頭輕快地跳到河中央，彈跳了整整十二下之後，才沉入河底。「我又勝利了！來吧！妳也試一下！」

「不，謝了，老大。我們不是應該再查看一下他們的情況嗎？」

雪宜哀叫道：「唉呀！他們很快就會來了，塔莉，妳上次看的時候，他們已經快走到河邊了，那不過是五分鐘前的事而已。」

「那他們現在為什麼還沒到呢？」

「因為他們在休息呀！塔莉，他們拖著那些爛浮板在森林裡走，一定到現在還在累哪！」她微笑了一下。「或許，他們正忙著煮一頓美味的義大利肉醬麵大餐呢！」

塔莉做了個鬼臉。但願她們兩人沒有飛到他們前面，這次行動的重點就是要緊跟著那些逃亡者。「要是他們走另一條路怎麼辦？妳知道河流有兩條叉路不是嗎？」

「別遜了好不好，塔莉—娃，他們為什麼要朝海邊的反方向走呢？過幾座山之後，那裡除了幾百里的沙漠之外，一無所有。鐵鏽人在雜草侵入那裡之前，就已經稱它為死亡谷了。」

「可是，要是他們跟新煙城人約在那裡會面怎麼辦？我們不知道犯罪社社員跟外來者的聯絡有多密切。」

雪宜嘆了口氣。「好吧！那妳就去看吧！」她踢了一下腳邊的泥土，想要找另一顆平滑的石頭來丟。「不要在上面待太久就是了，他們可能有紅外線。」

塔莉從高空上就能看清楚那些逃亡者的蹤跡。如雪宜猜測的一般，他們停在岸邊不動，或許是在歇腳。不過，當她試著找出哪個是薩納時，不由得皺起眉頭。

後來她才明白，究竟是什麼事情讓她覺得不對勁：那裡有九團發亮的熱能，而不是八團。他們生了一團火嗎？還是某個自動加溫的食物，欺騙了她的紅外線。

她調整了一下視網膜的焦距，集中在他們身上。他們的剪影變銳利之後，塔莉確定那些全都是人影。

「雪宜─拉，」她低聲說道：「他們真的跟某人碰面了。」

「這麼快？」雪宜在下面答道：「哇，我沒想到新煙城人這麼輕易就出面了。」

「除非這是另一次的突擊。」塔莉柔聲說道。

「讓他們試試看吧！我上去看一下。」

「等一下，他們開始移動了。」那些發亮的人影滑到河面上，以浮板的速度朝她和雪宜這邊飛來。不過有一個人影留在原地，隨後走進了森林。「他們朝這邊飛過來了，雪宜，總之有八個人飛過來，另一個人往反方向走。」

「好吧！妳去跟蹤那個人，我會跟著這群犯罪社社員。」

「可是……」

「不要跟我爭，塔莉，我不會跟丟妳男朋友的。妳快去就是了，還有，不要讓他們看到妳。」

「好吧！老大。」塔莉下降到河面上，讓浮板的旋翼冷卻一下之後，朝犯罪社社員的方向疾飛而去，打開隱身衣，拉上面罩，蓋住臉。塔莉朝岸邊飛過去，慢慢地飛進懸在河面上方的植物叢裡，靜止不動。

不到一分鐘後，那些犯罪社社員一無所覺地從她身邊快速飛過，她在這群人中認出薩納搖搖晃晃的身影。

「我看見他們了。」過一會兒之後，雪宜說道，她的聲音逐漸淡去。「如果我們離開河流的話，我會給妳留個信號。」

「好的，老大。」塔莉的身子往前傾，朝第九個神祕的人影飛去。

「小心點，塔莉，我可不想一週內失去兩個卡特族的人哪！」

「沒問題。」塔莉說道。她很想回去跟蹤薩納，當然不希望被抓。「待會見了。」

「已經開始想妳了……」雪宜說道，她的訊號逐漸遠去。

塔莉以特殊的感應力，掃瞄河流兩岸的森林。岸邊陰暗的樹林裡，充滿許多發亮的魅影，小動物和巢中鳥的體溫，發出忽隱忽現的光芒，可是沒有半個影子像人類……

塔莉靠近犯罪社社員與神祕友人會面的地方時，慢慢減緩速度，在浮板上蹲低身子。她笑了笑，開始感覺酷冰和興奮。如果這是另一場突擊的話，這些煙城人會發現，他們可不是唯一會隱形的人。

她停在泥濘的岸邊，從浮板上走下來，命令浮板到空中去等她。

犯罪社社員原先站立的地點，布滿了許多腳印。久未洗澡的體臭味仍瀰漫在空氣中，有人已經超過好幾天沒洗澡了。有可能是犯罪社社員之一，聞起來有回收利用的服裝味道，還有某種緊張的感覺。

塔莉小心翼翼地在樹林裡移動，循著小路上的氣味前進。

不管她跟蹤的人是誰，那人一定深諳森林的求生技能。路上沒有粗心撞斷的小樹枝，地面上也沒有洩露行蹤的腳印。不過，塔莉越來越接近時，那個體臭味越來越強，足以讓她皺起鼻頭。不管是缺水還是什麼的，連煙城人聞起來都沒有這麼糟。

一道發亮的紅外線光芒在樹林裡出現，前面有個人影。她稍微停下來傾聽，但是森林裡幾乎沒有半點聲響：不管那人是誰，他的動作跟大衛一樣沉靜。

塔莉慢慢地靠近，眼睛掃描著地面上隱密的小徑，幾秒後，她找到了——在濃密的樹林裡，幾乎是看不見的路線，這就是那個人走的小徑。

雪宜警告過她要小心一點，不管這個人是誰——不管是不是煙城人——他們不會輕易讓人跟蹤，不過也許卡特族受到突擊，理當回敬他們……

塔莉從小徑上轉向，跑進森林更深處。她靜若無聲地移動著，輕手輕腳地穿過樹叢間，成弧形迅速繞過她的獵物，直到她再度找到小徑為止。隨後她往前悄悄走過去，現在已經來到那人的前面了，她發現一叢高大的樹枝，垂到小徑的上方。

完美的好地點。

她往前爬時，隱身衣的外殼跟著樹幹的材質變粗，顏色轉換成宛如映在斑駁月光下的樹幹。她垂掛在小徑上方的樹枝上，隱身等待著，心跳也逐漸加快。

那個發亮的人影靜默無聲地走在樹林中。塔莉在那久未洗澡的體味中，完全聞不到任何人造纖維的味道：沒有防曬貼片，防蚊液，或是一丁點香皂和洗髮精的味道。塔莉快速地看了一下重疊的影像，也找不到任何電子物品，或自動加溫的外套，她的耳朵也聽不到一丁點夜視鏡的聲響。

她的獵物沒有半點現代設備的協助。她穿著隱身衣，動也不動地停在那裡，連大氣都不敢喘一下，就連最先進的科技都無法發現到她的蹤跡……

然而，這個人影在她下方經過時，卻放慢了腳步，歪著頭，好像在傾聽什麼聲音似的。

塔莉屏住氣息，雖然她明知道自己已經隱形了，可是心跳還是不斷加快，她的感官把森林中的聲響放大了。這裡難道還有別人嗎？有人看到她爬上這棵樹嗎？幾個魅影在她眼角閃動，她的身體很想行動，而不是躲在枝葉中，一動也不動。

隔了好一會兒，那個人影還是沒有移動，隨後，慢慢地，他抬起頭，望著上方。

塔莉毫不遲疑地——將隱身衣轉成黑色的盔甲模式，雙臂緊緊地抓住這個人影，鎖住他的手臂，硬將他壓倒在地。這麼近的距離，沒洗澡的體臭味幾乎嗆人鼻息。

「我不想傷害你，」她透過面罩說道：「但是必要時，我也會這麼做。」

這個年輕人掙扎了一會兒，塔莉見到他手中的刀光閃了一下，壓得更緊了，他肺裡的空氣被擠出來，肋骨喀嘎一聲斷掉，刀子也從他指間滑落。

「特殊人。」他低聲呼道。

他的口音使塔莉升起一股熟識的感覺。特殊人？她在某個地方聽過這個字眼。她關掉紅外線裝置，把他拉起來，推著他往後走，一道月光照在他的臉上。

他骯髒的臉上，布滿鬍鬚，身上穿著用幾塊動物皮縫起來的粗製衣物。

「我認識你……」她輕聲說道。

他沒有答話，塔莉拉開面罩，讓他看她的臉。

「楊布拉德。」他笑著說道：「妳變了。」

野蠻人

他的名字是安德魯・辛普森・史密斯，塔莉以前見過他。

當塔莉還是美人的時候，曾經逃出城市，無意中闖入某個保留區，那個地方是留給城市科學家做實驗用的。住在保留區裡的人，像前廢墟人一樣地生活，穿著皮衣，只使用石器時代的工具——棍子，木棒和火。他們居住的小村落經常彼此打仗，無止盡的仇殺，只是為了提供科學家做研究，就像培養器皿中經過淨化的純暴力人性一般。

這些村民不知道外面的世界，也不知道他們所面對的問題——疾病、飢餓和屠殺——在人類史上，在幾個世紀之前就已經解決了。這些事情他們原本都不知道，直到塔莉無意中闖入他們的狩獵季，被誤以為是天神，她把全部的實情告訴他們的祭司安德魯・辛普森・史密斯之後，他們才知道真相。

「你是怎麼離開那裡的？」她問道。

他驕傲地笑道：「我越過世界的盡頭了，塔莉・楊布拉德。」

塔莉揚了揚眉。保留區的邊界被掛在樹上的「小人」娃娃包圍，這些娃娃會發出癱瘓人神經的電流，任何靠近邊界的人，都會受到電流的攻擊，造成極大的痛苦。把這些村民放進真實的世界裡太危險了，因此城市在他們世界的四周，設下難以穿越的邊界。

「你是怎麼辦到的？」

安德魯咯咯地笑了起來，彎下身去撿他的刀子，塔莉強忍住想把刀子從他手上踢掉的衝動。他剛剛叫她「特殊人」，這是村民對憎惡的特務員的稱呼。當然，他看到她的臉之後，記得塔莉是朋友，也是與他們一起反抗城市天神的盟友。他完全不了解，她新的閃動刺青的意義，不明白她已經成為天神懼怕的執法者了。

「自從妳告訴過我，世界的盡頭外面還有很多世界之後，我就開始思考，不知道這些小人是否有害怕的東西。」

「害怕？」

「沒錯，我試了很多方法嚇走他們，唱歌和咒語，還有熊的骷髏頭。」

「呃，安德魯，他們不是真的人，只是機器而已，他們不會感覺害怕的。」

他的表情變得嚴肅起來。「但是，他們怕火，楊布拉德，我發現他們怕火。」

「火？」塔莉嚥了嚥口水。「嗯，安德魯，那是一場大火嗎？」

他笑著答道：「火燒掉了很多樹，燒完之後，那些小人就逃走了。」

她哀叫道：「我想那些小人是被燒掉了，安德魯，所以，你的意思是說，你引起了一場森林大火囉？」

「森林大火。」他想了一下。「這幾個字眼倒是滿好的。」

「事實上，安德魯，這些是不好的字眼。是你運氣好，剛好沒碰到夏天，否則這場大火很可能會把你的整個……世界都燒掉。」

他笑了笑。「我的世界現在變大了，楊布拉德。」

「是沒錯，不過，這卻……不是我要說的意思。」

塔莉嘆了口氣。她跟安德魯解釋真實世界的事情，原本是善意的啟蒙，現在卻造成巨大的災害，這場大火很可能將好幾個危險的野蠻村民，釋放到附近的荒野中了。荒野中有煙城人，逃亡者，甚至是從城市裡出來露營的人。「你是多久以前放火的？」

「二十七天前。」他搖了搖頭。「可是這些小人又回來了，還是新的小人，他們不怕火。從那次以後，我就不曾再回我以前的世界了。」

「不過，你交了一些新朋友對不對？城市的朋友。」

他懷疑地看了塔莉一會兒，他一定是發現到，如果她見到他跟犯罪社社員會面，那她很可能一直在跟蹤他們。「楊布拉德，」他謹慎地問道：「妳怎麼會在這裡遇到我？」

塔莉沒有立刻回答，安德魯的村子裡似乎還沒有說謊的概念，至少在塔莉跟他們解釋，他們居住的村子是個天大的謊言之前還是如此。不過，他現在對城市的人一定更提防了。因此，她決定要小心選擇她要說的話。「你剛剛見過的那些天神，有幾個是我的朋友。」

「他們不是天神，塔莉，妳以前跟我說過了。」

「沒錯，這樣很好，安德魯。」她納悶地想著，不知道他最近又學到了哪些事情。他對城市的語言似乎說得很流利，好像經常練習的樣子。「但是，你怎麼知道他們會來呢？你不是無意中遇到他們的，對吧？」

他謹慎地看了她一眼，隨後搖搖頭。「不是，他們在躲特殊人，我幫他們的忙，他們是妳的朋友嗎？」

她咬了咬唇。「其中一個是……我是說……他是我的男朋友。」

安德魯臉上頓時露出恍然大悟的表情，他低聲笑了一下，伸出一隻手，拍了一下她的肩膀。

「我現在明白了，所以妳才會跟蹤他們，而且跟特殊人一樣隱形，原來是為了男朋友啊！」

塔莉努力不要轉動眼珠子，要是安德魯認為她是被拋棄的情人，故意跟在他們後面，這比解釋實情要簡單多了。「那你是怎麼知道，要在這裡跟他們碰面的？」

「我發現回不了家的時候，我就出發去找妳了，楊布拉德。」

「找我？」塔莉問道。

「妳以前說要去找鐵鏽人廢墟，而且妳跟我說過要朝哪個方向走，還有要走多遠的距離。」

「你找到那裡了？」

安德魯睜大著眼睛，點了點頭，身子不由得顫抖了一下。「好大的村子，到處都是死人。」

「你也見到煙城人了，對吧？」

「新煙城永存。」他嚴肅地說道。

「沒錯，的確如此。那你現在幫他們協助逃亡者嗎？」

「不只是我而已，其他從我村子裡出來的人也加入了，煙城人知道如何從小人的上面飛過去，終有一天，我們都會得到自由的。」

「喔，那真是個好消息。」塔莉說道。煙城人真的瘋了，把這一群致命的野蠻人放到荒野中。這些村民當然會是很有用的盟友，他們比任何城市小孩都懂得森林求生的技能，很可能比最老的煙城人還要擅長。他們懂得在森林小徑中尋找食物，用天然的材料製作衣服，這些都是城市裡的人很早以前失去的技能。而且經過好幾個世代的部落仇殺，他們對突擊戰術也很擅長。

安德魯不知如何感應到塔莉棲息在上方，即使穿著隱身衣也一樣。人需要一輩子的磨練，才有辦法擁有像這樣的直覺。

「你剛剛是怎麼幫助那些逃亡者的？」

他驕傲地笑道：「我告訴他們如何到新煙城去。」

「好極了，因為，你知道嗎？我有點迷路了，希望你也能幫我。」

他點點頭。「那當然，楊布拉德，只要說出通關密語就好了。」

塔莉大吃一驚。「通關密語？安德魯，是我耶！我也許不知道通關密語，可是，從你見到我的那時候開始，我就已經在找煙城了。」

「的確如此，不過，我已經發過誓。」他不自在地轉換身體的重心。

「妳出了什麼事？楊布拉德，妳離開之後，發生了什麼事？我到了廢墟的時候，告訴煙城人，妳是怎麼出現在我們面前的。他們告訴我，城市的人又把妳帶走了，在妳身上做了一些事。」他比了一下她的臉。「這是另一種流行的表現嗎？」

塔莉嘆了口氣，看著他的眼睛。他只是個平凡的人，平凡又平庸的人，他的牙齒參差不齊，坑坑洞洞，又從來不洗澡。可是，不知為什麼，塔莉並不想對安德魯說謊。其中一個原因是，要欺騙不識字的人實在太容易了，除了過去數週的時間以外，他一輩子都被困在實驗村裡。

「楊布拉德，妳的心跳得很快哪！」

塔莉伸手摸了一下臉，毫無疑問地，她的閃動刺青轉得很快。安德魯並未忘記，閃動刺青會顯示興奮和焦慮的情緒。或許對他說謊毫無意義，他的直覺也會察覺到，他不該小看穿隱身衣的人。

她決定要告訴他實情，反正是說出對她最重要的那部分就是了。

「我要給你看個東西，安德魯。」她說完，脫下右手的手套。她張開手掌，被切斷的閃動刺青在月光下，跟著她心跳的速度轉動著。「看到這兩道疤了嗎？這是我愛情的記號……對薩納的愛。」

他睜大著眼睛，看著她的手，緩緩地點頭。「我以前沒有在你們身上看過任何疤痕。你們的皮膚總是……很完美。」

「沒錯，我們想要的話，才會有疤痕，所以這些疤痕總是代表一些意義。這些疤痕代表我愛薩納。他就是那個看起來身體不大好的人，有點發抖的那個，知道嗎？我需要跟著他，確定他在外面不會出事。」

安德魯慢慢地點頭說道：「他太驕傲了，所以不肯接受女人的幫助嗎？」

塔莉聳聳肩。這些村民對性別的觀念也跟石器時代的人差不多。「呃，這麼說吧！他現在不要我幫忙。」

「妳教我關於妳的世界的事情時，我並沒有很傲慢，」他微笑道：「也許我還比薩納聰明一點。」

「也許你是比較聰明。」她將未戴手套的手弓起來，她手掌上的疤痕仍然有點僵硬。「我是想請你打破誓言，安德魯，告訴我他們往哪個方向走。我想我有方法治癒薩納顫抖的毛病，而且他跟一群城市小孩出門，讓我很擔心，他們不像你我一樣了解荒野中的事物。」

他仍然盯著她的手，很努力在思考，隨後他抬眼看著她。「沒有妳的話，我可能會一輩子困在那個假的世界裡，我願意信任妳，楊布拉德。」

塔莉勉強微笑了一下。「所以你會告訴我新煙城在哪裡囉？」

「我不知道在哪裡，對我來說，那是個天大的祕密，不過，我可以告訴妳去那裡的方法。」他伸進腰袋裡，拿出一把小晶片。

「方位探測器。」塔莉輕輕說道：「已經設定好路線了嗎？」

「對，就是這個東西帶我到這裡來見那些年輕的逃亡者的。這個東西也會指引妳到新煙城去，妳知道怎麼使用嗎？」安德魯伸著長著硬繭又骯髒的食指，在其中一個探測器的開關上游移，臉上有種躍躍欲試的表情。

「會，沒問題，我以前用過了。」塔莉回他一笑，伸手要去拿探測器。

他卻把探測器拿開。她抬眼看他，希望她不需要用強迫的手段來拿這個東西。

他仍握緊著拳頭。「妳現在還在挑戰天神嗎？楊布拉德？」

她皺起眉頭，安德魯知道她已經變了，但是他究竟知道多少呢？

「回答我。」他說道，眼睛在月光下顯得炯炯有神。

她想了一會兒才回答，安德魯不像城市裡那些非特務員，那些眼神空洞的醜人和美人。住在荒野中使他變得更像她：像獵人、戰士和擅長荒野求生的人。他身上那些來自數十場戰鬥和意外的疤痕，使他看起來幾乎像是卡特族的人。

不知為什麼，塔莉不覺得安德魯像壁紙一樣，不管她有沒有辦法欺騙他，但她現在已經了解，她其實並不想欺騙他。

「我是不是還在挑戰天神？」塔莉想到她和雪宜在前一天晚上所做的事情，闖進城市警備最森嚴的軍械庫裡，幾乎摧毀了那個地方。她們沒告訴凱波博士真正的計畫就跑出來，這整段旅程比較像是為了治療薩納，而不是幫城市打贏新煙城，至少對塔莉是如此。

卡特族也許是特務員，但是過去幾天來，塔莉．楊布拉德已經恢復了本性：全然的犯罪社社員。

「沒錯，我還在挑戰他們。」她輕聲說道，同時發現這是個事實。

「很好。」他微笑了一下，把方位探測器交給她。「那就跟著妳的男朋友去吧！告訴新煙城人，安德魯．辛普森．史密斯幫了很大的忙。」

分道行動

塔莉回到河邊時，帶著疤痕的手，緊緊地抓著方位探測器，費力地思考著。

一旦她把跟安德魯・辛普森・史密斯見面的事情告訴雪宜之後，他們的計畫就會改變。有了這個探測器，她們兩個就能拋下行動緩慢的逃亡者，比薩納和他的夥伴提前飛到新煙城去。等到那些犯罪社社員抵達目的地時，那裡已經變成特勤局的營區，到處是被抓起來的煙城人和再次被捕的逃亡者。出現在已被征服的叛軍面前，不會讓薩納看似酷炫的樣子。

更糟的是，如果事情出了大差錯，接下來的旅程，他可能得獨自完成，只有他犯罪社的朋友會幫助他。要是薩納從浮板上摔下去的話，他根本沒機會見到新煙城。

但是，雪宜會在乎這些事情嗎？她真正想做的事情是找到新煙城，解救佛斯特，報復大衛和其他的煙城人，照顧薩納不是她最重要的任務。

塔莉緩緩地停下來，突然希望自己根本沒遇見安德魯。

當然，雪宜還不知道方位探測器的事情，也許她不需要知道。如果她們只能按照原訂計畫進行的話，她們會繼續用老式的方法跟蹤犯罪社社員，塔莉也許應該把探測器留作備胎用，以防萬一她們跟丟了……

她張開手，看著探測器和手上的疤痕，期望再次感受前一天晚上那種清明的感覺。她想再抽出刀子，隨後想起薩納盯著她疤痕時的表情。

畢竟，她並不是真的很需要自割。

塔莉閉上眼睛，用意志力使自己清晰地思考。

以前塔莉還是醜人的時候，碰到這類需要做決定的事情，她總是很軟弱，一直不肯面對現實，因此她才會意外地背叛煙城，因為害怕告訴別人，她身上帶著追蹤器的事情。她失去了大衛，就因為不曾告訴他，她是個間諜。

跟雪宜說謊，正是以前的塔莉會做的事情。

她深深地吸了一口氣，現在她已經是特務員了，她必須頭腦清楚，體魄強健。這一次，她會告訴雪宜實情。

塔莉握起拳頭，催促浮板再次往前飛。

往上游飛了十公里左右，她的皮膚信號器跟雪宜的皮膚信號器連上了線。

「我開始要擔心妳了，塔莉―娃。」

「抱歉，老大，我遇到老朋友了。」

「真的嗎？是我認識的人嗎？」

「妳沒見過他。記得我以前說到關於實驗禁區的野營故事嗎？煙城人開始把這些村民放出來，並訓練他們幫助逃亡者。」

「這真是太瘋狂了！」雪宜停頓了一下。「不過，等一下，妳說妳認識他？他是從妳無意中闖入的那個村子裡出來的人嗎？」

「沒錯，我擔心這不是偶然，雪宜─拉，他就是那個曾經幫助我的祭司，記得他嗎？我曾告訴他，廢墟在哪裡。他是第一個逃出來的人，現在名義上已經是煙城人了。」

雪宜驚訝地吹了一聲口哨。「那可真糟糕啊！塔莉，那他是怎麼幫助犯罪社社員呢？教他們怎麼剝兔子皮嗎？」

「他就類似導遊一樣，逃亡者給他一個通關密碼，他就把指引如何到新煙城的方位探測器交給他們。」她深吸了一口氣。「還有靠我們以前的老交情，他也給了我一個探測器。」

塔莉追上雪宜的時候，犯罪社社員已經紮了營。

塔莉躲在暗處，看著他們一個接一個走到河邊，把淨水器放進充滿淤泥的河水中。她和雪宜躲在下風處，自動加熱食物包的香味，從逃亡者的營區飄過來。以塔莉過去獨自待在荒野中的經驗，她對那些食物嘗起來的味道和咬起來的質感都記憶猶新。她在微風中聞到了咖哩麵、泰國餐，還有最討厭的義大利肉醬麵的味道。她聽到犯罪社社員準備在「白天」入睡前，仍然興奮地閒聊著。

「他們的這個東西做得很好──根本不會告訴我最終的目的地。」雪宜把玩著方位探測器。「它一次只會告訴我們一個方向，等到了那裡之後，才會告訴我們下一個方向。我們得走完全程才會知道目的地在哪裡。」她嗤之以鼻地說道：「它很可能會帶我們走誇張的路線。」

塔莉清了清喉嚨。「不是我們，雪宜─拉。」

雪宜抬眼看著她。「妳這話什麼意思，塔莉？」

「我要跟著犯罪社社員，跟著薩納一起走。」

「塔莉……這只是在浪費時間而已，我們行動的速度比他們快上兩倍。」

「我知道，」她轉過頭來面對雪宜。「但是我絕不會把薩納丟在這裡，跟一群城市小孩在一起，尤其以他這樣的身體更不可能。」

雪宜哀叫道：「塔莉—娃，妳真是可悲呀！妳對他難道一點信心也沒有嗎？妳不是一直告訴我，他有多特別嗎？」

「這跟特別不特別無關，這可是荒郊野外，雪宜—拉，任何事情都有可能發生：意外、危險的動物，還有他的情況有可能會惡化。妳可以自己先走，或是叫其他的卡特族過來——畢竟，妳不用擔心會被人發現，反正我要緊跟著薩納就是了。」

雪宜瞇起了眼睛。「塔莉……這不是妳能選擇的，我現在是在命令妳。」

「在我們做了昨晚的事情之後？」塔莉笑了起來。「妳現在才來教訓我服從命令的事情，似乎太遲了點，雪宜—拉。」

「塔莉！這跟服從命令無關。」雪宜大叫道：「這是卡特族的事，是為了佛斯特，妳寧願選擇那些笨蛋，也不要選擇我們嗎？」

塔莉搖搖頭。「我選擇薩納。」

「但是妳得跟著我呀！妳答應過不會再惹麻煩的！」

「雪宜，我答應的是，如果他們把薩納變成特務員的話，我就不再改變現況。一旦他成為卡特族之後，我就會實現諾言。但是在那之前……」塔莉試著微笑。「妳想怎麼樣？把我的事情向凱波博士報告嗎？」

雪宜長長地哼了一口氣，雙手握拳，露出尖牙，準備戰鬥的樣子。她以下巴朝那些逃亡者點了一下。「我想怎麼樣？塔莉—娃，我要走過去告訴薩納，他是個笑柄，被人設計了，妳愚弄了他——嘲笑他。我們終結新煙城時，會讓他嚇得跑回家，看看他到時有沒有辦法變成特務員！」

塔莉也握緊拳頭，迎視著雪宜的目光。薩納已經為她的懦弱付出慘痛的代價，這一次，她一定要堅持下去，心意已決，絕不怕雪宜的威脅。

隔一會兒之後，她找到理由了，於是搖了搖頭說道：「妳不能這麼做，雪宜—拉。妳不知道這個探測器會帶妳到哪裡去，有可能帶妳去接受另一項測試——面對的可能不是某個野蠻人，而是煙城人，那個人會知道妳是誰，不會給妳下一個方向指示的。」塔莉比了一下那些逃亡者。「我們需要留一個人跟著他們，以防萬一。」

雪宜跳了起來。「妳根本不在乎佛斯特對不對？他現在有可能被抓去做實驗了，妳卻要浪費時間跟蹤這群大笨蛋！」

「我知道佛斯特需要妳，我並沒要妳跟著我。」她攤了攤手。「我們其中一個要先過去，另一個要留在這裡跟蹤犯罪社社員，這是唯一的方法。」

雪宜又哼了一聲，大步地走到河邊。她從泥地裡拿起一塊平滑的石頭，舉起來，準備朝水面上丟過去。

「雪宜—拉，這樣可能會被他們發現的。」塔莉低聲說道。雪宜停頓了一下，手臂仍彎曲著。「聽著，我為這件事感到抱歉，但我並不是故意要表現得這麼遜，妳看我會是故意的嗎？」

雪宜的回答只是盯著石頭好一會兒，隨後把石頭丟到泥地裡，拔出刀子，捲起隱身衣的袖子。

塔莉轉過頭去，望向別處，希望等雪宜的頭腦清醒一些之後就會明白。

她望著逃亡者的營區，每個人都小心翼翼地吃著，顯然剛剛才發現自動加熱的食物會燙舌頭。這是每個人進入荒野中，所學到的第一個教訓：沒有一樣東西可以信任，連自己的晚餐都不能信任。這裡不像城市，每樣尖銳的東西都被削圓了，每座陽臺上都裝了絕緣的區塊，以防有人掉下去，食物也從來不會熱得燙人。

她無法讓薩納獨自待在這裡，即使留在他身邊會讓雪宜恨她也一樣。

隔一會兒之後，她聽到雪宜站起身，轉過來面對她。她的手臂在流血，閃動刺青轉得異常的迅速；當她走近時，塔莉看到她露出銳利的眼神。

「好吧！那我們分頭行動好了！」她說。塔莉想要微笑，不過，雪宜搖了搖頭。「別得意忘形，塔莉—娃，我以為把妳變成特務員就能改變妳。我以為讓妳看清楚這個世界，妳就比較不會只想到自己。這個世界不只是妳跟妳最近的男友而已，我以為妳偶爾會在乎別的事情。」

「我在乎卡特族，雪宜，真的，我很在乎妳。」

「妳是很在乎，但是薩納出現時，妳就變了，現在，沒有一件事情重要了。」她厭惡地搖了搖頭。「我一直努力要迎合妳，幫妳完成這件事，但是這一切都毫無意義。」

塔莉噘了噘口水。「不過我們的確需要分開行動——這是唯一能確保探測器有用的方式。」

「我知道，塔莉—娃，我了解妳的邏輯。」雪宜看了一下那些逃亡者，臉上露出極度厭惡的表情。「不過，回答我這個問題：妳是不是仔細想過之後，才發現我們需要分開行動，還是，無論如何妳都堅持要跟著薩納？」

塔莉張開嘴巴，隨後又閉上。

「不要說謊了，塔莉—娃，我們兩個都知道答案是什麼。」雪宜輕蔑地說道，隨後轉過身，彈了一下手指，呼叫她的浮板。「我真的以為妳已經變了，但是妳仍是以前那個總是以自我為中心的小醜人。妳還真是不可思議哪！塔莉——就連凱波博士和那群外科醫生都無法對抗妳強烈的自我。」

塔莉感覺自己的手開始顫抖起來，她早已預料到會有一場爭吵，但卻不是這樣的爭吵。「雪宜……」

「妳連當個特務員都很失敗，老是擔心每一件事情，妳為什麼不能保持酷冰呢？」

「我一直努力想要達到妳……」

「哼，妳現在不用再努力了。」雪宜伸手到浮板上的儲物箱裡拿醫藥噴劑，在她流著血的手臂上噴了好一會兒。隨後她拿出幾個密封的小盒子，丟到塔莉腳邊的泥土上。「這幾盒是智慧塑膠，如果妳要偽裝自己的話，會用得上這個。還有幾個信號浮標和一個衛星訊號強化器。」她苦笑一聲，聲音仍透露些許因恥辱而產生的顫抖。「我甚至還會給妳一個剩餘的手榴彈，以防萬一妳跟妳那個抖個不停的男孩遇到什麼惱人的大麻煩。」

手榴彈落地時，發出「砰」地一聲，塔莉嚇得畏縮起來。

「雪宜，妳為什麼……」

「不要跟我說話！」這一聲令下，使塔莉立刻安靜下來。她只能眼睜睜地看著雪宜把手臂上的隱身衣袖子捲下來，拉起面罩，蓋住她的臉；漆黑的午夜蓋住了她暴怒的表情。她的聲音因面罩變得扭曲變調。「我不要再等下去了，佛斯特是我的責任，這群笨蛋與我無關。」

塔莉嚥了嚥口水。「我希望他沒事。」

「我知道妳希望如此。」雪宜跳上浮板。「不過，我已經受夠了，我再也不會在乎妳的希望或想法了，塔莉—娃，永遠都不在乎了。」

塔莉想要開口，但是雪宜最後一句說得如此冷酷無情，讓她說不出半句話來。

雪宜升上天空，飛到對岸漆黑的樹林裡，身影幾乎令人無法辨識。她滑到水面上後，立刻飛進黑暗中，像一眨眼就消失的物體般，瞬間不見了。

但是透過皮膚信號器，塔莉仍聽得到她的呼吸聲。她的聲音聽起來有點急促，怒氣沖沖，好像仍因憎恨和厭惡在咬牙切齒似的。塔莉努力想找話說，解釋她為什麼非得這麼做的原因。待在薩納的身邊遠比當卡特族更重要，也比她承諾過的任何誓言更重要。

這個決定代表塔莉・楊布拉德內在的自我，不管是醜人、美人還是特務員都一樣……

但是，隔了一會兒之後，雪宜便離開了皮膚信號器的收訊範圍，塔莉仍沒機會說一句話。她獨自躲在暗處，等著犯罪社社員沉沉睡去。

無能的美人

犯罪社社員想要升火，卻失敗了。

他們拿幾根溼樹枝來生火，最後只是引起一陣煙罷了，火苗嘶嘶作響的聲音，連躲在暗處的塔莉都聽得到。他們從來不曾讓火勢真的燃燒起來，黎明來臨時，那堆柴枝仍發出斷斷續續的劈啪聲。當他們發現黑煙升上白晝的天空時，急忙把營火熄滅。他們抓著一把又一把的爛泥往半燃燒的柴堆裡送，等他們終於控制住營火時，身上的衣服已經髒得好像在野地裡睡了一個禮拜似的。

塔莉嘆了口氣，想像著雪宜看到他們連這麼簡單的事情都做不好時，一定會咯咯發笑。至少他們還算聰明，知道要白天睡覺，晚上旅行。

當這些逃亡者都鑽進睡袋裡時，塔莉也讓自己假寐一會兒。特務員不需要很多的睡眠，不過大鬧軍械庫又走很長一段路之後，她感覺得到全身的肌肉仍痠痛不已。那些犯罪社社員在荒野中旅行了一夜，一定也累壞了，所以現在可能是她補眠的最好時機。沒有雪宜跟她換班，塔莉可能要連續好幾天保持警戒。

她面對著逃亡者的營區盤腿坐著，將體內的軟體設定成每十分鐘響一次。但她仍然很難入睡，由於與雪宜的爭吵，她的眼裡彷彿噙著淚一般。雪宜的指責仍縈繞在她的腦海裡，感覺整個世界變得既朦朧又遙遠。她緩緩地深呼吸，最後眼睛終於閉上了……

嗶，十分鐘到了。

塔莉查看了一下犯罪社社員的動靜，他們沒有移動，於是她再度入睡。

特務員的身體就是專門設計來應付這種情況的，但是每十分鐘醒來一次，還是讓時間變得很奇怪。塔莉感覺好像在看快轉的影片似的，太陽很快便升到天空之中，影子像鮮活的生物般在她四周搖動。輕柔的河水聲化成一片單調模糊的聲響，但她的心徘徊在擔憂薩納和心煩吵架這兩件事上，情緒一直很低落。感覺好像不管發生什麼事，雪宜注定都會恨她。或者，也許雪宜說得對，塔莉．楊布拉德天生就有背叛朋友的天賦……

等到太陽幾乎升到頂空時，塔莉不是被嗶嗶聲吵醒，卻是被刺眼的閃光喚醒。她抬起頭，手握成拳，擺好了戰鬥的姿勢。

光線來自犯罪社社員的營區，她站起身時，那道閃光又消失了。

塔莉鬆了一口氣，原來那道閃光只是他們把浮板上的太陽能板攤在岸邊充電而已。太陽在天空中移動時，浮板將反光投射到塔莉的眼睛裡。

看著浮板的閃光，使塔莉覺得很不自在。他們才使用幾個小時而已，浮板應該還不用充電才對——他們應該要擔心的是盡量不要被人發現。

塔莉將手蓋在眼睛上方遮陽，抬頭往上看了一下。對經過此地的飛車而言，這些攤開的浮板，就像受困者發出的求救信號一般。難道這些犯罪社社員不知道他們離城市有多近嗎？雖然滑浮板飛了好幾個鐘頭，他們可能感覺已經過很久了，但基本上，他們仍停留在文明世界的大門口。

塔莉又感覺到一股羞愧感，她違背雪宜的命令，背叛佛斯特，只是為了照顧這一群愚蠢的美人？

她打開皮膚信號器與城市連結的頻道，立刻收到某個訊號表示，一輛看守員的巡邏飛車，沿著河流正朝這邊緩緩地、悠哉悠哉地飛過來。城市裡的人現在可能已經發現，昨晚的惡作劇只是為了協助另一場逃亡，以便分散市政廳的注意力。所以明顯的逃亡路線——河流和舊鐵路——都會受到嚴密的搜查。如果看守員看到這些攤開的浮板的話，薩納的逃亡就會立刻結束並成為眾人的笑柄，那塔莉為此跟雪宜爭吵就白費心血了。

她納悶地想著，不知道該如何引起犯罪社社員的注意力，又不會洩露自己的行蹤。她可以丟幾顆石頭，希望以一種隨意又自然的聲音吵醒他們，不過他們可能沒帶城市頻道的收音機。這些逃亡者即使遇到危險也不會知道——他們只會翻個身，倒頭繼續睡。

塔莉嘆了一口氣，看來她得想辦法親自處理才行。

她把面罩拉下來，往岸邊走了幾步，溜進水裡去。她游泳的時候，隱身衣的外殼開始隨著水波起伏，模仿著周圍的水波，像緩慢透明的河水一般，波光粼粼。

靠近營區之後，營火熄滅後的煙味和丟棄的食物味，飄進了她的鼻孔中。塔莉深吸一口氣，完全潛入水底，在水底一直游到岸邊才浮出水面。她從水裡出來，趴在地面上伏地前進，緩緩地抬起頭，讓隱身衣配合周邊的物體，自動調整她身上的色調和材質。隱身衣轉換成柔軟的褐色，外殼的顏色融入泥土中，把她變成一條土裡的小蟲。

犯罪社社員仍在沉睡，但是飛蠅的嗡嗡聲和偶爾吹來的風，使他們不時發出低微的咕噥聲。新美人也許常常睡到中午，但卻從來不曾睡在堅硬的地面上，一點點噪音都可能會驚動他們。

至少從天空上看不見他們斑駁的睡袋，但是當太陽越爬越高，浮板上的閃光也越來越強，八個浮板全都擠在岸邊。風拉扯著浮板的邊角，上面壓著石塊和泥團，使浮板宛如閃光彈般地閃亮無比。

幫浮板充電必須要把它像紙娃娃一般展開，再攤在太陽底下，露出最大的區塊。完全攤開時，它就輕薄得像塑膠風箏一般，一陣風吹來，就能把它吹到樹林裡去——至少，如果這些犯罪社社員醒來時，發現浮板跑到樹林裡的話，他們可能會認為是風把浮板吹走的。

塔莉爬到最近的浮板旁邊，將石塊從邊角上移開，緩緩地站起來，把浮板拖到樹蔭底下。忙了幾分鐘之後，她讓浮板卡在兩棵樹中間，希望看起來像被風隨意吹到那裡去的，但仍很安全，不會被風吹到別處去。

只要再移七個浮板就行了。

這個工作進行得異常緩慢，她走的每一步，都必須考慮到不能驚醒睡著的美人，每一次意外發出的聲響都讓她膽顫心驚。同時她還要花一半的心思，透過皮膚信號器聽逐漸靠近的看守員飛車的消息。

她終於把八個浮板全都拖到樹蔭底下去了，這些浮板像是受到暴風雨侵襲的雨傘，東倒西歪地纏在一起，閃著強光的太陽能板，面朝下地擱在樹林裡。

滑入水裡之前，塔莉停下來看了薩納一會兒，他睡著的時候比較像以前的樣子，這個時候顫抖的情況不會影響他。他臉上沒有露出思緒時看起來比較聰明，幾乎像個特務員。她想像著他的眼睛變成銳利的冷酷美人的形狀，心中暗自在他臉上畫著網狀的閃動刺青。塔莉微笑了一下，轉過身，準備走回河邊……

隨後她聽到某個聲音，突然愣住了。

那是突然輕聲吸氣的聲音，驚訝時發出的聲音。她一動也不動地等了一下，希望對方只是做了惡夢，但願那個吸氣的人待會就會回去繼續睡。但是直覺告訴她，有人醒來了。

最後，她極度緩慢地轉過頭去看。

醒來的人是薩納。

他睜著眼睛，睡眼惺忪，在陽光下眯起了雙眼。他正視著她，神情茫然，半睡半醒，似乎不確定她是否真的站在那裡。

塔莉動也不動地站在原地，但是隱身衣沒有多少效果，可能只是露出塔莉後方水面模糊的影像，但在大太陽底下，薩納仍然看得出透明的人形，像一具玻璃雕像站在河中央。更糟的是，她身上還黏著泥土，一團團褐色的泥塊，清晰地顯示在背景中。

他揉了揉眼睛，看著四周空曠的岸邊，發現浮板不見了。隨後又看向她這邊，臉上掛著困惑的表情。

塔莉仍保持不動，希望薩納會認為這只是一場怪夢而已。

「嘿。」他輕聲叫道，聲音好像卡住似的，他清了清喉嚨，隨後叫得更大聲一些。

塔莉不想讓他叫出聲，於是她三步併作兩步衝過去，迅速脫下手套，彈出戒指內的細針。當這根細針刺中他的喉嚨時，薩納勉強發出柔弱的驚呼聲，隨後轉動幾下眼珠，攤倒在地上，沉沉睡去，開始輕柔地打呼起來。

「只是一場夢。」塔莉在他耳邊低語道。隨後她趴到地面上，慢慢爬回河裡去。

半小時後，看守員的飛車經過上方，像慵懶的蛇一般左右搖擺著。他們沒有發現這些犯罪社社員，直接在天空中飛過去。

塔莉離他們的營地很近，躲在離薩納十尺外的一棵樹後，她的隱身衣也化成松針般的材質。

下午過去了，犯罪社社員陸續醒過來。看樣子沒有人擔心被風吹走的浮板，只是把浮板拖回陽光下，然後又繼續拔營的動作。

在她的監視下，這些逃亡者一個個走到樹林裡去尿尿，煮自己的食物，或是到冷水中游泳，想把泥土、汗水和睡覺時產生的油垢洗乾淨。

只有薩納躺在原地不動，他比其他人睡得更久，那根細針上的藥慢慢地侵入他的神經系統。等到太陽都下山了，帕里斯忍不住走過來搖他時，他才醒過來。薩納慢慢地坐起來，雙手扶著頭，就像美人宿醉的標準模樣。塔莉不知道他還記得多少，帕里斯和其他人暫時認為是風吹走了他們的浮板，不過，如果他們聽到薩納的夢境之後，說不定會改變主意。

帕里斯和薩納聚在一起說了一些話，塔莉緩緩地在那棵樹的四周移動，尋找更好的角度讀懂他們的唇語。帕里斯似乎在問薩納是否安好，新美人幾乎從來不生病——整型手術使他們健康到不會受到小病的感染——但是，以薩納的情況，還有……

薩納搖搖頭，指了一下正在吸收最後一抹陽光的浮板。帕里斯也比了一下塔莉剛才在樹林中攤放浮板的地點。兩人一起走過去，那裡極為靠近塔莉躲藏的這棵樹，令她十分緊張。薩納臉上的表情似乎不大相信，他知道夢境中的事情——遺失的浮板——至少有一樣是真實的。

經過漫長、緊張的幾分鐘後，帕里斯回去整理營區。不過薩納仍留在原地，目光緩緩地掃視地面上的景物。即使穿著隱身衣，當他的目光掃過她藏匿的地點時，塔莉還是忍不住畏縮了一下。

雖然他不是很確定，但是薩納懷疑他看到的不只是一場夢而已。

從此以後，塔莉得格外謹慎了。

接下來的幾天，塔莉跟蹤這群犯罪社社員的模式變得很固定。

逃亡者每天越來越晚睡，他們平凡的身體逐漸適應晚上旅行，白天睡覺的模式。不久之後，他們便開始整夜趕路，等黎明的曙光從地平線上升起之後才開始紮營。

安德魯的方位探測器將他們引導到南方，他們沿著河流飛到海邊，隨後轉到生鏽的舊高速鐵路。塔莉發現有人將海岸線的路段弄成適合浮板飛行的磁性區，鐵路上完全沒有危險的縫隙。碰到鐵路線斷掉的地方，地底下便埋了一些鐵線，避免犯罪社社員從浮板上摔下來，他們甚至不用下來走路。

她心想著，不知道有多少個逃亡者使用過這條路線，大衛和他的同伴又從多少個城市裡招募新人。新煙城一定比她想像中更遠，大衛的父母來自塔莉的城市，他一向都躲在離家好幾天的路程。但是，安德魯的方位探測器帶他們走過了大半個南方大陸，這裡的白晝明顯地變長，他們越往南方，晚上越溫暖。

海岸線開始攀升，變成陡峭的懸崖，海浪沖著底下的峭壁，逐漸化成單調的轟鳴聲，高長的青草堵住了古老的鐵道。遠方一大片白色的野草在太陽下閃閃發光。這些野草是生物科技製造出來的某種蘭花，鐵鏽人的科學家失去了控制，只能讓它繼續在全世界蔓生。這種蘭花到處生長，搾取地面上所有的養分，它生長的地方，會堵住整座森林的生態。但是海裡似乎有某樣東西，也許是鹹空氣，阻止了這些野草入侵海岸線。犯罪社社員似乎已經習慣了旅行的模式，他們滑浮板的技巧也進步了，不過，要跟蹤他們仍不成問題。這些穩定的練習並未影響薩納的協調性，可是跟其他人相比，他滑浮板的動作仍然搖晃不穩。

雪宜一定時時在增大她們之間的距離，塔莉好奇地想著，不知道其他的卡特族是否加入了雪宜的行動。或者，她為了小心起見刻意獨自旅行，等她找到新煙城之後才會呼叫救援。

犯罪社社員一天未達到預定的行程，特勤局就更有可能已經抵達新煙城，如雪宜所說，他們的整段旅程就會變成一個冷酷的笑話。

獨自旅行給塔莉許多思考的時間，她花了很多時間在想，難道她真的如雪宜所說的那樣，是個以自我為中心的怪胎嗎？這樣說似乎很不公平，她何時有機會自私了？自從凱波博士招募塔莉以來，大部分的事情都是別人幫她決定的。總是有人強迫她加入煙城和城市爭戰的其中一邊。到目前為止，她真正的決定只是選擇留在舊煙城繼續當醜人（這個根本行不通），跟薩納一起從新美人鎮逃走（結果也一樣失敗），還有，為了保護薩納，跟雪宜分開行動（到目前為止，不是很樂觀）。其他的每一件事情都是因為受到威脅，發生意外，或是腦部損害和手術改變了她的心智。

不完全都是她的錯。

然而雪宜似乎總會跑到與她對立的那一邊，難道這是巧合嗎？還是兩人之間有某些事情，老是使她們反目成仇？也許她們兩人就像兩種不同的生物——比方說，老鷹和兔子——永遠不可能成為盟友。

塔莉納悶地想道：那麼，到底誰才是老鷹呢？

在這個地方獨處，她感覺自己又在改變了。不知道為什麼，荒野讓她感覺比較不像特務員，她仍然看得見世界酷冰的美麗，但某些東西不見了；其他卡特族的聲音不在身邊，他們從皮膚信號器傳來的呼吸聲不見了，那種親密感不見了。她開始了解到，當特務員不僅僅是體力和速度而已，那是屬於群體的一部分，屬於某個團體一分子的感覺。以前在特務員訓練營時，塔莉感覺與其他人緊密相連——大家總是提醒著她，他們所擁有的能力與特權，只有超人能夠體驗到的視覺和味覺。

跟卡特族在一起時，塔莉總是覺得自己很特別，但現在她一個人待在荒野，完美的視力只會讓她感覺更渺小。在這壯麗的大自然裡，世界似乎大得足以淹沒她。

遠處那群逃亡者對她野狼般的臉孔和銳利的指甲既不驚訝也不害怕。他們都見不到她，又怎麼會怕她呢？她一直隱形，像被放逐的人，逐漸要消失一般。

犯罪社社員犯了第二次錯誤時，她幾乎覺得自己得到解放了。

他們選在海邊一塊高大、突出的岩石後方紮營，這塊岩石可以保護他們不受海風的侵襲。雜草生長在這附近，太陽升起時，白色的野花散發出淡淡的光芒，彷彿將內陸的山丘化成了一片片的白色沙丘。

犯罪社社員攤開了浮板，用石塊壓住，勉強生了一點火，吃了點食物。塔莉看著他們跟平常一樣的速度，沉沉睡去。旅行了一整天，疲憊已極，因此他們很快就睡著了。

離城市這麼遠，她已經不用擔心浮板會被發現的問題，她的皮膚信號器已經好幾天都沒收到看守員飛車的訊號。但是塔莉監視了一整天之後，發現其中一個浮板——薩納的浮板——放在突出的岩石上，被海風吹得搖來動去。

浮板翻動時，壓在角落上的石塊滾走了。

塔莉嘆口氣——旅行了一個禮拜之後，這群逃亡者還是沒學會把事情做好——但她內心卻有種渴望。至少，整理這些東西讓她有事可做，也許讓她覺得自己還算重要。這時候她會覺得比較不那麼孤單，可以聽見犯罪社社員沉睡時的呼吸聲，可以就近偷看薩納的臉。看他睡著時寧靜的表情，完全不受顫抖的毛病影響，這些會不斷提醒塔莉，她做這個決定的原因。

她爬向他們的營區，身上的隱身衣也變成泥土的顏色。太陽在她後方升起，不過這次會比在河邊輕鬆許多，因為上次需要搬動八個浮板。薩納的浮板仍在拍動著，另一個角落的石塊也滾走了，不過現在還沒被吹走。也許是浮板的磁力找到地底下的金屬礦，於是仍盡責地往下拉住它。

等塔莉爬到浮板那裡時，它像受傷的鳥一般地振動翅膀，海風吹過來時，有海草和海鹽的味道。奇怪的是，有人在浮板旁邊放了一本線裝的舊書，書頁在風中劈啪作響。

塔莉瞇起眼睛，這本書看起來好像是薩納讀的書，當時是她第一次見到出院後的他。

浮板的另一個角落也掙脫了石塊，塔莉趁風尚未把它吹走前，伸手抓住它。

但是浮板卻不會動。

事情有點奇怪……

隨後塔莉突然明白，它為什麼不會動了，浮板的第四個角被綁在一根棍子上，避免被風吹走，好像把它放在風中的那個人，早就知道壓在上面的石塊會滾走一樣。

隨後她聽到了書頁拍動的聲音——顯然有人故意把這本愚蠢、喧鬧的書放在這裡，以便掩飾其他的聲音。某人的呼吸聲變得很不均勻……有人醒過來了。

她轉過身，發現薩納正在看著她。

塔莉立刻跳起來，迅速脫下手套，露出細針。但是薩納舉起一隻手：手上抓著好幾根金屬棒和一堆點火器。就算塔莉有辦法衝過這五呎刺中他，那些金屬棒掉到地上時，也會吵醒其他人。

但是，他為什麼不直接大叫呢？她緊張地等他發出警訊給其他人，但他卻慢慢舉起一根手指，放在唇邊。

他狡猾的神情彷彿在說：如果妳不說的話，我就不會告訴其他人。

塔莉嚥了嚥口水，掃視著黑暗中的犯罪社社員，沒有人睜開眼睛偷看，他們全都睡得很沉，看來薩納想跟她單獨談話。

她點點頭，心跳逐漸加快。

他們倆爬出營區，到突出的岩石塊附近，那裡怒吼般的風聲和海浪聲足以掩飾他們說的話語。當薩納開始走動，他顫抖的情形又出現了。等他坐在塔莉身旁的草地上時，她沒有看他的臉。她已經感覺心中有股強烈的反感即將要發作。

「其他人知道我的事情嗎？」她問道。

「不知道，連我自己也不是很確定，我以為是我在胡思亂想。」他碰了一下她的肩膀。「我很高興我不是在幻想。」

「我真不敢相信，我竟然會被那個愚蠢的東西給戲弄了。」

他笑了起來。「抱歉，因為妳的好心，我占了妳一點便宜。」

「我的什麼？」

塔莉的眼角看到了他的微笑。「第一天的時候，妳是為了保護我們才那樣做對不對？把浮板移到別處去？」

「沒錯，有一輛看守員的飛車差點就要發現你們了，笨蛋。」

「我也是這麼想，所以我認為妳會再幫一次忙；妳是我們的保護者。」

塔莉嚥了嚥口水。「對啊！好極了，起碼還有人感謝我。」

「那麼，只有妳來囉？」

「沒錯，只有我一個人。」這是事實，畢竟現在的確如此。

「妳不應該來這裡，對不對？」

「你是說，我違背上級的命令嗎？恐怕是這樣。」

薩納點點頭。「我知道妳和雪宜私下使了一點手段，才有辦法放我走。我是說，妳並非真的希望我使用追蹤器。」他伸手過來拉她的手臂，他蒼白的手指抓在她灰色的隱身衣上。

「但是妳是怎麼跟蹤我們的？塔莉，不是因為我體內的東西吧？」

「不，薩納，你身上沒有東西。我只是跟得很近，時時刻刻監視你們而已，畢竟，要跟蹤八個城市長大的年輕人並不難。」她聳聳肩，眼睛仍盯著海浪。「而且我也聞得到你的味道。」

「哦，」他大笑起來。「希望還不是很臭。」

她搖搖頭。「我曾經在荒野中待過，聞過更臭的。但是你為什麼不……」她轉過頭去，但仍低垂著目光，專注地凝視著他外套上的拉鍊。「你設下陷阱引我出來，但你為什麼不跟其他人說呢？」

「我不想讓大家緊張。」薩納聳聳肩。「如果是一大群特務員跟蹤我們，他們也沒什麼辦法解決。如果只有妳一個人的話，我不希望其他人知道，他們是不會了解的。」

「了解什麼？」塔莉柔聲問道。

「了解這次的旅行不是陷阱。」他繼續說道：「了解妳一個人來，只是為了保護我們。」

她嚥了嚥口水——這當然是陷阱，現在變成什麼情況了呢？只是一個笑話？毫無意義地浪費時間而已嗎？雪宜、凱波博士和特勤局的人，很可能已經在新煙城等他們了。

他輕捏了一下她的手臂。「它現在又開始改變妳了，對不對？」

「什麼東西改變我？」

「這個大自然的荒野。像妳以前經常說的——妳第一次旅行到煙城時，就是荒野把妳變成現在的樣子。」

塔莉轉過頭去凝視海洋，感覺口中嘗到海風鹹鹹的味道。薩納說得對，荒野又開始改變她了。每次她獨自穿越荒野，城市灌輸給她的理念便開始動搖。但是，塔莉發現，這一次待在荒野中，並未使她感到快樂。「我已經不確定什麼是我了，薩納。有時候我覺得我只是別人塑造的東西——洗腦、外科手術和解藥所形成的綜合體。」她低下頭看著自己手上的疤痕，斷裂的閃動刺青在手掌上閃著微光。「這一切的一切，加上我自己造成的錯誤，都讓所有的人失望。」

他以顫抖的手指撫摸著她的傷疤，她握起了手，望向別處。「如果這是真的，那妳現在就不會來這裡了，塔莉，妳就不會違抗上級的命令。」

「是啊！我很擅長違抗上級的命令。」

「看著我，塔莉。」

「薩納，我不確定這是個好主意，」她嚥了嚥口水。「你知道……」

「我知道，那天晚上我看到妳的臉色，我也注意到妳沒有看我。凱波博士做出這種事情，也是意料中的事——特務員認為別人都是沒用的東西，對不對？」

塔莉聳聳肩，不想解釋，薩納的情況比其他人更糟。部分的原因是因為她以前對他的感覺，現在和過去強烈的對比，還有一部分的原因是……其他的事情。

「試試看，塔莉。」他說道。

塔莉轉過頭來，那一瞬間，她幾乎期望自己不是特務員，那麼她的眼睛就不會如此清楚地看見他的各種缺陷，她的心也不會抗拒一切庸俗的人事物，還有……殘廢的人。

「我沒辦法，薩納。」

「妳可以的。」

「你說什麼？你現在變成研究特務員的專家了嗎？」

「不是，但是妳記得大衛吧？」

「大衛？」她凝視著海洋。「他怎麼樣？」

「他以前不是跟妳說過，妳很美嗎？」

一陣寒意竄過她全身。「他的確說過，那是醜人時代的事情。但是你怎麼會……」

隨後塔莉想起他們上次逃亡時，薩納比她提前一個禮拜抵達鐵鏽人廢墟。他和大衛在她出現之前，有很多時間了解彼此。「他竟然會跟你說這個？」薩納聳聳肩，「他看到我美麗的外貌，我猜他希望妳仍能以過去在舊煙城時的眼光那樣看他。」

塔莉顫抖了一下，一陣舊時的回憶襲向她：經過兩次手術之前的某個晚上，大衛看著她醜陋的臉——細薄的唇，凌亂的頭髮和扁塌的鼻子——告訴她說，她很美麗。她試著解釋，這不可能是真的，生理上不會讓這件事成為事實……

然而，他仍說她是美麗的，即使那時她還是個醜人。

就從那時候起，塔莉的世界開始有了大改變，那是她第一次改變支持的陣營。

她心中出現一股突來的疼痛，憐憫可憐的大衛，生來就是那張平庸的臉孔，在煙城長大，從來不曾接受過任何手術，甚至不曾見過城市美人的臉孔。所以他當然有可能會認為醜陋的塔莉．楊布拉德長得還不難看。

但是，塔莉成為美人之後，為了待在薩納的身邊，她向凱波博士自首，因此不得不逼大衛離去。

「這不是我選擇你的原因，薩納，不是因為你的外表，而是因為你和我一起做過的事情——我們曾經一起解放自己。你了解這一點，對不對？」

「當然，那妳現在是怎麼一回事？」

「你這話是什麼意思？」

「聽著，塔莉，大衛看到妳的美時，他跨越了五百萬年的進化。他的目光跨越了不完美的皮膚和比例，還有我們的基因所選擇對抗的一切。」薩納伸出手。「妳現在沒辦法看我，就因為我有點抖？」

她盯著他令人噁心、顫抖不已的手指。「這比一般的蠢美人還要糟糕，薩納，蠢美人只是頭腦鈍一點而已，不過特務員……對某些事情比較注意。但是至少我正在想辦法解決這個問題，不然你認為我為什麼要跟著你呢？」

「妳想把我帶回城市對不對？」

她哀號道：「還有別的辦法嗎？讓瑪蒂拿她那個半吊子的解藥給你嘗試嗎？」

「妳心中一定還有別的辦法，塔莉，這不是關於我腦部損傷的問題，而是妳自己的問題。」他靠得更近一些，她閉上了眼睛。「妳曾經解放自己，擊敗了腦部的創傷，剛開始時，妳只需要一個吻就夠了。」

她感覺到他溫暖的身體靠近她，聞到殘留在他皮膚上的營火煙味。她轉過身去，仍緊閉著雙眼。「但是，特務員是不同的——這不是因為腦中有塊小東西而已，我整個身體都不一樣，看世界的方式也不一樣了。」

「對，妳太特別了，沒有人能碰妳。」

「薩納……」

「妳特別到必須要割傷自己，對事物才會有感覺。」

她搖搖頭。「我現在已經不再做那種事情了。」

「那妳可以改變呀！」

「但那並不表示……」她睜開了眼睛。

薩納的臉離她只有幾公分的距離，他的眼神極為專注。不知為什麼荒野似乎也改變了他——他的眼神看起來不再水汪汪，也不再像庸俗的人了。他的眼神幾乎是酷冰的。

幾乎像特務員。

她靠近他……兩人的唇相遇了，他的唇在寒冷的暗影中，顯得異常的溫暖。海浪的呼嘯聲充斥著她的耳朵，令她的心跳逐漸加快。

她再靠近一些，雙手伸進他的衣服裡。她想脫掉這身隱身衣，不想再孤單，也不想再當隱形人了。她抱著他，手臂緊緊地摟著他，聽著他的呼吸聲，使她抱得更用力。她敏銳的感官將有關他的一切都感應到了——他喉嚨中的脈搏輕輕地跳動著，他嘴裡的味道，體味融著海水的鹹味。

但是，當他的手指撫過她臉頰時，塔莉感覺到他的手指在顫抖。

不，她暗自叫道。

這顫抖非常輕微，幾乎不算什麼，輕微到像一公里外的雨聲傳來的回音一般。但是，這顫抖的感覺卻布滿他的全身，在他臉上的肌膚裡，在擁抱她的雙臂上的肌肉中，在吻著她的雙唇上……他全身都像寒風中的小孩般地顫抖著。塔莉突然了解他身體的情況：他的神經中樞受傷了，聯繫身體和頭腦之間的神經都損壞了。

她試著將這個影像拋在腦後，但影像卻變得更加清晰。畢竟，她就是被設計來探測人的弱點，藉著發覺一般人的弱點和缺陷，並利用這些來打擊他們，而不是忽視這些弱點。

塔莉試著往後退一些，但是薩納緊緊地抓著她，好像這樣就能把她留在這裡似的。她不再吻他，睜開了眼睛，低頭看著抓著她的蒼白手指，一股難以抗拒的怒意突然產生。

「塔莉，等一下，」薩納說道：「我們可以……」

他還不肯放手，她的心中充滿了憤怒和厭惡感，讓隱身衣發出一波滾動的細針。薩納失聲大叫，立刻縮回手，他的手指和手掌都在流血。

她滾動身子離開他，跳起來後，立刻跑走。她吻了他，竟然讓他碰她——他不但不是特務員，甚至連一般人不如，一個殘廢的人……

膽汁湧上喉嚨，好像親吻他的記憶想從她的體內衝出去一般。她倒了下去，單膝跪地，胃裡七上八下地攪動著，整個世界不停地旋轉。

「塔莉！」他追了過來。

「不要過來！」她舉起一隻手阻止他，眼睛連看都不敢看他一眼。吸著清冷的海風，噁心的感覺逐漸淡去，但不能讓他再靠近她。

「妳沒事吧？」

「我看起來像沒事嗎？」一股羞愧感閃過塔莉的心中，她到底做了什麼？「我真的沒辦法，薩納。」

她站起來，跑向海邊遠離他。突出的岩層外是白堊般的懸崖，但塔莉卻沒有減緩腳下的速度……

她跳了下去，啪地一聲，跳進冰冷的海水中，水花濺起時，幾乎露出下面的岩石。奔騰的海水在她四周翻攪著，幾乎要將她沖到海岸邊，但塔莉卻用力划了幾下，游到深水處，直到她的手摸到海底陰暗的海沙為止。她身邊翻攪的海水漸漸消退，變成一片激流。激流將塔莉往海面上拉，在她耳中轟隆作響，頓時清除了她紊亂的思緒。

她屏住氣息，讓大海使她平靜下來。

一分鐘後，塔莉浮出水面拚命吸氣。此時她離跳下去的地點已有半公里遠，被激流沖向南邊，遠離了海岸線。

薩納站在懸崖邊，在海面上搜尋著她的身影，他的外套包著流血的雙手。做了這樣的事情後，她無法再面對他了，甚至不想被他看見，她想要消失。

她拉下面罩，讓隱身衣模仿銀色的水波，讓海水將她沖得更遠一些。

最後，等他終於回到營區時，塔莉才游回岸上。

骨頭

從那以後，這趟旅程感覺好像毫無止盡似的。

有時候，她認為這個方位探測器不過是煙城人故意帶他們在荒野中到處亂轉的惡作劇而已；殘廢的薩納費力地跟著大家在夜晚旅行，發瘋的塔莉穿著隱身衣獨自跟在他們後方，隱形地與世隔絕，兩人都處在各自的地獄裡。

她納悶地想著，不知道薩納現在對她的感覺如何，經過那件事情之後，他一定發覺她有多麼脆弱了：凱波博士駭人的戰鬥機器卻被一個吻折服，光是顫抖的手就足以讓她嘔吐。

這個記憶使她很想自割，撕裂自己的肉體，直到她的身體改變為止。變成比較不那麼特別的人，變成普通的人類。但是，在她告訴薩納，她已經停止這種行為之後，她並不想再割自己，這樣感覺好像違背對他的承諾一般。

塔莉不知道薩納是否把她的事情告訴了其他的犯罪社社員，他們是不是已經開始計畫……計畫突擊塔莉，然後把她交給煙城人呢？或者，他們會不會想要逃走，把她獨自丟在後面，永遠在荒野中遊蕩？

她想趁其他人睡著時溜進營區，告訴薩納，她心裡覺得很難過。但她無法忍受面對他的感覺，也許她這次做得太過分了，差點在他面前吐出來，而且還刺傷了他的手。

雪宜已經放棄她了，要是薩納也認為他已經受夠了塔莉．楊布拉德，該怎麼辦？

兩個星期進入尾聲時，犯罪社社員來到一座從海中突起的高大懸崖。

塔莉看了一下天上的星星，這時將近黎明時分，鐵路仍不斷地往前延伸，但這群逃亡者全都跳下浮板，圍在薩納的身旁，看著薩納手中的東西。

方位探測器。

塔莉看著他們，靜靜地等待著，浮在懸崖邊緣的下方，浮板的旋翼讓她浮在海浪的上方。經過漫長的幾分鐘之後，她看到了營火的煙霧升起，顯然犯罪社社員今晚不會再行動了。她滑近一些，飛到懸崖上方。

在高大的草原上繞了幾圈之後，她來到營地附近。犯罪社社員加熱食物時，發出了強大的紅外線光芒。

最後，塔莉終於來到適合監視的地點，微風將聲音和城市食物的味道吹了過來。

「要是沒有人過來，我們該怎麼辦？」其中一個女孩說道。

她聽到薩納的聲音答道：「他們會來的。」

「要等多久呢？」

「我不知道，但是除了等待之外，我們也沒有別的辦法。」

那個女孩開始談到他們剩餘的水量，還有過去兩個晚上都沒有見到任何河流的問題。

塔莉鬆了一口氣，躲回草叢裡——方位探測器叫他們在這裡等。這裡顯然不是新煙城，也許這趟累人的旅程很快就要進入尾聲了。

她四下張望，嗅著這裡的空氣，納悶地想道，不知道這裡有什麼特別的地方。除了那些自動加熱的食物的味道之外，塔莉還聞到某種讓她起雞皮疙瘩的味道……某種東西腐爛的味道。

她在高大的草叢裡，朝那個味道的方向前進，目光掃視著地面上的事物。那個臭味越來越強，後來強到幾乎讓她窒息。她在營地的幾百公尺外發現了臭味的來源：一堆死魚，魚頭、魚尾和只剩骨頭的身體上，爬滿了蒼蠅和蛆。

塔莉嚥了嚥口水，告訴自己保持冷靜，一面掃視那堆死魚周遭的事物。她在一塊空地上發現了營火的餘燼。焦黑的木塊已經冷了，煙灰也被風吹散，但是，確實有人曾經在這裡紮營過，事實上，是很多人。

熄滅的火被埋在深坑裡，四周堆了一些沙石抵禦海風，以便有效地散熱。像所有的城市美人一樣，犯罪社社員魯莽地燃燒木頭，主要是為了亮光，而不是為了保持溫暖。但是這堆營火卻是出自訓練有素的專家的手。

塔莉瞥見煙灰中有個白色的東西，伸手過去，輕輕地把它拉出來……

這是一根骨頭，跟她的手一樣長。她看不出究竟是哪種動物的骨頭，但是當她看到骨髓上有人類的齒痕時，心情有點沉重。

塔莉無法想像，城市的年輕人才在荒野中待上一兩個禮拜之後，就開始這樣吃肉。即使煙城人也很少獵食動物——他們蓄養兔子和雞隻，但絕不會吃有這麼大骨頭的動物。還有這些齒痕顯得參差不齊，不管他們是誰，他們對牙科的事情一定不大了解；很有可能是安德魯的村民在這裡生火。

一股戰慄感竄過塔莉全身。這些村民將外來者都當成敵人，他們把這些外來者當動物般地獵殺。現在美人對他們已經不再是「天神」了，塔莉不知道這些村民發現他們的一生只是一場實驗，他們美麗的天神不過是一般的人類之後，究竟做何感想。

她不知道在煙城人招募的這些新人中，是不是有人會想對城市中的美人採取報復。

塔莉搖了搖頭，心想煙城人十分信任安德魯，願意讓他負責指引逃亡者到此地，他們招募的其他人應該不會是殺人狂才對。

但是，要是還有其他的村民學會從「小人」那裡脫逃會怎麼樣呢？

黎明將近，塔莉仍然清醒，甚至連往常的假寐都沒有。她跟平常一樣，凝視著天空，注意飛車出現的訊息，但她仍然將紅外線調到極致，隨時注意著從內地通往懸崖沿路的動靜。她看到那堆腐爛的死魚之後，腹中翻攪的噁心感始終不曾消失。

日出後，大約三小時，他們出現了。

新來的人

她的紅外線中出現了十四個人影，慢慢地從內陸的山丘上爬過來，每個人都躲在高大的草叢裡。

塔莉打開隱身衣的裝置，感覺隱身衣翻起的外皮模仿著草叢的波動，像一隻緊張的貓兒，突然毛髮橫豎。她唯一看得清楚的人影是走在人群最前面的女人。她絕對是來自保留區的村民——身上披著皮衣，手上拿著一支長矛。

塔莉在草叢裡蹲低一些，想起她首次見到村民時的經驗——他們在漆黑的夜裡，朝她撲過來，只因為她是外來者，他們就想致她於死地。犯罪社社員這時候應該都睡熟了。

要是出現暴力的話，事情一定會突然發生，塔莉可能只有些許的時間可以搶救他們。也許她現在應該要叫醒薩納，告訴他有人來了……

但是，想到他可能會如何看她，他眼中映著她厭惡的表情，光想到這個，就使她感到頭暈腦脹。

塔莉深吸一口氣，命令自己保持冷靜。漫長的夜間旅行——孤單地隱形著，努力保護一個可能不想要她保護的人——開始讓她變得疑神疑鬼。沒有看清楚之前，她不該假設逐漸接近的這群人有不良的意圖。

她伏地前進，在高大的草叢間迅速地爬動，拉長了與死魚的距離。塔莉爬近一些時，聽到一聲清澈的鈴聲從田野中傳過來，帶著村民們不規則和陌生的語調。歌聲聽起來不像是要打仗的感覺——更快樂一些，像是某人支持的隊伍贏了一場足球比賽時唱的歌曲一般。

當然，對這些人來說，暴力獵殺就跟足球比賽沒什麼兩樣。

他們逐漸逼近時，塔莉抬起頭來……

隨後安心地呼了一口氣，還好這群人中，只有兩個人穿戴著皮衣，其他人都是城市美人——衣著襤褸，一臉疲憊的表情，不過他們鐵定不是野蠻人。這群人肩膀上掛著水袋，美人們因此彎腰駝背起來，村民背著這些水袋卻毫不費力。

塔莉看了一下他們走過來的方向，只看到遠方海灣上的一抹水光。他們只帶了少量的補給品，剛剛才逃出來。

她想起安德魯是如何發現她的，塔莉盡量跟這些人保持安全的距離。不過，她在這裡還是看得清楚他們的衣服。這些城市美人看起來都不大對勁，服裝完全跟不上時代潮流，也許款式與最新的流行晚了好幾年，但是，這些年輕人不可能在荒野中這麼久啊！

隨後塔莉聽到一個男生問，這裡離營區還有多遠，他奇異的口音令塔莉全身打顫。他們是從另一個城市來的，遠到連說話的口音都很不一樣。當然，她現在正在往赤道的半途中，顯然煙城人已經把他們的小型叛軍擴展到這麼遠的地方了。

但是他們來這裡做什麼呢？她納悶地想道。這一小塊懸崖當然不可能是新煙城了。塔莉爬在這群人的後方，他們正走向沉睡中的犯罪社社員，她仍小心翼翼地監視著他們的一舉一動。

她突然停了下來，感覺全身的骨頭都不對勁——有某種東西出現在她的四周，感覺腳下的地面都在震動……

遠方傳來怪異的聲響，低沉的節奏好像許多巨大的手指正在敲打著桌面，忽隱忽現了好一會兒之後，逐漸穩定下來。

其他人現在也聽見了，村民抬起頭，這一小群人指著南方，發出一陣驚喜的叫聲，城市美人們全都充滿期待地仰望著天空。塔莉已經看見那個東西了，轟隆隆地越過山丘，朝他們這邊飛過來，它的引擎在紅外線下，因高溫散發著明亮的光芒。

她半蹲著身子，衝向浮板的方向，轟隆隆的聲響逐漸升高，充斥在四周的山野。塔莉想起她首次在荒野中旅行時，曾經乘坐鐵鏽人奇怪的飛行器前往煙城。別的城市的森林護林員，也是博物學家，使用這種奇怪的老式飛行器，跟白色的雜草抗戰。

他們是怎麼稱呼這個東西的？

塔莉回到浮板的所在地時，才想起這個名稱。

這架「直升機」停在懸崖邊的不遠處。

比塔莉第一次前往煙城時搭的直升機大上兩倍，降落時異常狂暴，狂風把草叢往四周打倒，露出寬大的圓圈。直升機靠兩片螺旋槳葉片無情地在空中打轉才能飛行，就像巨大的浮板旋翼一般。即使塔莉躲在遠處，那轟隆隆的聲響仍震動著塔莉的瓷骨，她腳下的浮板像一匹神經緊張的馬兒，走在暴風中，突然弓背躍起。

犯罪社社員這時當然也醒過來了，被這轟雷般的聲響震醒。駕駛直升機的人已從高空上看見他們，正盤旋在半空中，等待他們先把浮板收起來再降落。這架飛行器即將降落時，另一群人也來到懸崖邊。這兩組逃亡者疲倦地打量著對方，同時直升機上的人也跳到草地上來。

塔莉記得他們是來自另一個城市的護林員，他們的想法跟塔莉的城市不同，煙城存在與否對他們不是很重要。他們最關心的事情是如何保護大自然免受鐵鏽人留下的災害侵襲，尤其是這些白色的雜草。護林員偶爾會跟舊煙城人交換人情，用他們的飛行器載逃亡者一程。

塔莉很喜歡她以前遇到的那些護林員，他們雖然是美人，不過，就跟消防員和特務員一樣，他們沒有蠢美人那樣的腦部傷害。獨立思考是他們工作的一部分，因此他們跟煙城人一樣具有冷靜的頭腦——但卻沒有醜陋的外表。

直升機降落到地面時，旋翼的葉片仍不停地轉動著，攪動著她浮板底下的空氣，使她根本聽不到半點聲音。不過，她的浮板飛在突出的懸崖邊緣正下方時，這有利的位置使她察覺到，薩納正在自我介紹，並介紹其他的犯罪社社員。護林員似乎不在乎這些事情，只有一個人留在那裡聽薩納說話，其他人則去檢查老舊、怪異的直升機零件。兩個村民充滿懷疑地看著這群新來的一群人，直到薩納拿出方位探測器才安心。

看到探測器之後，其中一位村民拿出一根掃描棒在薩納全身上下揮動，塔莉發現他特別檢查了薩納的牙齒。另一個村民忙著掃描其他的犯罪社社員，他們兩個徹底檢查了所有八個新來的人。

隨後他們開始把全部二十位逃亡者聚集起來，帶上直升機。這架機器比看守員的飛車大多了，但是看起來像粗糙的的老古董一般，噪音其大無比……塔莉懷疑它是否真能載得動全部的人。

這些護林員似乎並不擔心，他們忙著把城市人的浮板塞進機器下方的起降架上，靠磁性的吸力將它們疊在一起。

以這群逃亡者這樣擠在直升機裡的樣子看來，這趟旅程應該不遠……問題是，塔莉不知道該如何跟上去。她以前搭過的直升機飛得很快，而且也飛得比浮板高很多。如果她跟丟的話，剩下來的這段路程，就不可能跟著犯罪社社員前往新煙城。

靠老式的方式跟蹤他們總是有一些缺陷。

她很好奇，不知道雪宜到底做了什麼事情，她抵達新煙城之後會發現什麼。塔莉打開皮膚信號器的頻道，卻沒發現附近有任何特務員的蹤跡，也沒有留下任何給她的訊息。

但是安德魯的方位探測器一定也將雪宜指引到這裡來了。她會不會偽裝成醜人，想唬過這些村民呢？也許她想到了一種跟蹤直升機的方法？

塔莉再看了一下直升機的起降架，那塞著二十個浮板的起降架，似乎還能擠一個人。

也許雪宜偷偷搭上直升機了……

塔莉帶上吸力手套，準備就位。她可以等直升機起飛後，跟在後方飛一小段路，接著快速穿過引發了暴風的螺旋翼。

她感覺自己的臉上彷彿露出了一抹笑容，經過兩個禮拜的跟監之後，能面對真正的挑戰反而讓人高興，這樣的挑戰能使她再次感覺自己是個特務員。

更好的是，新煙城不遠了，她幾乎就要抵達終點了。

跟蹤

美人們很快都上了直升機，兩個村民往後退一些，微笑著揮手道別。

塔莉未等到直升機升空，就順著它飛來的方向，朝南方的海岸線飛去，盡量飛在懸崖的下方，避免被人發現。最困難的是要等到直升機飛到遠處——村民看不到的地方，她才能飛到天空中。經過數個禮拜辛苦的跟監之後，她不希望在這麼接近目標的緊要關頭被發現。

直升機的旋翼改變了音調，嘎吱的聲音變成震天價響的轟鳴聲。她強忍著回頭看的衝動，專心注視著前方彎曲又險峻的峭壁。她繞著峭壁蜿蜒飛行，與岩壁只隔一臂之遙，儘量低空飛行不讓人看見。

塔莉的耳朵會告訴她，後方的直升機何時將爬升到高空中。她催促浮板加快速度，納悶地想著，不知道鐵鏽人這怪機器最快的速度有多快。

塔莉從來不曾把特勤局的浮板逼到極限，這個浮板的設計跟一般的浮板不同，卡特族的浮板沒有安全裝置會阻止他們做蠢事。如果讓它自由發揮的話，浮板的旋翼會一直轉到過熱失控為止，或者，也可能更糟。她從卡特族的訓練營中得知，旋翼失控時，不一定會優雅地降落——把它逼到極限時，有可能會在半空中四分五裂，化成一堆白熱的廢鐵，像下雨般一塊塊地掉落地面……

塔莉調整紅外線的視力裝置，低頭看了一下左腳下的旋翼，這個旋翼已經像營火的餘燼般發出紅熱的光芒。

直升機快要追上她了，轟隆隆的聲響逐漸逼近，爬升到她的上方，拍打著四周的空氣。她往下降到懸崖的高度。急速飛行中，下方的海浪化成一片模糊的畫面，每一塊突出的岩石，都有砍斷她頭的危險。

等到直升機飛到更上方時，已經離地幾百公尺了，而且仍在攀升中。她現在得馬上採取行動了。

塔莉轉向往後退，隨後往上飛過懸崖的邊緣，快速飛過地面，來到直升機的正下方，避開它球形的窗子，以免被發現。她下方的那兩個村民已經變成了兩個小黑點，她身上的隱身衣也化成天藍色，所以如果他們還在觀望的話，只會看到她銀色的浮板。

塔莉追著這架轟天價響的機器往上爬升時，她腳下的浮板開始顫動起來，直升機下方的漩渦，像無形無影的拳頭般地捶打著她，四周的空氣猛烈地震動著，像音響的低音貝斯調大到極限。

突然間，她的浮板開始往下掉，塔莉感覺騰空往下墜落了一會兒，隨後浮板外殼的吸引力又回到她的腳下。她朝下方看了一下，檢查旋翼是否失靈了，不過兩個旋翼都還在轉動。接著浮板又往下掉，塔莉發現自己陷入低氣壓的漩渦中，旋翼頓時找不到足夠的空氣來拍動。

塔莉彎下膝蓋，爬升得更快，不理會旋翼白熱的光芒和四周強風的衝擊。她沒有時間小心行事了——直升機仍不斷攀升，不斷加速，她很快就要追不上它了。

狂風和噪音突然安靜下來——她來到宛如颱風眼般平靜的區域。塔莉抬眼一看，發現自己正在直升機的腹部，脫離了旋翼製造的亂流區，這正是她爬上去的好機會。

她飛得更高一些，伸出帶著吸力手套的雙手，她的防墜手鐲跟飛機上的金屬連結起來，用力將她往上拉。再飛高一公尺，她就能上去了……

藍天消失了，塔莉感覺世界彷彿傾斜了，直升機腹部的一端往下傾，然後又拉起來。這架機器奮力朝內陸的方向急轉彎，使她頓時失去了屏障，就像來到暴風的角落一般。

狂風一陣陣地猛烈的吹打在塔莉的身上，從下方鞭打著她的腿，把浮板從她腳下吹走。她的耳朵在直升機漩渦的逆流和亂流中劈啪作響，在那驚險的一刻，她看見巨大的螺旋翼葉片，像一面模糊的巨牆般朝她壓過來，震耳欲聾的轟鳴聲震動著她的全身。

但是旋翼的葉片不但沒有將她剁成碎片，反而將她用力往外推，她突然掉到半空中，地平線在她四周旋轉起來。那一瞬間，就連她特殊的感官都失去了功能，整個世界彷彿突然變成一團混亂的畫面。

墜落幾秒鐘後，塔莉感覺手腕上傳來一陣拉力，於是她呼叫浮板過來。浮板掉下去了，此時正全力往上朝她這邊急速衝上來，浮板的旋翼現在熱得比太陽光還要白亮。

她伸手去抓浮板，即使透過吸力手套，過熱的浮板仍燒燙著她的手，塑膠手套熱到了熔點，刺激著她的鼻孔。高溫熱到了極點，她的隱身衣自動轉成盔甲模式，以便提供更多的保護。

塔莉仍不停地旋轉著，掛在浮板上好一會兒，直到浮板宛如翅膀般的形體穩定她之後，才翻身轉到浮板上，站起身，擺好滑浮板的站姿。

她將浮板調回天藍色後，往前一看——直升機逐漸消失在遠方。

塔莉遲疑了一下，認為她現在應該放棄，回到他們集合的地點，等待下一批逃亡者，直升機一定經常飛這條路線。

但是，薩納在那裡面，她不能現在放棄他，雪宜和特勤局的人可能已經出發前往煙城了。

於是塔莉催促過熱的浮板加快速度，直升機因剛才的急轉彎，失去了平常的高度和速度，因此她很快就趕上了。

浮板過熱的表面開始燒燙著她的腳底，塔莉感覺浮板震動的模式變了。金屬旋翼在白熱的情況下脹大，改變了浮板飛行時的聲音和感覺。她強迫浮板往前飛，直到直升機漩渦的暴風再度衝擊她為止，她再次逼近時，周圍的空氣轟隆作響。

但是，這次塔莉知道會發生什麼事，第一次上來時，她已經學到教訓，知道隱形渦流的厲害。她的直覺引導她穿過螺旋漩渦，進入飛機下方的安全氣泡裡。

她的浮板現在叫得異常厲害，但她仍催促它，往上朝起降架那裡飛去，雙臂極力往上伸……越來越近了。

塔莉透過腳底感覺到浮板即將損壞，浮板搖晃不穩地顫動著，突然又猛力抖動起來。旋翼即將碎裂時，金屬尖銳的嘶鳴聲傳入耳際，她知道現在除了往上之外，無論要朝哪個方向去都太遲了。她彎下膝蓋，往上一躍……

跳到最高點時，塔莉拚命要抓住某樣東西，她的手指碰到了堆在上面的浮板，但是這堆浮板疊得像厚厚的三明治一般，完全沒有地方可抓，直升機兩邊的支架又太遠了。

塔莉開始往下墜落……

她調整防墜手鐲上的控制鈕，讓它們消耗全部的電力，盡全力將她往上拉到裝滿大量金屬的飛機上。一陣突來的強大力量抓住了她的手腕——結合二十個浮板的磁力，強化了防墜手鐲的力量，將她拚命往上拉，把她緊緊地推向最近的那塊浮板上，這突來的強大力量，幾乎將她的手臂從肩膀上拉斷。

她腳下的浮板從尖銳的嘶鳴聲，變成即將碎裂的噗哧聲，隨後往下散落。塔莉聽著浮板的金屬發出尖銳的鳴叫聲，墜落時裂成碎片，直到直升機強大的漩渦將那嘶鳴聲吹散為止。

塔莉卡在直升機的下方，轟隆隆的鳴叫聲像衝擊著懸崖的巨浪般，震盪著她的四肢百骸。她擔憂了好一會兒，不知道飛機的駕駛和乘客是否聽到她的浮板碎裂的聲音，但塔莉後來想起她去年坐直升機時的經驗。在飛機旋翼隆隆作響的轟鳴聲中，她和護林員必須要大聲吼叫，才能聽見彼此的聲音。

防墜手鐲拉著她的手腕，這樣懸掛在半空中數分鐘後，塔莉關掉其中一個防墜手鐲的磁力，盪起雙腳，抓著一根起降架，再關掉另一個手鐲，倒吊在起降架上。暴風吹襲著她，驚險萬分，隨後她撐起身子，擠進逃亡者的浮板間的夾縫中。她躲在這裡，看著這趟旅程逐漸展開。

直升機朝內陸的路線飛行，大海逐漸消失在後方，整個世界變得蔥綠繁茂，森林密布。直升機越飛越高，速度快到使下方的樹林全都化為一片模糊的碧綠。這裡只有極少數的地區受到白色雜草的侵襲。

塔莉小心翼翼地穩住自己，脫下手套，檢查傷勢。她的手掌燒傷了，有幾塊融化的塑膠黏在上面，不過閃動刺青仍在轉動，即使被刀子切斷，留下清楚的疤痕也毫無影響。她的醫藥噴劑和所有的東西都跟著浮板一起掉下去了，只有防墜手鐲、刀子和隱身衣還算完好。

不過，她跟上來了，塔莉總算可以鬆一口氣了。看著下方逐漸退後的景物，完成一項酷冰任務的欣喜，令她身心愉悅。

塔莉的手指碰觸著直升機老舊的金屬下腹——薩納與她只隔幾呎之遙。他也完成了很酷炫的任務，即使他腦部有損傷，但他就要抵達新煙城了。不管雪宜對塔莉的想法如何，不可否認地，薩納確實贏得了加入特勤局的資格。

等這一切結束之後，塔莉不會讓他們拒絕薩納加入。

塔莉透過體內的軟體得知，直升機大約飛了一小時左右，下方便出現目的地即將到達的徵兆。即使這裡的森林仍然濃密，眼前已出現幾塊正方形的田野，許多樹木被砍斷，堆在一旁，準備興建某些建築物。隨後又出現了許多新建築的痕跡：巨大的怪手挖著地面，帶有磁性的起重機將建築支架搬移到適當的位置。塔莉看了皺起眉頭，新煙城人一定是瘋了，才會以為他們如此大量伐木，能夠逃避制裁。

但更熟悉的景象開始在下方出現，工業區低矮的建築物，接著是一排排郊區的房子，隨後是一堆較高的建築物從地上冒出來，空中也出現許多飛車。下方有一座足球場和幾棟宿舍，跟她生長的城市中的醜人城裡的建築一模一樣。

她搖搖頭，這一切不可能是煙城人建造的……

後來她想起雪宜和她一起到新美人鎮，去看薩納時那天晚上說過的話，她說大衛和他的同伴從神祕的盟友那裡取得隱身衣，她現在明白這是事實。

新煙城不再是隱藏在森林裡的營區，他們不再躲在山洞裡吃死兔子，和燃燒木材當燃料，新煙城在這裡，就在她下方這塊廣大的土地上。

這一整座城市都加入了叛軍的行列。

艱難的降落

塔莉必須在直升機降落前跳下去。

她不希望他們降落時，發現她躲在直升機的下面，薩納會看見她，護林員從她冷酷美人的臉孔中，也會看出她是來自另一個城市的特務員。但是直到直升機在空中盤旋了一圈，朝停機坪飛去準備降落時，塔莉卻仍找不到可以讓她安全落地的地點。

在她的城市中，新美人鎮的小島四周有河流環繞，可是她在這裡卻看不到可以跳下去的水池或河流，在這裡使用防墜手鐲的話實在太高了，無法安全降落。隱身衣的盔甲或許能保護塔莉不受傷害，但是停機坪卻座落在兩棟高大的建築物中間，四周布滿許多人行道，人行道上到處都是脆弱的行人。

直升機快要降落時，她發現停機坪的四周有幾道高大的籬笆圍牆，堅固的籬笆似乎足以抵擋直升機旋翼的強風。這些籬笆看起來到處都是刺，但是幾根荊棘的刺不算什麼，隱身衣可以應付。

停機坪在下方逐漸擴大，直升機也慢慢減緩速度，塔莉拉起面罩，保護她的臉。直升機飛入跑道，準備降落時，她跳了下去，全身捲成球狀，像小孩子跳入游泳池時的姿勢一樣。

她的左肩砰地一聲，撞到籬笆上，樹枝拍打著隱身衣的盔甲。她從籬笆上彈開時，一大片樹葉爆炸般地飛濺起來，在空中翻騰旋轉著。她落地時，勉強站直了身子，但隨後卻又搖搖晃晃地倒下去……她在落地時看到了人行道上的人，快速地走動著。

塔莉揮動著手臂，幾乎要穩住身體了，但最後一步卻使她衝到另一條逆向的人行道上，她在原地旋轉了一圈，往身後倒下去，跌得四腳朝天，驚得目瞪口呆。

「哦，好痛！」她驚叫道。特務員雖然有撞不斷的瓷骨，但還是血肉之軀，也會瘀青，神經末梢還是會痛得哀叫。

她看到上面兩棟高大的建築物擠在一起，看起來好像在輕輕地滑動著……原來是她在人行道上往後滑動著。

一張中年美人的臉冒出來，表情嚴厲地低頭看她。「年輕人，妳沒事吧？」

「喔，還好。」

「嗯，雖然我知道法律的標準改了，但別人看到妳穿那身衣服，還是有可能會通報看守員的！」

「哦，抱歉。」塔莉說道，站起來時感到疼痛不已。

「我猜那身衣服是保護妳的盔甲了？」這位中年男子繼續說道：「但是妳多少也應該為別人著想吧！」

塔莉一手撫著可能已經瘀青的背部，另一隻手舉起來防衛自己。以一位中年美人來說，這個男人一點都不體貼。「我已經道歉過了，因為我得從直升機上跳下來呀！」

中年男子不以為然地說道：「哼，如果妳急著要跳下來的話，下次就改用降落傘吧！」

塔莉心中升起一股不悅，這個庸俗的中年美人就是不肯閉嘴，她不想再聽下去了，拉下隱身衣的面罩，露出銳利的牙齒說道：「也許我下次跳下來的時候會對準你！」

這名男子直視著她野狼般的黑眼，網狀的閃動刺青和銳利的笑容，只是再次不滿地說道：

「哼，說不定下次妳會摔斷妳美麗的脖子。」

他發出自鳴得意的聲音，隨後走進人行道的快線道，看也不看塔莉一眼，頭也不回地大步離去。

她大吃一驚，這不是她預期中的反應。從前方建築物的窗玻璃上，她看見自己歪斜的影像閃過，她仍是特務員，臉上仍充滿冷酷美人的各種標記，這些設計是為了引起一般人自古以來隱藏在心中的恐懼，但這個男人好像完全沒注意到的樣子。

塔莉搖了搖頭，也許這個城市的特務員不會刻意躲起來，他以前可能已經見過冷酷美人了。可是要是大家都已經看習慣了，擁有這種嚇人的外表有什麼用處呢？

她在心中不斷回想著，發現那個男人的口音和她記憶中護林員的口音很像——急促、清脆，而且精準，這裡一定是他們的城市。

但是，如果這整座城市就是新煙城的話，那雪宜究竟在哪裡呢？塔莉調大皮膚信號器的頻寬，卻沒收到任何回應。當然，這個城市這麼大——她很可能不在收訊範圍內，或者她已經關機了，仍在氣塔莉最近背叛她的事情。

塔莉回頭看了一下停機坪，直升機的引擎仍在空轉著，也許這個城市不是新煙城，只是他們的加油站。她走到對面的人行道，朝停機坪的方向走過去。

幾個新美人從她身邊走過，塔莉發現他們做了化妝手術，其中一個新美人的皮膚太過蒼白，早已超過美人委員會的標準，紅色的頭髮和臉上凌亂的雀斑，好像隨時得擔心曬傷的小孩一樣。另一個人的皮膚幾乎是黑色的，而且他壯碩的肌肉也太突出了點。

也許這足以解釋那位中年美人冷淡的反應，或是說，沒什麼反應的反應。今晚附近一定有什麼化裝舞會之類的活動，所有的新美人都會盛裝出席。這些化妝手術遠比塔莉的城市所允許的範圍更極端，不過，這表示當她努力要搞清楚這裡的情況時，至少她的服裝不會太醒目。

當然，她隱身衣上的黑色盔甲不算很時髦的打扮。她稍微做了一點改變，將隱身衣變成剛剛那兩位新美人的條紋和大膽的顏色，就像以前在家中幫小孩子打扮一樣。鮮豔的色調使她感覺更引人側目，當幾個更年輕的美人從她身邊經過時——半透明又蒼白的臉龐、過大的鼻子和超級鮮豔的衣服，使塔莉幾乎感覺自己已經開始融入這群人當中了。

這些建築物跟她生長的城市並無多大不同，停機坪兩旁的建築物，看起來像市政廳標準的巨無霸建築。事實上，較近的這棟建築物上還刻著「市政廳」的字樣，人行道旁大部分的建築物都標示著政府單位的名稱。塔莉的前方有漂浮在上空的派對燈塔，以及高聳的大樓，看起來應該是新美人鎮的大樓，她也看見遠方有醜人的宿舍和足球場。

醜人城和新美人鎮之間沒有河流阻隔，感覺有點怪怪的。要偷溜過來實在太容易了，一點都不刺激，他們到底要如何阻止醜人闖進派對呢？

她到目前為止尚未看到看守員；這裡到底有沒有人知道她冷酷美人的臉孔所代表的意義？

一位年輕的美人從她身邊的人行道上走過去，塔莉心想，不知能否找到一個本地人來詢問。

「今晚哪裡有化裝舞會？」她問道，試著模仿本地人的口音，希望她的話聽起來，不會因為不知道舞會的事情顯得很遜的樣子。

「化裝舞會？妳是說派對呀？」

塔莉聳聳肩。「那當然。」

這位年輕的女人笑道：「自己選吧！這附近到處都有派對。」

「好吧！很多派對，但是，有沒有一個派對內，大家全都要做化妝手術呢？」

「化妝手術？」這個女人看著塔莉，好像她說了一句超級遜的話似的。「妳是剛剛才從直升機上下來的，對不對？」

塔莉揚起了眉毛。「嗯，直升機？對，應該算是吧！」

「以妳那張臉？」女孩皺起了眉頭。她自己的皮膚是深褐色的，指甲上裝了許多迷你型的攝影機螢幕，每個螢幕都閃著不同的畫面。

塔莉只好又聳聳肩。

「喔，我懂了，妳等不及要跟大家一樣對吧？」她又笑起來。「聽著，年輕人，妳真的應該跟其他新來的人在一起，至少等到妳熟悉了這裡的環境之後，再單獨行動。」她眯起了眼睛，做出與電腦聯絡的手勢。「狄亞哥說，他們今晚都在眺望臺那裡。」

「狄亞哥？」

「狄亞哥是這個城市的名字。」她又笑了起來，指甲隨著聲音一起閃動。「哇，年輕人，妳真的才剛從直升機上下來呀！」

「是啊！應該是吧！謝謝妳。」塔莉說道，突然感覺自己平庸至極，而且很無助，一點都不特別。要想在這個新城市裡行動，她的能力和速度一點都派不上用場，就連她冷酷美人的外表，似乎都引不起眾人的注意。當了解宴會的事情和如何打扮似乎比當超人更重要時，感覺好像又變回醜人了。

「歡迎來到狄亞哥市。」年輕的美人說完這句話後，走入高速人行道。

當塔莉走進停機坪時，她小心翼翼地注意著犯罪社社員的動向，有點尷尬地揮手向那位年輕美人道別。她走出人行道，籬笆上仍留著她落地時撞壞的痕跡，隨後從籬笆的縫隙中穿過去。

逃亡者已經從直升機上走下來，但仍排隊等著集合。像一群標準的蠢美人，還搞不清楚哪個浮板是自己的。他們圍著安排事項的護林員站立著，像一群等著分冰淇淋的小朋友似的。

薩納耐心地等待著，自從他們逃出城市以來，他現在看起來好像最快樂。幾個犯罪社社員圍在他身邊，拍著彼此的肩膀互相道賀。

其中一個犯罪社社員幫薩納把浮板拿過來，他們八個人一起朝市政廳對面的巨大建築走去。

塔莉看到他們去的地方是醫院，這樣應該很有道理，所有從外面來的人都要檢查是否有任何疾病，是否在旅程中受傷，或是食物中毒的問題。既然這裡真的是新煙城，那新來的蠢美人的腦部傷害問題也會得到妥善照顧。

塔莉心想道，當然，瑪蒂的藥丸不一定要很完美。這些逃亡者會在這裡排隊，等城市裡真正的醫生幫他們處裡腦部傷害的問題。

她往後退一步，緩緩地深吸一口氣，終於對自己承認道：新煙城比她和雪宜想像中的還要強大幾千倍。

這裡的政府單位收留了其他城市來的逃亡者，幫他們治療腦部傷害的問題。她現在回想起來，截至目前為止，她所遇到的人當中，沒有一個人有腦部傷害的問題，他們全都公開地表達自己的意見，一點都不像愚蠢的美人。

這就能解釋，為什麼這個城市——如那個女人所稱呼的「狄亞哥市」——拋棄了美人委員會的標準，反而讓每個人選擇自己想要的外貌。他們甚至在附近的森林中，開始建造新的房屋，朝荒野中擴大城市的區域。

假如這一切都是真的的話，那就難怪雪宜會離開這裡了。她可能已經回去向凱波博士和特勤局報告這裡的情況。

但是他們又能怎麼樣呢？畢竟，城市之間不能干涉彼此的政務。

這個新煙城很可能會永久存在。

自由的城市

塔莉一整天都在城市裡到處亂逛，這裡的事物跟她的城市很不一樣，令她大為驚奇。她看到新美人和醜人聚在一起，整型手術不會拆散這些朋友。小朋友跟較大的醜人兄弟姐妹玩在一起，而不是整天待在父母的脆園鎮裡。這些小小的不同點，幾乎跟她遇到的，外貌狂野、皮膚質感怪異和時髦的身材一樣令她驚奇不已。只是幾乎而已，也許要隔一陣子之後，她才會習慣這些怪人；他們穿戴毛茸茸的皮衣，小指上裝著小蛇，皮膚從深黑色到雪白色都有，頭髮鬈得像海底的怪物似的。

同社團的人都是一樣的膚色，或者類似的臉龐，像整型手術前的家族成員一般。這使塔莉很不舒服，想到前鐵鏽人時期，人們是如何分類群聚，以部落、家族和看起來大同小異的，所謂的種族來分類，長相不同的人就彼此憎恨。但是，這裡的每個人似乎都相處得很融洽——因為每個社團的人看起來都彷彿相同，這是另一種變相的分組。

狄亞哥市的中年美人，對這些時髦的整型手術似乎不像年輕人那麼瘋狂，大部分的人看起來都跟塔莉的父母差不多，她聽到有人咕噥地叨唸著，現在流行的「新標準」讓人看得很不順眼，而且很不雅觀。但是他們說話如此直率，使塔莉清楚地知道，他們的腦部傷害一定已經痊癒了。

令人不知所措的是，老年人對手術似乎比其他人更趨之若鶩，少數幾個人仍保留塔莉家鄉美人委員會規定的外貌：充滿智慧、冷靜和值得信賴的臉孔。但是其他的老人看起來卻出奇的年輕。塔莉大部分的時候都搞不清楚人們原來的年紀，好像這個城市的外科醫生決定要讓大家搞不清楚別人的年紀似的。

從少數幾個人的談話中聽起來，塔莉認為他們應該還是蠢美人，為了某些原因——不管是哲學性的立場，或是時髦的聲明——他們選擇保留腦中的傷痕。

顯然這裡的人幾乎可以完全照自己的意思行事，塔莉感覺好像來到了一個自由的城市似的，每個人都很不一樣，她這張特別的臉似乎變得……毫無特色了。

這一切是怎麼發生的？

這不可能是很久以前發生的，這些轉變似乎仍在四周變化著，彷彿一顆石頭投入小池中，興起了陣陣的水波。

當塔莉終於將皮膚信號器轉到了城市的新聞頻道時，她發現新聞裡充滿各種爭執。他們正在討論收留逃亡者是否明智，美貌的標準，最重要的還有在城市周邊大興土木的問題——不是每個人都跟她家鄉城市的人一樣，以輕鬆愉快、彬彬有禮的態度辯論。塔莉以前從來不曾聽過成人像這樣大聲地高談闊論，甚至連私下場合都不曾見過這種情形，感覺好像一群醜人占領了廣播電臺似的。沒有手術留下的腦部傷害，讓大家保持彬彬有禮的氣度，整個社會充滿持續的爭執和口角，到處都有意見不合的畫面出現。

這一切新奇的事物，如排山倒海般地襲來，令人不知所措，幾乎像鐵鏽人居住的時代，人們公開議論各種話題，而不是讓政府管理一切事物。

塔莉發現，在狄亞哥市裡發生的這一切變化只是一個開端，她感覺城市裡到處都有騷動，這些剛剛獲得釋放的心靈，彼此駁斥對方的意見，好像隨時都會爆炸似的。

當天晚上，她來到眺望臺。

城市的電腦中心引導她到市中心的制高點，一個像白堊般的峭壁頂端的公園，站在這上面，她可以看到整個市中心。她遇見的那位年輕女士說得一點也沒錯：這個公園裡到處是新來的逃亡者，一半是醜人，一半是新美人。大部分人的臉都是逃亡時的臉孔，尚未準備好極端的時髦裝扮。塔莉可以了解為什麼新來的人都會聚在一起的原因。在狄亞哥市的街道上走了一天之後，看到美人委員會設計的、傳統的標準臉孔，感覺舒服多了。

塔莉希望薩納會在這裡出現，自從逃亡之後，今天是他離開她的視線範圍最長的一天，而且她很好奇，不知道他們究竟在醫院裡對他做了什麼。移除薩納的腦部傷害，會使他顫抖的毛病變好一些嗎？他會決定如何改造自己呢？這裡的人想要什麼樣的外表都可以，想當平凡人的機會是不是已經完全消失了？

也許這裡的醫生比她家鄉城市的人更有能力醫治他，以他們做這麼多瘋狂手術的經驗看來，狄亞哥市的外科醫生，很可能跟凱波博士差不多優秀了。

也許他們下一次接吻的時候，情況會有所不同。

即使薩納還是老樣子的話，至少塔莉可以讓他知道，她已經改變了很多。她在荒野中旅行的經驗，還有在狄亞哥市所看見的一切，已經改變了她。也許這一次她可以讓他了解，她內心深處真正的自己，不是任何手術可以改變的。

塔莉在漂浮球的燈光照不到的黑暗中來回踱步，聽著新來者的聲音。這裡的音樂不是很大聲——宴會主要的目的是認識彼此，而不是喝酒和跳舞——她聽到了各種口音，甚至是來自極南方的其他語言。所有的逃亡者都在談論著他們如何來到這裡的經過——逗趣的、艱辛的，或是驚險的旅程。他們從這塊大陸的各個角落前來，在荒野中旅行，歷盡千辛萬苦才來到集合點。有的人是滑浮板來的，有的人用走的，還有少數人表示，他們是偷了看守員有旋翼的飛車，輕鬆地飛過荒山野嶺的。

在她的監視下，宴會逐漸熱鬧起來，就跟狄亞哥市本身一樣，總是有許多逃亡者陸續到來。塔莉不久就在峭壁邊緣的附近，看見帕里斯和其他的犯罪社社員，但是薩納並不在其中。

她退到更遠處的陰影中，在人群中搜尋著，想知道他究竟在哪裡。也許她應該跟緊一點，這座城市真的很奇怪。薩納可能認為她在直升機那裡跟丟了，也許還留在荒野中。擺脫了她，他很可能會覺得輕鬆許多……

「嘿，我叫約翰。」一個聲音從後方響起。

塔莉立刻轉身，發現自己站在一位標準的新美人面前。他看到她冷酷美人的臉孔和閃動刺青之後，揚起了兩道眉毛，不過，驚訝的反應很輕微。他可能已經看習慣這個城市裡瘋狂的整型手術了。

「我是塔莉。」她說道。

「真是個有趣的名字。」

塔莉皺起眉頭，她認為「約翰」聽起來很俗氣，不過，他的口音似乎不是很陌生。

「妳是逃亡者對不對？」他問道：「我是說，這是妳嘗試的新手術嗎？」

「這個？」她的手指撫過臉頰。自從她在特勤局總部醒來之後，這張冷酷美人的臉，感覺就像區別她身分的東西一樣，這樣的臉孔顯示著，她是什麼樣的人，而這個平凡的男生卻問她，是不是在嘗試這個新手術？好像這只是一種新髮型似的。

但是，她現在不需要表明自己的身分。「對，我想是吧！你喜歡嗎？」

他聳聳肩說道：「我的朋友說，最好等到摸清楚流行的趨勢之後再動手術，我可不想看起來像個超級大笨蛋。」

塔莉緩緩地吸一口氣，試著保持鎮定。「你認為我看起來像個大笨蛋？」

「我哪裡會知道，我才剛到這裡。」他笑道：「我還沒決定要改成什麼樣子，不過，我不知道，也許不會像妳那麼嚇人吧？」

嚇人？她心中的怒氣緩緩滋長。她可以讓這個傲慢的小美人看看，什麼叫做嚇人。

「如果我是妳的話，我不會保留那些疤痕。」他繼續說道：「感覺有點恐怖。」

塔莉突然伸手去扯這個男孩鮮豔的新外套，將他從地面上提起來，指甲陷進他的衣服裡，極力露出她剃刀般殘暴的笑容。

「聽著，你這個蠢美人，這可不是時髦的裝扮！那些疤痕你永遠都不會……」

一陣輕柔的聲音在她腦中響起。

「塔莉—娃，」一個熟悉的聲音說道：「快把那個男生放下來。」

她大吃一驚，把這個美人放回地面上。

她的皮膚信號器收到了另一個卡特族的訊息。

這個男孩咯咯地笑起來。「嘿，很酷耶！我以前從沒見過這種牙齒。」

「安靜點！」塔莉鬆開手，放開他的外套，原地打轉，掃視著人群中的影子。

「妳已經加入社團了嗎？」這個新美人仍咕噥著說道：「那邊那個男的，看起來跟妳一模一樣！」

她順著他的手勢望過去，看到一個熟悉的臉龐從人群中朝她這邊走過來，他身上的閃動刺青，愉快地旋轉著。

他是佛斯特，臉上堆滿笑容的特務員。

重逢

「佛斯特！」她大喊道，隨後發現她根本不需要大叫。他們的皮膚信號器已經連上，已經形成了兩人的網路。

「看來妳還記得我了？」他開玩笑地說道，聲音近得宛如在她耳邊低語。

過去幾個禮拜，她一直很想念這種親密感——感覺身為卡特族，就像屬於某個團體一般——一陣興奮的顫抖襲來，塔莉衝向佛斯特，完全忘了剛剛羞辱她的那個美人。

她緊緊地抱住他。「太好了，你沒事！」

「豈只是沒事而已，我覺得好極了。」他說。

塔莉放開他，實在太興奮了，她的大腦被今天的所見所聞弄得筋疲力竭——現在看到佛斯特平安無事地站在這裡，真是太好了。

「你到底出了什麼事？你是怎麼逃出來的？」

「說來話長。」

她點點頭，隨後又搖搖頭說道：「我真的很困惑，佛斯特，這個地方看起來好亂，到底是怎麼一回事？」

「狄亞哥這裡嗎？」

「對啊！感覺不像真的。」

「是真的。」

「可是這一切是怎麼發生的？是誰讓這些事情發生的？」

他朝懸崖的方向望過去，凝視著城市裡的萬家燈火。「就我所知，這種情況已經很久了。這個城市本來就跟我們的城市不大一樣，他們的醜人和美人之間沒有屏障。」

她點點頭。「沒有河流隔開。」

他笑道：「也許這些也有關係，但是，他們的蠢美人本來就比我們少。」

「就像去年我遇到的護林員一樣，他們沒有腦部傷害。」

「連老師也沒有，塔莉，這裡的每個人都是被沒有腦部傷害的人教育長大的。」

塔莉驚訝地眨著眼睛，難怪狄亞哥市的政府會同情煙城人，這一小群自由思想家根本不會威脅到他們。

佛斯特靠了過來。「塔莉，妳知道最怪的事情是什麼嗎？他們這裡根本沒有特勤局這種單位，所以當那些藥丸開始傳進來時，狄亞哥市無法阻止他們，完全無法控制這些事情發生。」

「你是說煙城人控制了這裡？」

「他們並不算真的控制了這裡。」佛斯特又笑了起來。「這裡的政府單位仍在管理城市，不過，這裡的改變遠比我們的家鄉更迅速。藥丸進入這裡之後，大約只有一個月的時間，大部分的人就清醒過來了，整個社會結構就瓦解了，我猜，現在仍在瓦解當中。」

塔莉點點頭，想起過去十二個小時以來所見到的一切。「你說得對極了，這座城市的人全部都瘋了。」

「妳會習慣的。」他臉上的笑容逐漸擴大。

塔莉瞇起眼睛。「這些事情都不會讓你不舒服嗎？你沒注意到他們在城市周邊大量砍伐森林嗎？」

「當然有，塔莉—娃，他們不得不擴建，因為人口增加的太迅速了。」

這些話彷彿打了她的肚子一拳似的。「佛斯特……人口不會增加的，他們不能這麼做。」

「他們並未繁殖人口，塔莉，而是逃亡者增加了。」他聳聳肩，好像這不是什麼大問題似的，塔莉感覺體內某種東西開始翻騰起來。他冷酷美人的外貌，他的聲音在她耳中引起的親暱感，就連他的閃動刺青和利刃般的牙齒和溫柔的笑容也不能讓人原諒佛斯特說出這種話。他說的可是大自然中的荒野啊！為了要容納一群貪婪的美人，他們就大肆砍伐森林的樹木。

「煙城人對你做了什麼？」她問道，聲音突然變得毫無感情。

「除了我要求的事外，什麼都沒做。」

她拚命搖著頭，不願意相信這是事實。

佛斯特嘆了口氣。「跟我來吧！我不希望任何城市的人聽到我們的談話——這裡對特務員有很多奇怪的規定。」他把一隻手擱在塔莉的肩膀上，引導她走到派對的角落。「記得我們去年的大逃亡吧？」

「我當然記得，難道我看起來像個蠢美人嗎？」

「一點都不像。」他微笑道：「薩納牙齒內的追蹤器啟動之後，發生了一些事情，妳堅持要留在他的身邊。當我們大家一起逃亡時，犯罪社的成員跟煙城人達成了一個協議。」他略微停頓了一下，這時兩人剛好走過幾個年輕美人的身旁，他們正在比較新做的整型手術的不同點——他們的皮膚隨著音樂的節奏，從雪花白轉變成深黑色。

他們透過皮膚信號器交談，塔莉低聲說道：「你這句話是什麼意思？什麼協議？」

「煙城人知道特勤局正在招募新人，每天都有新的特務員產生，大部分的特務員都是醜人時期曾經逃到舊煙城的人。」

塔莉點點頭。「你知道規矩的，只有特別會作怪的人才能成為特務員。」

「我當然知道，但是煙城人當時才剛剛想通這一點。」他們幾乎快走到派對另一端的陰暗角落，那裡有一片樹蔭，形成一片陰暗的角落。「而且瑪蒂仍保留著凱波博士的資料，所以她想做出治療特務員的解藥。」

塔莉頓時愣住了。「什麼？」

「解藥，塔莉，但是他們需要有人來試藥。有人簽下同意書，就像妳變成美人之前，所簽下的那張自願接受治療的同意書一樣。」

她凝視著他的眼睛，試著看穿他黑色瞳孔內的眼神。他的眼神不大一樣了……他的目光黯淡，就像少了氣泡的香檳一樣。

跟薩納一樣，佛斯特也失去了某樣東西。

「佛斯特，」她柔聲說道：「你已經不是特務員了。」

「我要逃走的時候就已經簽下同意書了。」他說：「我們全都簽下同意書，要是我們被抓到，變成了特務員，瑪蒂可以試著治療我們。」

塔莉嚥了嚥口水，所以這就是他們為什麼要帶走佛斯特，卻放走雪宜的原因。同意書──這是瑪蒂想玩弄別人腦袋的託辭。「你竟然讓她在你身上做實驗？你難道忘了發生在薩納身上的事情嗎？」

「總得有人試藥的，塔莉。」他拿出一個注射器。「這個解藥很有用，而且非常安全。」

她縮起嘴唇，露出牙齒，想到奈米丸吃掉她大腦的情形就讓她毛骨悚然。「不要碰我，佛斯特，若有必要的話，我會傷害你的。」

「不，妳不會。」他輕聲說道，隨後把手伸向她的頸部。

塔莉舉起手，注射器在她喉嚨的數公分處被攔截下來。她用力扭他的手，試圖讓他丟掉注射器，他的手指傳來一陣斷裂的聲音，隨後他另一隻手動了一下，她發現他手上還有另一支注射器。塔莉突然蹲到地上，他的手落空了，離她的臉只隔幾吋的距離。

佛斯特繼續衝過來，雙手試圖要把注射針扎到她身上。她在草地上往後翻滾著，驚險地閃過。他的手拚命朝她揮過來，但她踢了一下他的胸膛，阻止他靠近，然後又在他下巴附近踢了第二下，讓他跌跌撞撞地往後退。他的體能已經大不相同了──雖然，他也許比一般人動作快一些，但是不像塔莉的動作那麼敏捷。某樣殘忍的東西，無情地吸走了他的精力。

時間變慢了，後來，她在他的攻擊中看到了一個破綻。她對準目標用力一踢，把其中一個注射器從他手中踢掉。

這時，她的隱身衣偵測到塔莉迅速上升的腎上腺素，外殼一波波地移動起來，變成堅固的盔甲模式。她跳了起來，直接朝佛斯特身上衝過去。他的下一個攻擊，打中了塔莉的手肘，隱身衣的盔甲撞掉了注射器。塔莉以掌拍打他的臉頰，他往後跌去，閃動刺青瘋狂地旋轉著。

塔莉聽到黑暗中傳來一陣模糊的聲響——某樣東西在空中朝她這邊飛過來，她的紅外線裝置自動就位，她跌到地上時，感應力立刻擴大探測範圍。大約十個發亮的人影在樹林中出現，一半的人都做出射箭的姿勢。

一陣羽毛拍動的聲音，從她頭頂上飛過去——弓箭和細針閃閃發光——不過塔莉已經開始朝派對的人群衝去。她在人群中跌跌撞撞地走著，把四周的人都撞倒了，讓倒下的旁觀者形成一道屏障。啤酒潑濺到她的身上，四周的驚叫聲大得蓋過了音樂聲。

塔莉跳起來，一路擠進擁擠的人群中。四面八方都是煙城人，他們的人影自信滿滿地走在困惑不解的逃亡者中，光靠眾多的人數就足以使她驚慌失措。當然，眺望臺這邊一定有好幾十個煙城人，他們已經把狄亞哥市變成他們的基地了。現在只需要拿一根注射器射中她，這場追擊戰就結束了。

她真是傻瓜，才會放鬆戒備，像觀光客一樣，呆呆地在城市裡到處亂晃。現在她被逮到了……困在煙城人和號稱眺望臺的懸崖中間。

塔莉朝懸崖邊的黑暗處奔去。

她跑過空曠的地區時，更多弓箭朝她射過來，但她邊滾邊閃，偶爾擋掉弓箭，她所有感官的彈性全都發揮到極致。塔莉每一次完美的動作都使她領悟到，她不想變成佛斯特那樣——只是半個特務員，平凡、空洞，成功痊癒。

她快要衝到那裡了。

「塔莉，等一下！」佛斯特的聲音從網路中傳來，聽起來上氣不接下氣的樣子。「妳沒有帶高空彈跳護傘呀！」

她微笑起來。「不需要。」

「塔莉！」

最後一波弓箭射過來，但塔莉蹲下身子，閃過弓箭，再翻滾一次，她就幾乎抵達懸崖邊了。她從兩個正在觀望下方新家的逃亡者中間，一躍而下，跳到了半空中……

「妳瘋了嗎？」佛斯特大叫道。

她墜落了，望著狄亞哥市的萬家燈火。淡白色的懸崖峭壁從她身邊擦過去，峭壁上裝了磁力網，以便讓攀岩者的工具漂浮在空中。塔莉的正下方是陰暗的公園，只有少數幾盞街燈照亮公園，街燈很可能是釘在樹上，或是其他的東西上面。

塔莉在風中張開雙臂平衡自己，在半空中轉身去看追她的人。一整排人影陸續走過來，站在峭壁邊觀望。沒有人跟著她跳下來——他們對自己的伏擊太過自信，完全沒想到要帶高空彈跳護傘。當然，他們的浮板一定就在附近，不過等他們拿到浮板之後，已經太遲了。

塔莉再次轉身，在墜落的最後幾秒鐘，面對著地面，等待著……

在那最後一刻，她低聲說道：「嘿，佛斯特，這樣瘋狂嗎？只用防墜手鐲而已。」

痛死人了！

有城市的磁力網，防墜手鐲可以避免她摔落到地面，但是防墜手鐲是為了預防從浮板上掉落而設計的，不是從懸崖上跳下來使用的。防墜手鐲不像高空彈跳護傘一樣，能將所有的衝力分散在全身，只是抓著人的兩隻手腕，繞著小圈圈搖盪著，直到衝力消散為止。

塔莉以前在醜人時期摔得很慘——肩膀扭傷，手腕也被扭得她恨不得從來不曾滑過浮板，摔得感覺好像有個邪惡的巨人，想把她的手臂從肩膀上扯下來似的。

但是，以前從來不曾像現在這麼痛過。

防墜手鐲在她快要墜地的前五公尺突然啟動，沒有警告，也沒有緩衝的時間。塔莉感覺好像在手腕上綁了兩根鐵線，長度只能在緊要關頭拉住她。

她的肩膀和手臂都痛得要命，突來的劇痛，強烈得幾乎讓她昏過去，那一瞬間，她的腦中一片漆黑，不過，隨後她特殊的腦部化學成分，讓她恢復知覺，迫使面對疼痛不已的身軀。

她的手腕懸在半空中，不停地旋轉著，四周的景物也跟著轉個不停，強大的衝力讓整座城市都跟著旋轉。每一次旋轉，她的疼痛便不斷增加，最後，塔莉終於慢慢停了下來，她墜落下來的衝力逐漸消散，防墜手鐲將她緩緩地放到地面上，仍然疼痛萬分。

她的雙腳搖晃不穩，草地變得異常柔軟，附近有幾棵樹，她聽到流水聲。她的雙臂鬆垮垮地垂在兩側，劇痛不已。

「塔莉？」佛斯特的聲音傳到她的耳裡。「妳還好吧？」

「哼，你認為呢？」她不滿地說道，隨後將皮膚信號器關掉。當然，煙城人就是因為這個才會知道她在哪裡，有佛斯特站在他們那一邊，她一進城，可能就已經被他們跟蹤了……

那表示他們可能也發現雪宜了，難道他們已經抓到她了？但是，塔莉並未在那群追她的人裡看到雪宜……

她往前走了幾步，每動一次，她受傷的肩膀便傳來一陣陣的劇痛。塔莉不知道她的瓷骨是否已經斷了，也許她的單纖維肌肉已經傷得無法修復了。

她咬緊牙根，努力再提起另一隻腳。僅僅這簡單的動作，就讓她痛得猛喘氣，而且，她想握緊拳頭的時候，卻感覺異常的虛弱。不過，至少她的身體對她發出的訊號還有反應。只是，現在沒時間慶幸自己還能握拳了，煙城人可能很快就會來到這裡。要是有人膽敢帶著浮板，從懸崖跳下來的話，那她就沒多少時間了。

塔莉衝到附近的樹林裡，每一步都讓她感到全身疼痛，在陰暗的草葉叢中，她把隱身衣調到偽裝的模式；就連隱身衣外殼的波動，都使她的手腕和肩膀如著火般地疼痛不堪。

奈米機修復肌肉的唧唧聲開始響了起來，她整個手臂都覺得刺痛，但就跟她受傷的感覺一樣難過，奈米機花了好幾個小時才完成治療。她伸出手，把隱身衣的面罩拉下來，兩隻手臂痛得幾乎尖叫起來。她差點昏過去，但塔莉特殊的大腦再次讓她保持清醒。

她氣喘吁吁，搖搖晃晃地走到最近的一棵樹旁，這棵樹的樹枝幾乎垂到地面上；於是她跳了上去，一隻腳踏上去時，仍搖晃不穩，隨後她靠在樹幹上，拚命喘氣。隔了好一會兒之後，她開始費勁地往上爬，不用雙手，只用腳的力量，踏上一根又一根的樹枝，吸力鞋竭盡所能地穩住她的身子。

這個過程既緩慢又痛苦，她咬緊著牙根，心臟狂跳不已。但是塔莉還是勉強自己慢慢往上爬。往上一公尺，再一公尺……

她的眼睛在枝葉間，瞄到一抹紅外線的閃光，驚得她不敢移動分毫。一個浮板就在她眼睛的高度，靜靜地滑了過去。她看到浮板上的人，頭左右搖擺著，傾聽著樹梢上的聲響。

塔莉的呼吸慢了下來，兀自微笑了起來。煙城人一心想靠被他們馴服的特務員佛斯特來抓她——所以連隱身衣都懶得穿。這一次，她才是隱形的人。

當然，這個隱形的人手都提不起來，似乎也剛好和他們打成了平手。最後，疼痛的感覺被聚集在她肩膀上奈米機的唧唧聲取代，它們開始進行肌肉修復的工作，並在四周噴出麻醉劑。只要她不動得太厲害，這些小型的奈米機就會讓劇痛降到最低，她只會感到隱隱作痛而已。

塔莉聽到不遠處，有另一個人在樹葉叢中翻找著，搜尋著她的蹤影，以為她會像一群鳥兒一樣，被翻動的枝葉驚動後就會飛出來。但是最靠近她的那個煙城人卻安靜地搜尋，仔細傾聽所有的聲響，觀察細微的動靜。站在浮板上的那個人影，頭仍緩緩地左右轉動著，掃視著樹林；那個人的側影顯示，此人帶著某種紅外線的眼鏡。

塔莉暗自笑著，夜視鏡不會比翻動樹枝更有效的。不過，隨後那個人影卻突然停住了，直直地盯著她這個方向看，那人的浮板也停了下來。

塔莉往下瞄了自己一眼，幾乎沒有移動分毫；到底是什麼洩露了她的行蹤？

後來她看到了，她這套隱身衣穿了這麼久，餐風露宿，歷經風雨之後……在眺望臺上的這一跳，她的隱身衣終於撐不下去了。

在她的右肩上，出現一道裂縫，在紅外線下，那道裂縫看起來幾乎是白色的，她體內散發出來的溫度，像陽光般發射出來。

那個人影滑近了一些，動作謹慎緩慢。

「嘿，」她緊張地叫道：「我覺得這裡好像有什麼東西。」

「是什麼？」某人答道。

塔莉認得出回話人的聲音。大衛，她心想道，一陣微微的顫抖竄過全身。這麼靠近他，塔莉卻連拳頭都握不起來。

煙城女孩停了一下，仍然盯著塔莉這邊看。「這棵樹上有個熱熱的東西，像棒球一樣大。」

大衛那邊傳來一陣笑聲，有人大喊道：「可能只是一隻松鼠啦！」

「松鼠不可能這麼熱，除非牠身上著火了。」

塔莉等待著，緊閉著雙眼，用意志力強迫自己降低體溫，不讓身體發出這麼多的能量。但是煙城女孩說得對：她的心跳像賽車的引擎，奈米機又忙著修復她的肩膀，塔莉感覺自己好像著火了似的。

她想要舉起左手蓋住那個裂縫，但她的肌肉卻不聽使喚，現在唯一能做的，只是靜靜地站著，盡量不要動。

越來越多的人影朝她那邊滑過去。

「大衛！」另一個人從遠處呼叫他。「他們快來了！」

他咒罵一聲，在空中迴轉浮板。「他們看到我們在這裡會很不高興，走吧！我們快離開這裡。」

那個發現塔莉的女孩沮喪地哀叫一聲，隨後將浮板轉個方向，跟在他身後疾飛而去。其他的煙城人也跟在兩人身後，穿過枝葉密布的樹梢朝遠方飛去。

塔莉納悶地想道：到底是誰快來了？他們為什麼把她留在這裡？在狄亞哥市裡，煙城人會怕誰呢？

隨後，她聽到森林中傳來陣陣的跑步聲，塔莉看到地面上出現許多黃色的亮光。她那天稍早曾看到穿著這種顏色制服的保安人員和看守員——黃色的衣服上有幾條明顯的黑色條紋，就像小孩子穿著大黃蜂的戲服一樣。

她想起佛斯特說過的話，他說狄亞哥政府人員仍在執政，忍不住笑了起來。他們也許願意容忍煙城人住在這裡，不過可不喜歡有人在宴會裡隨便綁架人。

塔莉緊緊地靠在樹幹上，感覺隱身衣上的裂縫，像流著血的傷口一樣。如果他們也有夜視鏡的話，也會跟煙城人一樣發現她。塔莉再次舉起左手，想蓋住那個裂縫……

一陣震撼人的劇痛襲來，使她頓感暈眩，痛得驚喘出聲，她緊閉雙眼，忍住不再叫出來。

突然間，整個世界傾斜到一邊，塔莉睜開眼睛，發現這時已經太遲了，她的一隻腳已經從樹枝上滑了下來。她的手直覺想要抓住某樣東西，但這個動作卻使更多的疼痛衝擊她全身。隨後她翻倒過來，失控地往下墜落。她從樹上摔下來時，似乎撞到了每一根樹枝，傷口痛到了極點。

她落地時，哀叫了一聲，像被扔到地上的假人一般，四肢成大字形張開。

穿著黃色制服的看守員很快就在她身邊圍成一圈。

「不要動！」其中一個看守員粗暴地叫道。

塔莉抬眼看著他們，難過地呻吟了幾聲。這些看守員都沒帶武器，只是一般的中年美人，像一群圍著有狂犬病獵犬的貓兒一般緊張不已。如果她沒受傷的話，可能會當面嘲笑他們；戲弄他們一陣之後，再輕易地從他們身邊溜走。

但是，現在的情況卻不是如此，看守員將她靜止不動的行為視為投降的舉動。

違反形態法

她在一間布滿軟墊的牢房內醒來。

這個地方的味道，就跟她家鄉大醫院的味道一模一樣：刺鼻的消毒味直撲而來，這令人不適的味道來自許多由機器人清洗，而不是自己沖澡的人。塔莉偵測到她視線範圍外的不遠處，有人正在靜靜地大便。

但是大部分醫院的房間都沒有裝軟墊，也不可能沒有門。也許門隱藏在軟墊背後的某處，緊密得看不出半點裂縫。柔和的光線像細絲一樣從高高的天花板上灑落下來，照在淡色系的房間裡，這樣的設計很可能是要讓人覺得安心舒適。

塔莉坐起身，彎動手臂，揉著肩膀。雖然她的肌肉僵硬，全身疼痛，但她平日的精力已經恢復了。那些看守員不知用什麼東西將她擊昏，讓她昏睡了很久。雪宜在訓練期間，曾經弄斷塔莉的手一次，以便使她了解身體自行修復的功能是如何運作的，當時花了好幾個小時，她才恢復正常。

塔莉踢開被單，低頭看了看自己，低聲叫道：「開什麼玩笑。」

他們脫掉了她的隱身衣，換上一件拋棄式、粉紅碎花的薄睡袍。

塔莉站起身把衣服撕碎，將衣物揉成球狀扔到地面上，再踢到床底下。就算裸身也比穿得像白痴來得好些。

事實上，終於能脫掉隱身衣，感覺無比地輕鬆。隱身衣的外殼，也許能將汗水和壞死的細胞排出去，但是沒有什麼事情能比得上偶爾洗個真正的澡那麼舒服。塔莉揉搓著皮膚，心想不知道她能不能在這裡沖個澡。

「哈囉？」她對著房間叫道。

沒有人回答，於是她靠過去盯著牆壁看。纖維軟墊上閃著微鏡頭六角形的光芒，上面有成千上萬的迷你攝影機。那些醫生可以看見她每一個角度的動作。

「拜託，我知道你們聽得見我的聲音。」塔莉大聲地說道，隨後握起拳頭，使盡全力，打了牆壁一拳。

「唉喲，好痛！」她咒罵了幾聲，對著空中揮手。雖然軟墊能減輕一點衝力，不過底下的東西一定比木頭或石頭更堅硬——很可能是特殊瓷石做的建築。看來塔莉是不可能赤手空拳從這裡逃出去了。

她回到床上坐下，揉搓著手指，發出一聲嘆息。

「請妳小心一點，小女孩。」一個聲音說道：「妳會傷到自己的。」

塔莉看了一下自己的手，她的關節尚未紅腫。「只是想引起你們的注意力罷了。」

「注意力？嗯，這就是妳剛剛做那些動作的原因嗎？」

塔莉呻吟了一聲，如果世上還有比被關在瘋人院裡更煩人的事情，那就是像一位小朋友丟了一顆臭彈之後，被抓去面談。這個聲音聽起來就像心理治療師那樣低沉、平靜、單調。她想像著一組醫生坐在牆壁的另一頭，打字回答，讓電腦以溫和的聲音說出來。

「事實上，我想引起你們的注意力，是因為我的房間沒有門的關係。」她說：「我是犯了法，還是做了什麼？」

「妳被拘留在此管制和觀察，是因為妳可能會危及自身和他人的安全。」

塔莉轉了轉眼珠子，等她逃出這裡之後，那她就不只是可能危及他人安全這麼簡單了。不過，她只是這樣問道：「誰，我嗎？」

「妳沒有穿戴適當的設備就從眺望臺的懸崖上跳下來，妳是第一個做出這種事的人。」

塔莉張大嘴巴。「你是說，這都是我的錯囉？我只是跟一位老朋友聊天，突然就出現一大堆拿著弓箭的瘋子，對我猛射。那我該怎麼辦？乖乖地站在那裡，等著被抓嗎？」

那個聲音停頓了一下。「我們正在看整個事件的錄影帶，不過我們也承認狄亞哥市有一些新移民分子確實很難纏。我們向妳道歉，他們以前從來不曾這麼惡劣過。請放心，已經有人出面去調解了。」

「調解？你是說，只是去跟他們談談？你們為什麼不把他們關起來，反而關我呢？畢竟，我才是受害者耶！」

那人又停頓了一下。「這件事情已經決定了。請問妳的名字，居住城市，還有妳是如何認識妳這位『老朋友』的？」

塔莉的手指摸到了床罩，發覺床罩跟牆上的軟墊一樣，都布滿許多微小的感應器，這些貪婪的迷你小機器，會測量她心跳的速度，流汗的情形和皮膚上的化學反應。她緩緩地吸了幾口氣，努力控制自己的怒氣。如果她全神貫注的話，就算他們用測謊器掃描她一整天，也完全測不出她在說謊。

「我的名字叫塔莉，」她小心翼翼地說道：「我從北方逃過來，聽說你們對逃亡者很仁慈。」

「我們很歡迎移民，在新政策底下，任何人都能成為狄亞哥的市民。」

「新政策？你們就是這樣形容的嗎？」塔莉轉動眼珠。「是喲，如果有人只是從瘋子堆中逃走，你們就把人關起來的話，這個新政策也太爛了點。我剛剛有提到弓箭的事嗎？」

「請放心，塔莉，妳被拘留觀察不是因為妳的行為。我們更關心的是，妳違反了形態法的法律。」

儘管塔莉專注讓心情保持平靜，一抹緊張的顫抖仍竄過她的背脊。「我的什麼？」

「塔莉，妳的身體用特殊的瓷骨強化過，妳的指甲和牙齒也被改造成武器，妳的肌肉和反應能力也增強了很多。」

塔莉突然感到一陣噁心，這才發覺那些看守員做了什麼好事。他們以為她受了重傷，於是將她送到醫院進行深層掃描，醫生發現的事情讓有關當局很緊張。

「我不知道你們在說些什麼。」她假裝無辜地說道。

「還有妳的腦皮層上區，顯然也是人為改造過的跡象，那似乎是刻意設計來改變妳的行為舉止。塔莉，妳是否經常感到一陣突如其來的怒氣，或是興奮感，反抗社會的衝動，或是優越感？」

塔莉再深吸一口氣，努力要保持平靜。「被人關在這裡讓我很生氣。」她用一種緩慢又深思熟慮的口吻說道。

「塔莉，妳手臂上為什麼有那些疤痕？是別人弄的嗎？」

「什麼？這些疤痕？」她笑道，用手撫摸著這一排傷痕。「在我居住的地方，這些只是一種流行的宣示而已！」

「塔莉，妳也許不知道有人對妳的腦子裡做了什麼，對妳來說，自殘可能是很自然的事情。」

「可是這些只是……」塔莉搖著頭，哀聲說道。「我在這裡見過這麼多瘋狂的整型手術，你們竟然會擔心這幾道疤痕？」

「我們只是擔心，這些可能顯示出妳不健全的心理狀態。」

「不要跟我講什麼心理不健全的問題。」塔莉決定放棄保持平靜，哀號地叫道：「我可不是隨便把人關在這裡的人呀！」

「妳知道妳的城市和我們的城市之間政見不合嗎？」

「政見不合？」她問道：「這跟我有什麼關係？」

「妳的城市長久以來，經常進行危險的外科手術，這些問題和狄亞哥市對逃亡者的政策，經常成為外交上的衝突。我們的新政策只是讓這些衝突雪上加霜而已。」

塔莉嗤之以鼻。「因為我來自那個城市，你們就把我關起來！你們這些人是不是腦袋都生鏽了？」

那句話之後，他們靜默了良久，塔莉可以想像，那些醫生們彼此辯論，到底要在語音軟體上打什麼話來回答她。「你們為什麼要這樣折磨我？」她大喊道，假裝像一個無辜又愛抱怨的美人。「讓我看你們的臉呀！」

她在床上蜷縮著身子，發出啜泣的聲音，但準備隨時從任何方向逃跑。這些呆瓜可能不知道，她的手臂在她睡覺時已經完全復原了。現在只需要有一道半公分的門縫，她就能在一秒鐘內逃出這座醫院，不管有沒有穿衣服都不要緊。

又經過好一陣子的沉默之後，那個聲音回來了。「塔莉，恐怕我們不能放妳出去，因為妳的身體已經被改造過，以我們的標準來看，妳是個危險的武器。在狄亞哥市，擁有危險武器是違法的。」

塔莉停止假哭的動作，下巴垮了下來。「你的意思是說，我是違禁品囉？」她大叫道：「人怎麼可能是違禁品呢？」

「沒有人指控妳犯了罪，塔莉，我們認為妳城市的政府必須為此負全責。但在妳離開這個醫院之前，我們必須先矯正妳違反形態法的問題。」

「免談！不許你們動我！」

那個聲音轉成安撫的聲音，回應她的憤怒。「塔莉，妳的城市經常干涉其他城市的政策，尤其是在逃亡者的處理問題上。我們認為妳是在不知情的情況下被改造的，妳的城市派妳來此地，是為了在移民者中製造紛爭。」

他們以為她是被人騙去改造的，甚至不是個頭腦清醒的特務員。當然，他們不知道真相有多麼複雜。

「那就讓我回家吧！」她輕聲說道，試著讓挫敗的感覺引起淚水。「我保證會離開這裡，只要讓我走就好了。」她緊咬著下唇，眼睛灼熱，但跟平常一樣，卻一滴淚也沒有出來。

「以妳現在身體的狀況，我們不能放妳走。塔莉，放妳出去實在太危險了。」

她心想道：你們根本不知道我有多危險。

「妳可以離開狄亞哥市，」那個聲音繼續說道：「但是在妳離開之前，我們必須幫妳做一些身體上的調整。」

「不要。」一陣寒意襲上心頭。他們不能這麼做。

「沒有解除妳的武器之前，在法律上，我們不能放妳走。」

「可是，如果我不願意的話，你們不能在我身上動手術呀！」她想像自己再度變成軟弱無能、瘦小可悲的普通人。「那……同意書的事情怎麼辦？」

「如果妳寧願保持原狀的話，我們同意不去動妳腦中被改造過的化學成分。透過一些輔導，也許妳能學會控制自己的行為。但是，妳危險的身體構造，必須接受矯正，我們會使用經過證明和合格的外科技術，因此這項手術不需要同意書。」

塔莉再次張開嘴巴，但卻說不出話來。他們甚至不打算調整她的大腦，就想把她變成普通人？這是什麼怪邏輯？

她身邊堅不可摧的四面牆壁，突然間令她感覺窒悶不已，牆上飢渴發亮的眼睛，彷彿在嘲笑她。她想像冰冷的金屬器具，伸進她體內，拉出各種特別的器官。

親吻薩納時的那一瞬間，她曾經期望自己是平凡人，但現在有人說要把她變成普通人時，她卻無法忍受這樣的想法。

她想要看著薩納、碰觸他、親吻他，而不感到噁心，但是，她可不要別人未經她的同意，就要再次改造她……

「放我走就好了。」她低語道。

「恐怕我們辦不到，塔莉，但是等我們幫妳做過調整之後，妳會跟其他人一樣健康美麗的。想想看，在狄亞哥市，妳想要什麼樣的外貌都可以。」

「這跟我的外貌無關！」塔莉跳起來，衝向最近的那面牆。她握起拳頭，揮手死命地捶下去，疼痛再度衝擊她。

「塔莉，請妳住手！」

「不可能！」她咬緊牙根，又捶了一下牆壁。如果她傷害自己的話，總有人會打開門。到時他們就會知道她到底有多危險了。

「塔莉，拜託妳住手。」

她再次揮手用力捶打牆壁，打到軟墊底下的鐵板時，感覺關節好像要碎了一般。她痛得驚喘出聲，軟墊也印上了血跡，但是塔莉現在不能放棄。他們知道她很強壯，所以必須打得跟真的一樣。

「妳讓我們毫無選擇的餘地。」

好極了，她心想道，那就進來阻止我呀！

隨後塔莉感覺痛感中出現某種東西：一陣暈眩襲來。

「不要，」她叫道：「不公平！」

除了醫院的消毒水和便盆的味道之外，一股一般人無法察覺到的微弱氣味進入了她的鼻孔中。特務員通常對催眠瓦斯免疫，但是狄亞哥的醫生現在已經知道她的祕密了，可以特地為她設計出獨特的催眠瓦斯……

塔莉雙膝跪了下來，努力將呼吸降到最緩慢，刻意平靜自己的情緒，盡可能讓自己吸入最少的空氣。他們也許不知道，她體能的設計就是專門用來應付各式各樣的攻擊，可以很快排出毒素。

塔莉靠在牆壁上，覺得越來越虛弱。牆上的軟墊突然變得好舒服，好像有人在四周放滿了枕頭似的。她用左手勉強在電腦戒指上做了幾個設定，讓她的電腦軟體每十分鐘叫她一次，塔莉必須在他們準備動手術之前醒過來。

她試著集中精神，擬訂計畫，但是軟墊上小鏡頭的閃光迷人至極，她的眼睛沉重地閉了起來。她必須逃走，但是塔莉得先睡一覺才行。

睡覺並不算很糟，真的，就像再次變成蠢美人一樣，什麼都不用擔心，心中也沒有憤怒……

聲音

這裡好舒服，又安靜又舒服。

長久以來，這是塔莉首次感到沒有憤怒，沒有挫敗感。她肌肉上的緊繃感消失了，那種必須到某個地方，做某件事，證明自己能力的感覺也消失了。在這個地方，她只是塔莉，這個簡單的認知像宜人的微風吹拂過她的肌膚。尤其她的右手感覺特別的舒服——這一切都很酷炫，好像有人將溫暖的香檳滴在她的右手上一樣。

她半睜開眼睛，這一切都舒服得令人渾然忘我，她的視線朦朧，不像平常那樣清晰銳利。事實上，這裡好像到處都有雲朵，又白又蓬鬆，就像小時候盯著天空看時，塔莉總是能看到她想要的形狀。她試著想像一隻龍的形狀，但是她的大腦無法讓龍的翅膀變得真實……而且龍的牙齒也很複雜。

除此之外，龍太嚇人了，塔莉，或者，也許是她認識的人中，有人跟龍有過不好的經驗。

最好是想像她的朋友：雪宜─拉和薩納─拉，想像每個愛她的人。這是她真正想要做的事，等她睡飽之後，她就要去看他們。

她再次閉上眼睛。

嗶。

又是這個聲音。這個聲音隔一會兒就回來，就像一位經常查看她的老朋友一般。

「嗨，嗶—拉。」她輕喚道。

這個嗶嗶聲從來不曾回答她，但是塔莉想要表現得有禮貌。

「醫生，她剛剛是不是說了什麼話？」有人問道。

「不可能，在我們給她這些東西之後，她不可能說話的。」

「你有查看她的新陳代謝圖嗎？」第三個聲音說道：「我們不能冒這個險，檢查一下那些條碼吧！」

有人哀叫了一聲，隨後輪流翻動著塔莉的手腳，以順時鐘方向，從她的右手開始檢查。塔莉想像自己是一個時鐘，躺在那裡不動，悄悄地、滴答滴答地走著。

「別擔心，醫生，她哪裡也去不了。」

那個人說錯了，因為再過一會兒，塔莉就要去別的地方，躺著飄到別處。她無法睜開眼睛，但感覺好像躺在某種漂浮的擔架上。上面的燈光閃閃爍爍，即使透過她闔起的眼簾，也能看得到周圍的事物。她體內的耳朵感覺到漂浮擔架往左轉，減慢速度之後，滑過顛簸的磁力區，隨後往上升，速度之快，使她的耳朵都出現一些轟隆之聲。

「好了，」其中一個人說道：「在這裡等醫療小組過來，千萬不要讓她獨自留在這裡，如果她亂動的話，趕緊叫我。」

「好的，醫生，不過，她不會亂動的。」

塔莉微笑起來，決定要陪他們玩個遊戲，乖乖躺在那裡不亂動。她內心深處覺得，愚弄這個人一定很有趣。

嗶。

「嗨。」她回答道，隨後又想到不能亂動的事。

塔莉靜靜地躺了一會兒，然後開始納悶地想著，不知道這個嗶嗶聲來自何處。這些聲音開始有點煩人了。

她動了一下手指，後來某個電腦訊號在她眼簾的內部落下。她體內的軟體不像其他的部分那麼模糊，她什麼也不用做，只要動一下手指就能讓它啟動。

塔莉發現這些嗶嗶聲是叫醒她的訊號，她應該要起來做某件事。

她緩緩地發出一聲嘆息，躺在這裡感覺真好，此外，她實在不記得到底要叫醒自己做什麼，這樣一來，這個提示的聲音就毫無意義了。事實上，這個嗶嗶聲實在很愚蠢，要不是咯咯發笑很困難的話，她一定會笑出來。突然間，所有的叫聲都變得愚蠢至極。

她轉動手指，把這個鬧鐘的聲音關掉，免得它又再煩她。

可是，有個問題一直煩擾著塔莉：她到底要起來幹什麼？也許其他的卡特族成員會知道，她打開皮膚信號器。

「塔莉？」有個聲音叫道：「終於聯絡到妳了！」

塔莉笑了一下，雪宜—拉總是知道該做什麼。

「妳還好吧？」雪宜問道：「妳到底跑去哪裡了！」

塔莉想要回答，但是要開口卻很困難。

「塔莉，妳還好吧？」隔一會兒之後，雪宜又問道，此時聽起來似乎開始在擔心了。

塔莉想起雪宜在生她的氣，於是微笑加深，看來雪宜現在已經不生她的氣了，只是很關心她而已。

塔莉竭盡所能，勉強說了一句話。「我好睏。」

「哦，胡說八道。」

塔莉心想道，這真是奇怪，怎麼有兩個聲音，用恐怖的語調，同時在說：「哦，胡說八道。」一個是雪宜在她腦中的聲音，另一個聲音是她經常聽到的聲音。

事情變得越來越複雜了，就像她試圖想像的、龍的牙齒一般複雜。

「妳得醒過來。」她說。

「哦，胡說八道。」另一個聲音說道。

同時，雪宜又說道：「塔莉，待在那裡不要走，我想我已經找到妳發訊的位置了。妳在醫院對不對？」

「嗯哼。」塔莉咕噥道。即使另一個聲音使她難以專注，她還是認得醫院的氣味。大喊大叫的聲音讓塔莉頭痛起來。「她好像要醒過來了！快去拿藥弄昏她！」嘰哩呱啦……

「我們快到了，」雪宜說道：「我們發現妳在醫院的某處，他們計畫一小時後要把妳改造成普通人。」

「哦，對。」塔莉說道，她現在想起來到底應該要起來做什麼了：她得從這裡逃出去，這將會非常困難，比移動指尖要困難多了。「快救我，雪宜—拉。」塔莉低語道。

「不過，妳現在得趕快關掉皮膚信號器，如果他們掃描妳的話，就會聽到……」

「好吧！」塔莉說道，她動一下手指，腦中的聲音便消失了。另一個聲音仍在喊著，擔憂地抱怨著，讓塔莉開始頭痛起來。

「醫生！她剛剛說話了，即使我們給她打了最後一針，她還能說話！她到底是什麼東西啊？」

「不管她是什麼東西，這個應該能讓她安靜下來。」另一個人說道，睡意再度襲擊她。

於是塔莉又回到無法思考的狀態。

光線

一道強光使她醒過來。

腎上腺素在塔莉體內竄起，像從一場惡夢中醒來一般強烈。整個世界頓時變得異常銳利清晰，像她口中的牙齒一般銳利，像她眼中的聚光燈一般明亮。

她坐直身子，困難地喘著氣，緊握著拳頭。雪宜站在病床邊，正要解開她腳踝上的金屬帶。

「雪宜！」她的左臂刺痛不已，有人剛剛給她打了一針。精力在她體內翻騰著，她所有的怒氣和體力又回來了。她扭動一隻腳，想踢掉腳踝上的帶子，但上面的金屬卻緊緊地扣住她。

「冷靜點，塔莉─娃，」雪宜說道：「我待會幫妳解開。」

「冷靜點？」塔莉低聲說道，她環顧房間的四周，牆上都排滿了各種機器，全都閃著已啟動的燈號。房間的中央，放著一個手術缸，維生的液體緩緩地注入缸內，呼吸管鬆鬆地掛在上面，準備使用。解剖刀和電鋸也放在旁邊的桌面上待命。

地上躺著兩個昏迷的男人，身上穿著醫院的手術衣──一位是中年美人，另一位年輕人身上的毛髮和斑點，簡直跟美洲豹差不多。看到這些景象，過去二十四小時的記憶突然浮上塔莉的腦海：自由的城市，被抓的經過，還有他們想動手術把她變成平凡人。

她扭動身子，想掙脫腳踝上的束縛，她得立刻從這個房間逃出去。

「快弄好了。」雪宜安撫地說道。

塔莉的右手臂很癢，她發現有好幾條電線和管子插在上面，這些是重大手術用的維生器具。她拉掉這些線和管子，血液噴到潔白的地板上，但是不會痛——麻醉劑和雪宜喚醒她的藥物，使塔莉變得麻木，完全感覺不到疼痛。

等雪宜終於解開她第二個腳踝上的金屬帶後，塔莉立刻跳起來，彎了幾下手指。

「嗯，也許妳應該穿上這個。」雪宜說道，同時丟了一件隱身衣給她。塔莉低頭看看自己，發現她又被套上了另一件拋棄式的睡袍：粉紅色的睡袍，還有恐龍圖案。

「這些醫院到底在搞什麼鬼呀？」她大叫道，把睡袍撕毀，把腳套進隱身衣內，準備穿上它。

「小聲一點，塔莉—娃，」雪宜低語道：「我已經拔掉了感應器，但是，妳那樣大叫，任何人都聽得到的，還有，不要打開訊號器，它會洩露我們的行蹤。」

「抱歉，老大。」塔莉又感到一陣暈眩，因為她太快站起來了。不過她還是勉強穿上隱身衣，並把衣服拉上肩膀。隱身衣感應到她心跳的速度之後，立刻轉成戰鬥模式，外殼翻動幾下，隨後變成平滑堅硬的表面。

「不，不要用這個模式。」雪宜低聲說道，一隻手放在門邊。她自己的隱身衣已經改成跟醫院的手術衣一樣的淡藍色。

塔莉改變隱身衣的模式時，想要把顏色調得跟雪宜身上的衣服一樣，她的頭仍在天旋地轉。

「妳來救我了。」她試著以最小的聲音說道。

「我不能讓他們對妳做這種事。」

「但是我以為妳還在恨我。」

「我的確有時候很恨妳，塔莉，我從來不曾像恨妳一樣這麼憎恨過任何人，」雪宜輕蔑地說道：「也許這就是我一直回來找妳的原因。」

塔莉嚥了嚥口水，再次環顧四周的手術缸和桌上的手術刀，這些器具會使她再次變成普通人——如雪宜所說的，要把她改造成平凡人。「謝謝妳，雪宜—拉。」

「不客氣，準備好要離開這裡了嗎？」

「等一下，老大。」塔莉嚥了嚥口水。「我見到佛斯特了。」

「我也見到了。」雪宜的語調中沒有憤怒，只是簡單地陳述事實而已。

「可是他……」

「我知道。」

「妳知道……」塔莉往前走一步，因為剛剛才醒過來，又發生了這麼多事情，她的腦子還在天旋地轉。「但是，雪宜，我們該拿他怎麼辦呢？」

「我們得走了，塔莉，其他的卡特族在屋頂上等我們。有重大事件要發生了，這件事遠比煙城人的事情更重要。」

塔莉皺起眉頭。「可是，到底……」

一陣震天價響的警報聲突然響起來。

「他們一定離這裡不遠了！」雪宜大叫道：「我們得馬上離開！」她拉著塔莉的手，將她拖到門外。

塔莉緊跟在後，但她的腦子仍在暈眩，雙腳仍站不穩。病房外的兩邊都是又長又直的走廊，警報聲的回音傳遍了整個走廊。穿著手術袍的人從兩邊的房內衝到走廊上，全都一臉困惑的表情。

雪宜當他們是雕像一般，在這群呆若木雞的醫護人員身邊擠過去。她的腳步輕盈迅速，那些人群幾乎只看到淡藍色的條紋在人群中穿梭。

塔莉暫時把問題放在一邊，跟在她身後前進，但她剛睡醒的暈眩卻消失得很慢。她盡可能閃開人群，直接推開擋在前面的人，從他們身邊擠過去。她撞到別人的身體，又撞到牆壁，但還能勉強繼續移動，只是讓她身上的能量帶著她繼續前進。

「站住！」有個聲音大叫道：「你們兩個都給我站住！」

雪宜的前方，有一群穿著黃黑條紋制服的看守員，他們手上拿著電擊棒，電擊棒閃著柔和的淺色光芒。

雪宜毫不遲疑，她衝進他們身邊時，隱身衣立刻變成黑色，四肢都閃著火光。電擊棒擊中她身上的盔甲時，空中充滿閃電擊中血肉之軀的味道，像捕蚊燈燒烤著蚊子般地嘶嘶作響。她瘋狂地衝進騷動的人群中，把黃色的人影朝四面八方拋出去。

後來只剩下兩個看守員仍站立著，他們往後退到走廊上，盡量避開雪宜，不停地揮舞著電擊棒。塔莉走到其中一個看守員的身後，抓住她的手腕，啪地一聲把它扭斷，隨後將她推到另一個看守員的身上，把兩人都擊倒在地。

「不需要扭斷她的手腕，塔莉。」

塔莉低頭看了一下那個女人，她正抓著手腕，痛得哀聲大叫。「哦，抱歉，老大。」

「這不是妳的錯，塔莉，跟我來。」她推開樓梯的門，三步併作兩步，朝上方衝去，塔莉跟在她身後，暈眩的感覺幾乎控制住了。她奔跑時，那喚醒她的狂猛動力稍微退去了一些。樓梯門在她們身後關上，降低了震耳欲聾的警報音量。

她很好奇，雪宜到底經歷了什麼事情，這段時間她去了哪裡，其他的卡特族到狄亞哥市多久了？

但是這些問題都得等一下再問，塔莉只是單純地為重獲自由感到高興，和雪宜一起像特務員般地戰鬥，也使她感到歡喜，只要她們兩個攜手合作，沒有什麼事能阻止她們。

再跑幾步之後，樓梯便到了盡頭。她們衝出最後一扇門，來到屋頂上。夜空中布滿無數顆閃亮的星星，出奇地清澈美麗。

在軟墊牢房待過之後，來到寬闊的天空下，感覺無比的舒暢。塔莉想要深吸一口新鮮的空氣，但是醫院的味道仍從周圍森林裡的煙囪撲過來。

「很好，他們還沒到。」雪宜說道。

「誰還沒到？」塔莉問道。

雪宜帶她走過屋頂，來到醫院旁一棟巨大陰暗的建築物——塔莉記得這棟大樓是市政廳。雪宜站在屋頂邊往外看。

一群人尖叫著從醫院裡跑出來，穿著灰藍色和白色的醫護人員，還有穿著薄睡袍的病人——有人用走的，有人躺在漂浮擔架上被推出來。塔莉聽到下方的窗戶傳來陣陣的警報聲，發現警報已經變成兩種音調的疏散警訊。

「雪宜，發生了什麼事？他們不是因為我們兩個才疏散的吧？」

「不，不是因為我們。」雪宜轉向她，一手擱在她的肩膀上。「我要妳認真地聽我說，塔莉，這件事情很重要。」

「我在聽，雪宜，快告訴我到底發生了什麼事！」

「好吧！我知道所有關於佛斯特的事情——我一到這裡，就追蹤到他的皮膚信號器，這是一個多禮拜前的事情，他跟我解釋了一切。

「那妳知道……他已經不是特務員了。」

雪宜停頓了一下。「我不確定妳這句話對不對，塔莉。」

「可是他已經不一樣了，雪宜，他變弱了，我看到他……」當她近看雪宜時，聲音逐漸消失，難以置信地吸氣。雪宜的眼裡有一種以前從來不曾有過的溫柔，可是這的確是雪宜呀！動作仍然迅速致命——她像一把鐮刀般地在看守員群中，橫刀快斬而過。

「他並沒變弱，」雪宜說道：「我也沒有。」

塔莉搖搖頭，抽身離開，踉踉蹌蹌地往身後退去。「他們也抓到妳了。」

雪宜點點頭。「沒關係的，塔莉—娃，他們並不是把我變成蠢美人那樣。」她往前走一步。「但妳一定得聽我說。」

「不要靠近我！」塔莉握起拳頭，憤怒地叫道。

「等一下，塔莉，有大事要發生了。」

塔莉搖搖頭，她現在從雪宜的聲音中，聽得出她變軟弱了。要不是她剛剛這麼虛弱的話，從一開始就會看出來。真正的雪宜不會這麼關心看守員的手腕，真正的雪宜——特務員的雪宜——是絕不會輕易原諒塔莉的。

「妳想把我變得跟妳一樣！像佛斯特和煙城人想做的事一模一樣！」

「不，我不會那樣，」雪宜說道：「我要妳保持原樣……」

雪宜還來不及說完下一句話，塔莉便立刻轉身，竭盡所能地朝屋頂的反方向跑去。她雖然沒有防墜手鐲，沒有高空彈跳護傘，但仍能像特務員一樣在牆上攀爬。要是雪宜變得跟佛斯特一樣軟弱的話，她就不會再衝動行事了。塔莉只要逃離這個瘋狂的城市，就能到家鄉尋求協助……

「快攔住她！」雪宜大叫道。

沒有臉孔的人影，突然在一堆排放廢氣的煙囪和天線中冒出來，他們從黑暗中跳到塔莉身上，緊緊地抓住她的手臂和大腿。

這一切都是陷阱。「不要打開妳的皮膚信號器。」雪宜曾對她這麼說，原來是為了讓他們可以偷偷地，私下討論如何攻擊她的計謀。

塔莉揮出一拳，拳頭的疼痛傳到隱身衣上，馬上變成戰鬥模式。一個沒有臉孔的卡特族想抓她的手臂，但塔莉將隱身衣變滑溜，很快地抽手逃開。她讓自己強勁的能量帶著她往後翻滾，從地面上彈起來，跳到一個高大的排氣管頂端。

她掙扎著，拉下隱身衣的面罩，蓋住臉孔，趁他們抓到她之前隱身，但是兩隻帶著手套的手卻抓到了塔莉的腳踝，從底下拉著她的腳。當她從排氣管上掉下來時，另一個人影擒住了她。越來越多的手抓住她的手臂，阻止她激動亂揮的拳頭，用緩和的力道，將她拖回屋頂的地面上。

塔莉掙扎著，但是不管她有多特殊的能力，最後也寡不敵眾。

他們拉下了面罩——何，塔哈斯和其他的卡特族都在。雪宜把每一個人都逮到了。

他們溫柔地對她微笑，眼神中帶著恐怖的、平凡人的友善。塔莉掙扎著，等待著注射針朝她的脖子刺過來。

雪宜站在她面前，搖著頭說道：「塔莉，妳就不能放輕鬆一點嗎？」

塔莉朝她吐口水。「妳還說妳要救我呢！」

「我是要救妳，如果妳肯乖乖地聽我說完話就好了。」雪宜嘆了一口氣。「佛斯特給我注射解藥之後，我就把卡特族的人叫來。我要他們在半路上跟我會合，再前往狄亞哥市的途中，一個個地治癒他們。」

塔莉環顧四周，看著大家的臉孔——有幾個人對她微笑的樣子，好像當她是未參與惡作劇的小孩似的——沒有人懷疑，也沒有人有半點反抗雪宜命令的意思。他們現在就像一群綿羊，跟蠢美人沒什麼兩樣。

她的憤怒逐漸化成絕望，大家的腦子都被奈米丸感染了，變得虛弱又可悲，塔莉現在已經孤立無援了。

雪宜攤開雙手。「聽著，我們今天才剛剛回到這裡，我很抱歉煙城人這樣對待妳，如果我在的話，我不會讓他們這麼做的。塔莉，妳並不需要這個解藥。」

「那就放開我吧！」塔莉吼道。

雪宜沉默了半晌，隨後點點頭。「好吧！放開她。」

「可是，老大，」塔哈斯說道：「他們已經衝破防衛線了，我們的時間剩不到一分鐘了。」

「我知道，但是塔莉會幫我們的，我知道她會的。」

其他人小心翼翼地，一個接一個地放開她。塔莉自由之後，仍看著雪宜，不確定接下來該怎麼做。她仍被眾人包圍，而且寡不敵眾。

「現在逃跑也沒有意義，塔莉，凱波博士快來了。」

塔莉揚起眉毛。「來狄亞哥市？來抓你們回去嗎？」

「不是。」雪宜的聲音斷斷續續地，幾乎像小孩快要哭出來時的聲音。「這都是我們的錯，塔莉，妳跟我的錯。」

「什麼事？」

「我們在軍械庫做了那件事之後，沒有人相信那是犯罪社社員或是煙城人做的。我們做得太酷冰、太特別了，把城市裡的人都嚇壞了。」

「從那天晚上以後，」塔哈斯說道：「城裡的每個人都到妳們兩個留下的，還在冒煙的大坑洞去看，甚至還帶各年級的小學生去參觀。」

「所以凱波博士就要來這裡？」塔莉皺眉道：「等一下，妳是說，她們發現是我們做的嗎？」

「不，他們想出了另一套結論，」雪宜指著地平線說道：「妳看！」

塔莉轉過頭去，市政廳的遠方，有一大片的亮光布滿天空。她正在觀看時，那些光芒越來越靠近，也越來越明亮，彷彿炎熱的夜空中閃耀的明星。

就像塔莉和雪宜在軍械庫附近被追逐時的情形一樣。

「飛行器。」塔莉說道。

塔哈斯點點頭。「他們把城市的軍隊交給凱波博士指揮，總之，軍械庫剩下的部分都交給她就是了。」

「快去拿你們的浮板。」雪宜說完，其他人便分散到屋頂各處去取浮板。

雪宜放了一對防墜手鐲到塔莉的手上。「妳不要再企圖逃跑了，我們得面對自己造成的現實。」

塔莉沒有避開雪宜的碰觸，突然極度困惑，不再擔心奈米丸的事情了。她現在聽到了飛行器逼近的聲音，一大群飛行旋翼，像巨大的引擎在暖機時的聲音一樣，轟隆作響。「我還是不明白。」

雪宜轉了一下自己的防墜手鐲，兩個浮板從黑暗中升起來。「我們的城市一直憎恨狄亞哥市。特勤局知道他們在協助逃亡者，也知道他們用直升機把人載到舊煙城的事情，所以，軍械庫被摧毀之後，凱波博士認定是軍事攻擊，把罪過推給狄亞哥市。」

「那這些飛行器……是來攻擊這個城市的嗎？」塔莉喃喃地問道。火光越變越大，最後席捲到她們頭頂上方，數十個飛行器造成巨大的漩渦，包圍著市政廳。「就連凱波博士也不會做出這種事的。」

「恐怕她真的會這麼做，而且其他的城市暫時只會束手旁觀，這個新政策把他們全都嚇壞了。」雪宜拉下隱身衣上的面罩。「今晚我們必須在這裡幫助他們，塔莉，我們必須盡全力去幫他們。至於明天呢，妳和我必須回家鄉，去阻止這場因我們而起的戰爭。」

「戰爭？可是，城市間不會……」塔莉的語音才落下，腳下的屋頂已經開始搖晃起來，在無人駕駛的飛行器上百個旋翼發出的轟鳴聲中，她聽到下方的街道上，傳來一陣細小微弱的聲音。人們在尖叫。幾秒鐘後，空中艦隊開始發射砲火，天空中頓時布滿炙熱的火光。

第三部　解除戰爭

人都會以過去的經驗來面對未來。

——美國作家　賽珍珠

還債

一串砲火劃破天空，熱騰騰的煙霧燒灼著塔莉的視覺。爆炸聲打擊著她的耳膜，震波震盪著她的胸部，像某種東西想將她撕裂一般。

飛行器艦隊對準市政廳，發射了無數的砲彈，連續砲火的熱力奪目，那一瞬間，這棟建築物彷彿消失了一般。但塔莉仍聽得見玻璃窗碎裂的聲音，金屬撕裂的尖銳聲，透過奪目刺眼的火燄傳過來。

過一會兒之後，這激烈的砲轟稍微停歇了片刻，塔莉透過煙幕，看到市政廳的建築物上，出現了許多大坑洞——宛如瘋狂的人面南瓜燈籠上，刻著幾十隻發亮的眼睛一般。

底下又傳來一陣陣的驚叫聲，這時大家全都恐懼萬分。在那暈眩的一剎那，她想起雪宜說的話：「這都是我們的錯，塔莉，妳跟我的錯。」

她緩緩地搖著頭，現在看到的不可能是真的。

戰爭應該不可能再發生的。

「快點過來！」雪宜大叫道，跳上浮板，立即升空。「市政廳晚上沒人，但我們得把醫院裡的每個人帶出來……」

塔莉從木然的狀態中驚醒過來，砲轟再度開始時，她立刻跳上浮板。雪宜從屋頂上的邊緣跳過去，離開視線之前，她的身影映襯在火燄之中。塔莉也跟上去，越過欄杆之後，漂浮在空中好一會兒，凝視著下方混亂的場面。

醫院尚未受到攻擊，至少暫時如此，不過驚駭的群眾仍不停地從門內湧出來。飛行器艦隊今晚不需要砲轟人群就能大開殺戒——慌張和混亂就能造成死傷。其他的城市只會看到他們為了軍械庫的事件，攻擊一棟空建築：一棟空建築償還另一棟。

塔莉關掉旋翼，往下降落，蹲下身，緊緊抓著浮板。砲火的衝擊將空氣變得像充滿驚濤駭浪的大海，空中盡是摸得到的震波。

其他的卡特族已經到下面去，隱身衣調成狄亞哥市看守員的黃黑色制服。塔哈斯和何把群眾聚集到醫院的另一頭，遠離市政廳噴出的碎片。其他的卡特族召集了在兩棟建築物中間走動的行人；所有的人行道上都擠滿了人，大批深夜出遊的行人從人行道衝到空地上。

塔莉在半空中旋轉了一會，頓時手足無措，不知道該做什麼好。隨後她看到一群小孩從醫院裡跑出來。他們沿著直升機跑道上的灌木籬笆排成一列，他們的看守員先替大家點名之後，才將他們帶到安全地區。

她的浮板朝直升機跑道飛去，盡可能快速地降落。這些直升機曾將逃亡者從其他的城市載到舊煙城，現在又將他們載到實行新政策的此地——塔莉有種莫名的預感，凱波博士似乎不會放過這些直升機。

她停在那些小孩的頭頂上，浮板的旋翼嘎吱作響，驚駭的臉孔，張大的嘴巴，呆呆地望著上方。

「快離開這裡！」她對著那些照顧小孩的看守員大喊，有兩個看守員帶著標準中年美人的表情：冷靜，充滿智慧的樣子。

他們抬起頭，用不相信的表情望著她，隨後塔莉想起來，她必須把隱身衣調成與市府看守員制服相仿的黃色才行。「這些直升機可能會成為攻擊的目標！」她大喊道。

那些看守員目瞪口呆的表情並未改變，塔莉咒罵了起來。他們尚未明白這場戰爭到底是為什麼——逃亡者和新政策，以及舊煙城——他們只知道天空中，到處是爆炸聲和砲火，他們必須確定負責照顧的所有小孩都到齊了，才能繼續前進。

她抬起頭，看到一架發光的飛行器離開了艦隊，悠閒自在地轉了一個大圈，像一隻獵食的鳥兒般，慵懶地朝停機坪這邊飛來。

「把他們帶到醫院的另一頭，快點！」她大喊道，隨後倒轉回去，朝逐漸逼近的飛行器那邊衝過去，心中納悶著，不知道她能做什麼事來抵抗它。這一次她沒有手榴彈，也沒有奈米蟲當武器，她得獨自赤手空拳地對抗一整個軍隊的機器。

但是，如果這場戰爭真是因她而起，她不得不試。

塔莉拉下面罩，將隱身衣的裝備轉成紅外線，隨後朝市政廳疾飛而去。但願在砲火和爆炸的熱氣當中，那架飛行器不會發現到她飛過去。

她逐漸靠近碎裂崩解的建築物時，四周的空氣震盪著，爆炸的震波衝擊著她的身體。她現在感覺到大火的高溫了，也聽到地面一塊塊坍塌的轟隆聲，市政廳的支撐柱就要倒了。飛行器艦隊摧毀了整棟建築，將它夷為平地，就像她和雪宜在軍械庫所做的一樣。

她的背部感到異常的灼熱，塔莉跟著飛行器保持同樣的高度，跟著它一起下降，尋找飛行器的弱點。這架飛行器就跟她在軍械庫看到的第一架飛行器一樣：四個飛行旋翼帶著一個球形的身軀，裝滿武器，還有翅膀和爪子，黑色的外殼完全照不出後面的熊熊烈火。

飛行器上有一道最近剛產生的損傷，塔莉發現狄亞哥市的軍隊一定朝艦隊丟擲了一些東西，來對抗這些飛行器——這場抵抗似乎沒有維持多久。

所有的城市都放棄了戰爭，也許有些城市放棄了更多。

塔莉往下看，停機坪已經不遠了。那群小孩離開的速度出奇的緩慢，令人氣惱極了。她咒罵幾聲，朝飛行器衝過去，跳上跳下，以便分散它的注意力。

這架機器在她靠近的最後一刻才發現到她，像昆蟲般的爪子，朝她白熱的浮板伸過來。塔莉往後傾斜，形成急轉上升的姿勢，但這時已經太遲了。飛行器的爪子堵住了她前端的旋翼，浮板發出尖銳的聲音，一個旋翼停止轉動，把她從站立的踏板上拋了下來。其他的爪子在半空中盲目亂抓，不過，塔莉穿著隱身衣，避開了那些爪子。

她跳到飛行器的背上，它猛烈地搖晃，她的重量和浮板的衝擊力，幾乎讓這個飛行器整個翻轉過來。塔莉在飛行器背部的鋼板上滑行，揮舞著手臂，隱身衣上的吸力鞋只能勉強讓她不掉下去。她弓著膝蓋，緊緊地抓住第一個握到的東西，一塊插在飛行器身上的薄金屬片。

她那個毀損的浮板從她身旁飛過去——只有一個旋翼還在轉動，另一個已經損壞，使它像飛刀一般，在空中旋轉著。

飛行器企圖穩住自己，那個救了塔莉一命的東西，突然在她手中轉動起來，她急忙放開。它尖端有小型的鏡頭，像螃蟹的眼柱一樣，閃閃發光。她立刻衝到機器背部的中央，期望它尚未發現她。

其他三個像眼柱般的攝影機，以塔莉為中心，瘋狂地掃視著四面八方的動靜，尋找著空中是否有不利於它的物體。但是沒有一架攝影機轉向她這邊——它們全都對著外面，不會檢查飛行器自己的背部。

塔莉發現自己坐在機器的盲點上，它的眼柱無法轉過來看她，鋼板外殼也感應不到她的腳。顯然設計這個飛行器的人，並未料到有人會站在飛行器上面。

不過，這個機器知道事情不大對勁——它的重量過重。塔莉左右移動，拚命要穩住自己時，機器的四個旋翼也跟著猛烈地傾斜。尚未被她亂轉的浮板破壞的金屬爪子，像瞎了眼的昆蟲一般，不斷地尋找敵人。

在她額外重量的壓制下，飛行器逐漸往下降。塔莉往市政廳的方向傾身，飛行器降落時，便朝那個方向轉過去。感覺像是騎在世界上最不穩又最不合作的浮板上，不過她終究還是引導它遠離了停機坪和那群移動緩慢的小孩。

逐漸靠近市政廳時，砲火震波的衝擊使飛行器搖晃起來，燃燒的建築物傳來的高溫，開始滲進她的隱身衣裡，她感覺一層汗水布滿全身。她身後那群小孩似乎已經從停機坪全部撤離了。她現在只需要從飛行器上跳下去，但不能讓它發現到，免得朝她開火。

等到離下方的地面只剩十公尺時，塔莉便從飛行器的背上跳下去，抓著其中一根已經毀損的爪子滑下去，她滑下去時的重力拉著機器朝側邊傾斜。飛行器在她頭頂上翻轉，旋翼奮力要讓整個機器直立起來，但它已經倒得太厲害了，掙扎了片刻之後，她抓著壞損爪子的重量，使機器整個翻轉過來。

她掉落了一小段距離，防墜手鐲抓住了她，將她輕輕地放到地面上。

上方的那架飛行器仍在旋轉，側傾著，失控地往市政廳衝過去，金屬爪仍胡亂揮舞著。它撞到了這棟建築物最底下的那層樓，最後消失在一團火焰之中，這片火焰朝塔莉這邊噴過來，她的隱身衣報告說，所有的外皮都已經失去功能，隱身衣的外殼吸收了爆炸時的衝擊，及時遏止了震波，塔莉聞到面罩底下頭髮燒焦的味道。

當她跑回醫院時，強烈的衝擊震盪著地表，把塔莉也震倒了。她回頭看見到市政廳終於垮了下來。經過長時間的連續砲轟，連它太空合金的鋼架也融化了，燃燒的建物承受不了上面的重量，逐漸彎曲傾塌。

幾乎就在她的正上方。

她再度拔腿快跑，打開皮膚信號器，腦中充滿卡特族在醫院裡，組織著疏散的群眾時的談話聲。

「市政廳要倒下來了！」她邊跑邊叫道：「我需要幫忙！」

「塔莉—娃，妳在那裡幹什麼呀？」雪宜的聲音回答道：「妳是在烤軟糖是嗎？」

「待會再告訴妳！」

「我們要過去了。」

震動逐漸增強，她身後的高溫不斷上升，燃燒的建築物內部已經塌陷。一大塊冒著火的碎片飛了出去，落到人行道上，在防止滑倒的吸力表層彈了幾下才停止。她身後的火光越來越亮，塔莉閃動的身影，在她面前像巨人般地拉長。

有兩個人影從醫院的方向衝過來，塔莉揮著手臂叫道：「在這裡！」

他們飛過頭之後，又再繞回來，坍塌的建築中，映著他們的黑色身影。

「把手舉起來，塔莉—娃。」雪宜說道。

塔莉往上跳起來，兩個卡特族伸出手，抓住了她的手腕，拉著她離開市政廳，帶到安全的地方。

「妳還好吧？」塔哈斯大聲地問道。

「還好，但是它……」塔莉的尾音消失了。被帶到這裡之後，她呆呆地望著那棟建築，在這驚人的一刻，市政廳終於全部倒下去了。建築物似乎往內凹陷，像消了氣的氣球一般，隨後一陣巨大的煙幕冒出來，許多碎片飛出去，像一陣暗黑的巨浪吞食了冒火的殘骸。

那陣巨浪沖向他們這邊，越來越近……

「呃，各位？」塔莉說道：「你們能不能到……」

這波巨浪撞擊著卡特族，帶著旋轉的碎片和熱風，把雪宜和塔哈斯從浮板上吹下來，拖著他們三個跌向地面。塔莉翻滾下來時，燒壞的隱身衣外殼像尖銳的手肘一般刺著她，一直到她終於落地為止。

她躺在地上，連呼吸都停了。黑夜吞食了他們。

「你們兩個還好吧？」雪宜問道。

「還好，真酷冰。」塔哈斯答道。

塔莉想要說話，可是卻咳了起來。隱身衣的面罩已經不再過濾空氣了，她拉下面罩，濃煙燻著她的眼睛，充滿塑膠燃燒的味道。「浮板沒了，我的隱身衣也毀了。」她勉強說道：「不過我沒事。」

「不用客氣。」雪宜說道。

「喔，對，謝謝你們。」

「等一下，」塔哈斯說：「你們聽到那個聲音了嗎？」

塔莉仍在耳鳴，不過隔一會兒之後，她發現砲火已經停止了。這種靜寂幾乎令人覺得詭異。她關掉紅外線重疊的影像，抬頭往上看。一團發亮的飛行器圍成一圈，彷彿銀河系聚集成一個漩渦似的。

「他們現在又想幹什麼？」塔莉問道：「摧毀其他的東西嗎？」

「不，」雪宜輕聲說道：「還沒有。」

「在我們來此之前，我們卡特族是因凱波博士的計畫產生的，」塔哈斯說：「她並不想消滅狄亞哥市，只想改造它，把這裡變得跟我們的城市一模一樣：嚴密地控制大家，讓每個人都變成蠢美人。」

「等一切開始瓦解時，」雪宜說道：「她就會過來接手管理。」

「但是城市之間不會爭奪管轄權呀！」塔莉說道。

「一般是不會這樣，塔莉，但是，妳還看不出來嗎？」雪宜轉向仍在燃燒的市政廳殘骸。「逃亡者脫逃成功，新政策失控，現在市政府成了一片廢墟……這就是特殊情況呀！」

責難

醫院內布滿碎玻璃。

靠市政廳這邊的玻璃在大樓倒塌時全都被震碎了。塔莉和其他的卡特族成員檢查每一間房間，看是否還有人留在這裡，一地的碎玻璃堆在腳下。

「這裡有個老美人。」何從兩層樓的上方說道。

「他需要醫生嗎？」雪宜問道。

「只有一點割傷，用醫藥噴劑就夠了。」

「找個醫生給他看一下，何。」

塔莉關掉皮膚信號器，望著隔壁被棄置的病房，再次從空盪盪的窗櫺上，往外看閃閃發光的殘骸。兩架直升機在上方盤旋，在大火中噴灑著泡沫。

她現在可以逃走，只要關掉皮膚信號器，在混亂中溜走。卡特族正在忙，沒空來追她，城市其他的部分幾乎都癱瘓了。她知道卡特族的浮板在哪裡，雪宜給她的防墜手鐲也能解開浮板的鎖。

但是，經過今晚在此發生的事情之後，她已經無處可去了。如果這場攻擊真的是特勤局策劃的，她根本不可能回到凱波博士的身邊。

塔莉幾乎可以了解，經過這些新的發展之後，飛行器艦隊來此教訓狄亞哥市朝荒野中擴建的事情，其實是合情合理的。必須有人來阻止發生在自由城市的事情。城市不能為所欲為，愛拿多少土地就任意索取。

但是城市也不能像這樣隨意攻擊對方，不能在市中心炸毀其他城市的建築物。這就是瘋狂的鐵鏽人解決紛爭的方法，最後終於自取滅亡。塔莉不知道為什麼她自己的城市這麼輕易就忘記了歷史的教訓。

從另一方面來說，她忍不住要懷疑塔哈斯說的話，他說凱波博士摧毀市政廳是想要他們放棄新政策。在眾多的城市中，只有塔莉家鄉的城市會出面消滅舊煙城。也只有塔莉的城市才會認為幾個逃亡者值得他們這麼大費周章地追捕。

她開始懷疑，不知道是不是所有的城市都有特勤局，或是大部分的城市都像狄亞哥市，願意讓人們自由來去。也許特務員的手術——讓塔莉變成這個樣子的手術——只是凱波博士自己發明的。這表示塔莉可能真的是反常的、危險的武器，是個需要接受治療的人。

畢竟，是她和雪宜啟動了這場戰爭，一般人應該是不會做出這種事情的，不是嗎？

隔壁的病房也是空的，地上散落著因疏散行動而弄亂的各種金屬物品。窗戶上裝了窗簾，專門設計用來抵禦遠方直升機吹來的強風。窗簾被外面飛進來的碎玻璃剁碎了，此時這些舞動的白色破布條，宛如向敵人投降般地，揮舞著白色旗幟。一堆維生的設備擱在角落裡，仍在砰砰地跳動著，但沒連接到任何人身上。塔莉希望本來應該要插上這些管子和電線的病人，現在依然安好。

這種感覺真是奇怪，擔心著一位不知名的垂死老人。但攻擊後的餘波令人頭暈目眩：人們不再只是一群老美人，或是平庸的人了。自從塔莉成為卡特族之後，這是她第一次發覺，一般人不再令她覺得可悲了。看到她自己的城市做出這種事情之後，不知為何使她感到不再特別了，至少此刻是如此。

她記得以前仍是醜人的時候，住在煙城的那幾個禮拜，讓她對整個世界的看法都改觀了。也許來到狄亞哥市，見到這一切混亂的爭執和與她自己的城市的不同點（還有這裡沒有蠢美人的事實），已經讓她變成不同的人了。如果薩納說的是對的，她又再次重新連結自己的腦神經了。

也許下次她再見到他的時候，事情會有所不同。

塔莉把皮膚信號器轉到私人的網路。「雪宜—拉？我想問妳一個問題。」

「沒問題，塔莉。」

「感覺到底有什麼不同？我是說痊癒之後的感覺。」

雪宜沉默了片刻，從皮膚信號器中，塔莉聽到她緩慢的呼吸聲，和她的腳踩碎玻璃的聲音。

「嗯，佛斯特剛幫我注射解藥的時候，我甚至沒注意到有什麼異樣。隔了兩天之後，我才明白究竟發生了什麼事，我開始用不同的眼光看事物。可笑的是，他跟我解釋，他對我做了什麼事之後，我大部分的感覺卻是鬆了一口氣。現在一切都比較不那麼強烈，不那麼極端了。我不需要為了讓一切變得有意義，而割傷自己，我們都不需要這麼做。不過，即使一切不再酷冰，至少，我不會再無緣無故生氣了。」

塔莉點點頭。「當他們把我關在裝滿軟墊的牢房時，也是這麼形容的：憤怒和興奮。但是，現在，我卻覺得很麻木。」

「我也是，塔莉—娃。」

「那些醫生說到的還有另外一件事，」塔莉繼續說道：「關於感覺『超人一等』的事情。」

「沒錯，這就是特勤局成立的重點，塔莉—娃，就像他們經常在學校教我們的那樣，說在鐵鏽人時期，有些人特別有錢，不是嗎？他們擁有最好的東西，活得比別人長壽，不需要遵守平常的規則——每個人都認為這樣很好，即使這些人沒做什麼事情，仍值得擁有這些好處，他們只是因為剛好出生在富有的家庭。想要與眾不同只是人性之一，不需要太多的事物就能輕易使人相信他們自己高人一等。」

塔莉開始同意她的說法，隨後想起雪宜在河邊跟她分手時，曾經對她大吼大叫。「可是妳說，我本來就是那個樣子，即使在醜人時期就這樣了。」

雪宜笑了起來。「不，塔莉—娃，妳並沒有認為自己高人一等，只是認為妳是宇宙的中心，這完全是兩件事。」

塔莉勉強笑了一下。「那妳為什麼不給我解藥呢？我在外面的時候，妳有過機會的。」

她又停頓了一下，從雪宜的皮膚信號器那端傳來遠方直升機的呼呼聲。「因為我為我做的事情感到抱歉。」

「什麼事？」

「把妳變成特務員的事。」雪宜的聲音在發抖。「妳會變成這樣都是我的錯，我並不想再強迫妳改變，我認為妳這次也能治癒自己。」

「哦，」塔莉嚥了嚥口水。「謝謝妳，雪宜。」

「還有另一個原因，我們要回去阻止這場戰爭的時候，如果妳仍是真正的特務員的話，會比較有利。」

塔莉皺起眉頭，雪宜至今尚未解釋這個計畫的詳情。「我繼續當個瘋子，到底能有什麼幫助？」

「凱波博士會掃描我們，看看我們說的是不是事實。」雪宜說道：「如果我們兩個，其中有人仍是真正的特務員會比較好。」

塔莉走到下一個門口時，停了下來。「說出事實？我不知道我們要跟她談這件事情。我以為我們要說的是，關於飢餓的奈米蟲之類的事情，至少，可能是手榴彈的事。」

雪宜嘆口氣。「妳現在是用特務員的腦袋思考，塔莉—娃，使用暴力是不會有用的。如果我們發動攻擊的話，他們只會認為是狄亞哥市在反擊，這場戰爭只會越演越烈罷了，我們必須跟她坦白招供。」

「坦白招供？」塔莉發現她又看到另一間空房，裡面只有市政廳的火光照亮病房，到處是花朵，花瓶碎了一地，彩色的花瓶碎片和枯死的花朵，混在碎玻璃中。

「沒錯，塔莉—娃，我們必須告訴每個人，是妳和我一起攻擊軍械庫的。」雪宜說道：「狄亞哥市跟此事無關。」

「哦，那真是好極了。」塔莉從窗口望出去。

市政廳內部的火勢仍在燃燒著，不管直升機噴灑了多少泡沫都沒有用。雪宜說這棟大樓的殘骸會燒好幾天，大樓倒下來的壓力，會產生自己的熱能，彷彿這場攻擊讓一顆小太陽出生了一般。

這恐怖的景象，全都是她們的錯——這個領悟不斷地衝擊著塔莉，好像她永遠都無法接受這個事實。她和雪宜讓此事發生，也只有她們兩個能了結此事。

但是想到要跟凱波博士坦誠，塔莉就很想從敞開的窗口跳出去逃跑，讓防墜手鐲接住她。她可以消失在荒野中，永遠不會被抓到。不管是雪宜，或是凱波博士都抓不到她，她可以再度隱沒在山野中。

可是，那就表示她得將薩納留在這個飽受災難的城市裡。

「假設他們願意相信妳的話，」雪宜繼續說道：「不能讓妳的腦子看起來像被人動過手腳。我們需要妳保持特務員的樣子。」

一時之間，塔莉覺得亟需新鮮的空氣，但是當她正要走向窗邊時，枯死的花朵甜膩的香味像老人的香水般地襲擊她。她的眼眶濕潤起來，塔莉閉上眼睛，讓自己腳步的回音引導她走過去。

「可是，雪宜—拉，他們會怎麼對付我們呢？」她輕輕地問道。

「我不知道，塔莉，從來沒有人承認自己發動這種戰爭過，據我所知是沒有，但是我們還能怎麼辦呢？」

塔莉睜開了眼睛，靠在殘破的窗戶邊，想吸幾口新鮮的空氣，但是空氣已經被燃燒的煙味汙染了。「我們並不是故意要讓事情演變成這種地步的。」她低語道。

「我知道，塔莉—娃，這全是我的主意，妳會變成特務員也都是我的錯。如果我能一個人去自首的話，我會很樂意去的。但是他們不會相信我，等他們掃描過我的腦子之後，就會知道我變了，已經痊癒了。凱波博士寧願相信是狄亞哥市在我腦中動了手腳，也不願意承認自己無緣無故發動了戰爭。」

塔莉無法辯駁這一點；她自己也難以相信，這個闖空門的小事件，竟然會造成大毀滅的局面。凱波博士在沒有做全身掃描之前，不可能會相信任何人說的話。

她再次望著市政廳燒不盡的烈火，嘆了一口氣。現在要逃已經太遲了，除了說出真相之外，做什麼都太遲了。

「好吧！雪宜，我會跟妳去的。但是我得先找到薩納，有些事情需要先跟他解釋清楚。」

也許可以再試一次，她心想道，我現在已經變得不一樣了。塔莉透過窗櫺上的碎玻璃往外望，想像著薩納的臉孔。

「畢竟，他們最壞還能怎麼樣呢？把我們兩個再變回蠢美人嗎？」她說：「也許這也不算太糟……」

雪宜還是沒答話，但是塔莉聽到一陣細小、持續的嗶嗶聲，從她的信號器中傳過來。

「雪宜？那是什麼聲音？」

她回話的聲音顯得十分緊張。「塔莉，妳最好趕快下來這裡，三四〇號房。」

塔莉從窗邊轉身，迅速地踏過碎花瓶和死花走到門邊。雪宜逐漸靠近某樣物體時，嗶嗶聲越來越大聲，塔莉心中開始出現恐懼的感覺。「雪宜，到底是怎麼一回事？」

雪宜立刻打開與其他卡特族的頻道，她的語調中顯得驚慌失措。「快找醫生過來！」她重複著病房號碼。

「雪宜，怎麼一回事？」塔莉大聲問道。

「塔莉，我很抱歉……」

「什麼事？」

「是薩納。」

病人

塔莉急忙衝過去，心臟好像要跳出來一般，那個嗶嗶聲充滿她整個腦海。她跳上防火梯的扶手，從上面滑到樓梯間的中央。等她衝到三樓的走廊時，見到雪宜、塔哈斯和何站在一間掛著「恢復室」的房門口，像目睹意外發生的群眾般，緊緊地盯著門內。塔莉推開他們，在布滿碎玻璃的地面上，緊急煞住。

薩納躺在病床上，臉色蒼白，手臂和頭上掛滿了各式各樣的儀器，每個儀器都發出它獨特的信號聲，明亮的紅燈也隨著嗶嗶聲一起閃爍著。一位中年醫生站在薩納的面前，掀開他的眼簾，檢查他的眼睛。

「發生了什麼事？」她大叫著問道。但醫生並未抬頭看她。

雪宜走到她身後，穩穩地抓著她的肩膀說道：「保持酷冰，塔莉。」

「酷冰？」塔莉掙脫雪宜的手，憤怒使她的腎上腺素在血液中沸騰，驅走了城市遭受攻擊之後帶來的麻木感。「他哪裡不對勁？為什麼在這裡？」

「你們這些蠢美人能不能安靜點？」醫生斥責道。

塔莉轉過身來面向他，露出她的尖牙。「蠢美人？」

雪宜抓著塔莉的手臂，把她拖走。一個迅速的動作，就把她往後拖出病房，隨後放開她，並將她用力從門口推走。

塔莉再次站穩腳步之後，弓著身子，手指也彎了起來。卡特族們瞪視著她，要她冷靜下來，塔哈斯則輕輕地關上門。

「塔莉，我以為妳要重新連結自己的腦神經哪！」雪宜用嚴厲、平穩的音調說道。

「我才應該要連結妳的腦神經呢，雪宜！」塔莉說道：「這是怎麼一回事？」

「我們也不知道，塔莉，醫生才剛到這裡。」雪宜將她的手掌交疊在一起。「控制一下妳自己。」

塔莉心念電轉，評估著攻擊的各個角度，思考著要用什麼策略從他們三個身邊衝過去，回到恢復室裡。但她卻寡不敵眾，僵局繼續下去的同時，她狂猛的怒氣變成了慌亂的情緒。

「他們為他動手術。」她低語道，呼吸急促起來。走廊開始旋轉起來，她回想著所有的犯罪社社員從直升機上下來之後，都直接走進了醫院。

「看起來似乎是如此，塔莉。」雪宜說道，她的聲音仍然很平靜。

「但是他兩天前才來到狄亞哥市呀！」塔莉說道：「其他的犯罪社社員剛到的那天晚上還去參加派對——我親眼看到了。」

「其他的犯罪社社員的腦子並沒有受到嚴重的傷害，塔莉，只有美人的蠢腦袋問題而已，妳知道薩納的情形是不一樣的。」

「可是這裡是市醫院耶！怎麼可能出事呢？」

「噓，塔莉—娃。」雪宜走上前，把手輕輕地放到塔莉的肩膀上。「耐心點，他們待會會告訴我們的。」

塔莉正在氣頭上，瞇起眼睛，全神貫注地注視著恢復室的房門。雪宜離她很近，她一拳就能打到她臉上去，何和塔哈斯暫時也因第二個醫生的到來，分散了注意力——如果塔莉現在行動的話，她可以從他們身邊衝過去……

但是她心中的憤怒和驚慌似乎無法彼此相互抵銷，反而癱瘓了她的肌肉，使她動彈不得，她的胃因絕望絞成了一團。

「這是因為那場攻擊的關係，對不對？」塔莉說道：「所以才會出差錯。」

「我們不知道是什麼原因。」

「這是我們的錯。」

雪宜搖搖頭，彷彿當塔莉是剛從惡夢中醒來的小孩一般，安撫地說道：「我們不知道究竟發生了什麼事，塔莉—娃。」

「但是妳找到他時，他是一個人躺在那裡對吧？他們為什麼不帶他出去呢？」

「也許是因為不能移動他，也許他在這裡插著這些儀器會比較安全。」

塔莉雙手緊握成拳頭，自從她成為特務員以來，她不曾感到如此無助，如此平庸，如此無力。頓時一切都變得平庸至極。「但是……」

「噓，塔莉—娃。」雪宜以她出奇平靜的聲音說道：「我們只能等待，現在我們也只能如此了。」

一小時後，門開了。

現在已經有五位醫生來了，他們是一群從醫院撤退後，剩餘的少數幾位醫護人員，他們在薩納的病房內進進出出。有幾個醫生緊張地看了看塔莉，認出她是什麼人：她是前一天晚上，從醫院裡逃出去的危險武器。

塔莉焦急地等待著，半期待有人會衝上來幫她打針讓她睡去，準備再次把她變成普通人。但是雪宜和塔拉斯緊緊地跟在她身旁，想過來監視她的看守員，也被瞪得不敢上前。瑪蒂的解藥還有一項優點，它使其他的卡特族比塔莉更有等待的耐心。他們始終保持著怪異的冷靜態度，可是她一整個小時內卻坐立難安，手掌也被指甲抓得到處都是半月形的血痕。

醫生清了清喉嚨說道：「恐怕我有壞消息要告訴你們。」

塔莉剛開始聽到這句話時，一時反應不過來，不過，後來她感覺到雪宜抓著她手臂的力道變強了，彷彿認為塔莉會衝到醫生面前，把他碎屍萬段似的。

「醫院疏散時的某個時間，薩納的身體對新的腦細胞產生排斥。插在他身上的儀器想要警告醫護人員，但是那時候大家當然都不在。儀器想傳訊息給我們，可是城市的電腦中心因疏散的行動負載過量，訊息沒辦法傳給我們。」

「負載過量？」塔哈斯問道：「你是說醫院沒有自己的電腦網路？」

「是有一個緊急頻道，」醫生說道，看了一下市政廳的方向，仍不敢相信整棟大樓竟然就這樣消失了，搖著頭說道：「可是卻需要連結到城市的電腦中心，現在那些也沒了。狄亞哥市從來不曾發生過這樣的大災難。」

是這場攻擊害的……這場戰爭，塔莉心想道，這都是我的錯。

「他的免疫系統把新的腦細胞當成細菌感染，因此以這個方式作反應。我們已經盡力了，可是等你們發現他的時候，傷害已經造成了。」

「多大……的傷害？」塔莉問道，雪宜的手抓得更緊了些。

醫生看了一下身旁的看守員，塔莉眼角的餘光瞥見他們緊張地預期會有一場打鬥，他們對她全都懼怕萬分。

他清了一下喉嚨。「你們知道他到這裡的時候就已經有腦部傷害了吧？」

「我們知道。」雪宜說道，音調仍帶著安撫的氣氛。

「薩納說他想要接受治療：不想再有發抖，或是認知能力的問題。他想讓身體功能升級——就我們所知，這件事很冒險，可是他已經簽下同意書了。」

塔莉的目光垂到地板上。薩納想恢復他過去的反射神經，變得更強，所以不會讓她看到他虛弱平庸的樣子。

「那裡就是排斥反應傷他最重的地方，」醫生繼續說道：「我們試著修復的地方，現在全都沒了。」

「沒了？」塔莉突然感到一片茫然。「他的運動神經嗎？」

「更高級的功能區，更重要的是：說話和認知的能力。」醫生小心翼翼的態度不見了，取而代之的是，傳統中年美人的那種關心、平靜和了解的神情。「他甚至連自己呼吸都沒辦法，我們認為他不會再醒過來，永遠都不會醒來了。」

看守員現在手上拿著電擊棒，塔莉甚至連呼吸都聞得到電力的味道。

醫生緩緩地吸了一口氣。「問題是……我們需要這張床。」

塔莉幾乎要昏倒在地，但雪宜緊緊抓住她，不讓她倒下去。

「我們有幾十個傷患，」醫生繼續說道：「有幾個夜班的工作人員從市政廳逃出來時，受到嚴重的灼傷。我們需要這些儀器，越快越好。」

「那薩納要怎麼辦？」雪宜問道。

醫生搖搖頭。「我們把儀器拔掉之後，他就會停止呼吸。通常我們不會這麼快拔掉儀器，但是今晚……」

「今晚是特殊情況。」塔莉輕聲說道。

雪宜把她拉近一些，在她耳邊低語道：「塔莉，我們現在就得走了，必須離開這個地方，妳太危險了。」

「我想看他。」

「塔莉―娃，這不是個好主意，要是妳失控怎麼辦？妳可能會殺人的。」

「雪宜―拉，」塔莉不滿地說道：「讓我看看他。」

「不。」

「讓我看看他，不然我就把他們全殺光，妳是沒辦法阻止我的。」

此時雪宜的手臂緊抱著她，但是塔莉知道她可以掙脫她的束縛。她隱身衣的功能仍可以變得滑溜，讓她滑出去，開始左右開攻，直接朝他們的喉嚨……

雪宜變換了姿勢，某個東西輕輕地壓在塔莉的脖子上。「塔莉，我現在就能替妳注射解藥。」

「不，妳不會的，我們要去阻止戰爭，妳需要我的大腦保持原狀。」

「但是他們需要這些儀器，妳現在做的只是……」

「讓我成為宇宙的中心五分鐘就好，雪宜，然後我就會離開，讓他死去，我保證。」

雪宜發出一聲長嘆。「各位，讓開，不要擋我們的路。」

他的頭和手上仍插著管子和電線，瘋狂的嗶嗶聲現在已經被穩定的跳動聲取代。

但是塔莉看得出來，他已經死了。

她以前曾經見過死人的屍體。特勤局消滅舊煙城的時候，那位負責守護古書的圖書館員因為企圖逃跑而被殺。（塔莉現在想起來，那個人的死也是她的錯，她怎會這麼輕易就把這件小事給忘了呢？）那個老人的屍體看起來扭曲變形，扭曲得彷彿整個世界都跟著變形了，連那天的陽光看起來也不大對勁。

但是這一次，她凝視著薩納時，感覺卻更糟──她的眼睛現在也很特別。每個細節都超過一百倍的清晰：他的臉色不對勁，脖子上的脈搏也太沉靜了，他的指甲逐漸從粉紅變成白色。

「塔莉……」塔哈斯的聲音哽咽著。

「我很抱歉。」雪宜說道。

塔莉回頭看了一下她的同伴，發覺他們無法了解她的心情。他們也許仍然強壯敏捷，但是瑪蒂的解藥使他們的心再次變回平凡人。他們看不出死亡真實的面貌是多麼令人憤怒，也不知道不管從哪一方面來看，這樣的死亡毫無意義。

火勢仍在外面蔓燒，映在黑暗又完美的夜空中，顯得異常的美麗。沒有人看得出來，這個世界太過酷炫，太過壯觀，薩納不該錯過這些。

塔莉摸了一下薩納的手，她超級敏感的指尖告訴她，他的肉體比正常人還要冰冷。

這一切都是她的錯，她勸他來此地，以便達到她想要的目的，但她卻在這個城市的街上亂逛，沒有留在薩納身邊照顧他。而她意外啟動的這場戰爭把他給害死了。

這就是她強烈的自我最終必須付出的代價。

「我很抱歉，薩納。」塔莉轉身離開，五分鐘突然變得太長了，她的眼睛灼熱，卻哭不出來。

「好了，我們走吧！」她低聲說道。

「塔莉，妳確定嗎？現在才……」

「我們快走吧！快上浮板，我們必須阻止這場戰爭。」

雪宜一隻手放在她的肩上。「好吧！天一亮我們就出發，我們可以不停地飛——沒有蠢美人會減慢我們的速度，沒有煙城人的方位探測器帶我們走風景路線，我們三天後就能到家了。」

塔莉張開嘴巴，很想要求現在立刻出發，但是雪宜臉上疲憊的表情使她住了口。塔莉過去二十四小時中，大部分都迷迷茫茫的，但是雪宜卻旅行到很遠的地方去跟其他的卡特族會合，一一地治癒他們之後，又從手術臺上救下塔莉，使她沒變成平凡人，並帶領大家度過這個恐怖的漫漫長夜，她的眼睛幾乎睜不開了。

除此之外，這已經不再是雪宜的戰爭了。她並未付出像塔莉一樣的慘痛代價。

「妳說得對，」塔莉說道，知道她該怎麼做了。「妳去睡一下吧！」

「那妳呢？妳還好吧？」

「不，雪宜—拉，我不好。」

「抱歉，我是說……妳不會傷害任何人吧？」

塔莉搖搖頭，伸出手給她看，她的手一點都不會發抖。「妳看，我控制得很好，也許這是我成為特務員以來第一次這樣，但是我睡不著，我會等妳的。」

雪宜停頓了一下，不大確定，也許感覺到塔莉心裡在想什麼。但是疲勞壓過了憂慮的表情，她又擁抱了塔莉一下。「我只需要睡一兩個鐘頭就好了，我還是個強壯的特務員。」

「當然，」塔莉微笑道：「天一亮就走。」

塔莉跟著其他的卡特族一起走出病房，經過醫生和幾位緊張的看守員，永遠離開薩納，離開他們幻想的未來。塔莉跨出每一步時，都清楚的知道，她不只要離開薩納，還要離開每一個人。

雪宜只會拖慢她的速度而已。

回家

塔莉感覺到雪宜已經睡著了。

兩人一起去自首毫無意義。雪宜必須留在狄亞哥市，在這樣的關鍵時刻，卡特族是這個城市擁有的、最接近軍隊的防衛武器。反正，凱波博士也不會相信雪宜，雪宜的大腦會透露出服過瑪蒂解藥的跡象——她現在已經不再是特務員了。

但是塔莉還是特務員。她穿梭在森林裡，閃躲著樹枝，弓著膝蓋，雙臂像翅膀般地張開，以有生以來最快的速度飛行。一切都很酷冰清晰：溫暖的風吹過她的臉頰，腳下也不斷地轉換重心。她帶兩個浮板出來，滑著其中一個時，另一個跟在身後，每十分鐘就跳到另一個浮板上。她的體重分散在兩個浮板上，即使以最快的速度飛行，幾天之內也不會把旋翼燒壞。

太陽尚未出來之前，她就已經飛到狄亞哥市的邊境了。當橘色的天空正要開始展開時，就像一艘巨大的太空船把整船的光線全都投射到荒野中一般。這個世界美得刺眼奪目，塔莉知道她永遠都不必再割自己了。

現在她體內帶著一把刀，這把刀會一直割著她。每次當她稍微慢下來時，都會感覺到這把刀的存在，每當她的心念隨著壯麗的山野飛馳時，這把刀子始終刺在她的心口上。

塔莉快要靠近白色野草留下的巨大沙漠之際，森林逐漸變得稀疏。吹拂在她臉頰上的風，逐漸挾帶著沙子，她轉個方向，朝海邊飛去，那裡有鐵路線可以增加磁力，使她飛得更快。

她只有七天可以結束這場戰爭。

據塔哈斯所說，特勤局準備等一個禮拜，讓狄亞哥市的情況惡化。摧毀市政廳會降低城市機能的運作好幾個月，凱波博士似乎認為，這些能獨立思考的美人，如果需求得不到滿足的時候，就會群起反抗政府。

如果這些人沒有按照預期地叛變的話，特勤局只要再發動攻擊，摧毀更多城市的設備，使情況繼續惡化下去就夠了。

塔莉的軟體又叫了起來——另一個十分鐘又過去了。她把空的浮板叫過來，跳到上面去，有一瞬間，她的腳下除了沙子和灌木叢之外空無一物，隨後她擺出完美的站姿。

塔莉悲哀地苦笑了一下，如果她摔下去的話，下面不會有磁力網接住她，只有時速一百公里下的堅硬砂石承接她。但是疑惑和不安全感是她始終都要忍受的事實，即使塔莉成為卡特族之後，雪宜也曾經抱怨過，此時，這些不安的思緒全都化為烏有。

危險已經不再重要了，什麼都不重要了。

她現在真的是很特別的人了。

黃昏即將到來，塔莉終於來到海岸線上的鐵道。

一整個下午，海上飄過來的雲一直對她虎視眈眈，太陽下山之後，黑幕把星星和月亮都遮蔽了。夜幕落下一個小時後，白晝遺留在鐵軌上的熱力逐漸消失，即使用紅外線也完全看不到鐵軌。塔莉靠自己的耳朵導航，只利用海浪聲使她繼續保持在軌道上。如果她在這些鐵路上掉下去的話，她的防墜手鐲還能救她。

就在黎明破曉之際，她在一群睡眼惺忪的逃亡者上方急馳而過。她聽到有人大叫著，回頭看時，發現她飛馳激起的風勢，將他們營火的火苗吹到了乾草上。那些逃亡者驚慌得到處跳來跳去，想避免讓火勢擴大，拚命用他們的睡袋和外套捶打著火燄，像一群蠢美人般地尖聲大叫。

塔莉繼續往前飛，沒時間回過頭去幫忙。

她正在納悶，要是更多逃亡者繼續翻山越嶺，前往狄亞哥市的話會怎麼樣，狄亞哥市是否調得出少得可憐的直升機來接他們呢？他們得為自己的生存奮戰時，這個新政策又能應付多少新市民呢？

當然，安德魯・辛普森・史密斯不會知道那裡發生了戰爭，他可能會繼續發送方位探測器，把大家帶到無人接引的地方。這些逃亡者到了集合地點時，卻沒有直升機來接他們。大家會逐漸失去信心，食物和耐心全失，最後只好回家去。

有些人可能會成功，但他們全都是城市長大的小孩，對外面的危險一無所知。沒有新煙城來歡迎他們，大部分的人只會走入荒野。

塔莉連續飛行到第二個晚上之後，她跌了下來。

她已經注意到有一個浮板有點過熱，前端的旋翼有一丁點小問題造成它過熱。她已經小心提防這個問題好幾分鐘了，紅外線精細的影像阻礙了她的正常視力，她甚至沒看到那棵樹。

那是一棵孤立的松樹，上層的葉子上覆蓋著一層鹽霧，像剪了個醜陋的髮型一般。她的浮板撞到中央的枯樹枝，整條樹枝斷落，使塔莉頭朝下地飛出去。

她的防墜手鐲及時在鐵路上找到金屬，防墜手鐲並未像她垂直落下時立刻抓住她，反而讓她沿著鐵路線彈跳了好幾下。經過一段瘋狂的時刻，塔莉感覺好像綁在古代火車頭上，整個世界朝兩邊衝出去，黑色的鐵軌在她眼前朝黑暗中不斷延伸，鐵軌的枕木在她腳下變得一片模糊。

她納悶地想著，要是鐵路突然轉彎的話會怎麼樣，防墜手鐲不知道會不會帶著她轉彎，還是把她隨便丟在地上，或是扔到懸崖底下……

不過，鐵路卻始終保持一直線，滑行了一百多公尺之後，衝力終於消失了。防墜手鐲將塔莉放下來，她的心怦怦地狂跳，不過她卻沒受傷。一秒鐘後，兩個浮板找到了她的訊號，像膽小的朋友不告而別之後，從黑暗中偷偷跑回來。

塔莉發現或許她應該要睡一下，等到她下一次又失神的時候，可能不會這麼幸運了。不過太陽很快就要出來了，城市離此不到半天的路程。她踏上過熱的浮板，硬逼著它快速飛行，保持警戒，隨時注意聽著那個毀損的旋翼每一次聲音的變化。

黎明剛過時，一陣尖銳的嘎吱聲突然響起來，塔莉從故障的浮板上跳開，浮板漸漸化成一堆白熱的金屬。她站在另一個浮板上，回頭望著那些仍在尖叫的殘骸，它在鐵道邊旋轉了一圈之後掉進了海裡，落下時的衝擊力濺起了激烈的浪花。

塔莉回過頭來，面對著家鄉的方向，甚至不曾再減速過。

等到鐵鏽人廢墟在眼前出現時，她轉向內陸前進。

古代的鬼城市裡布滿金屬，於是，塔莉在離開狄亞哥市後首次減緩速度，讓她僅剩的浮板的旋翼休息一下。她靜靜地穿過空盪盪的街道，看著下方鐵鏽人世界末日留下來的燒毀的汽車。斷垣殘壁的建築豎立在她的四周，還有以前她在煙城人時期曾經躲藏過的所有地點。塔莉很想知道，那些愛作怪的醜人是否仍會半夜偷溜到這裡來。也許廢墟已經不那麼刺激好玩了，因為現在他們可以在真正的城市裡到處跑了。

不過，這些地方仍然詭異，彷彿空盪盪的城裡充滿了鬼魂。那些空窗好像在瞪視著塔莉，讓她回到了雪宜第一次帶她來此地的情景，回到她們兩個都還是醜人的時候。當然，雪宜是從薩納那裡得知這個祕密的地方——他是最初的原因，使塔莉．楊布拉德不只是一個平凡、快樂又無知的蠢美人，不是新美人鎮派對燈塔上的那群蠢美人。

或許等到塔莉向凱波博士自首之後，會再被送回那裡，最後，所有不愉快的記憶都會抹去……嗶。

塔莉緩緩停下來，不大敢相信自己聽到的聲音。這個嗶聲在卡特族的頻道裡出現，但是他們不可能會比她先到這裡呀！身分的地方是空白的，好像這個訊號來自無名氏。一定是某一場訓練後棄置的信號，不過是在廢墟中無意義的訊號罷了。

嗶……嗶……嗶。

「哈囉？」她低聲問道。

塔莉驚訝地揚起眉頭，這不可能是偶然，這個聲音聽起來好像在回答她。「你聽得到我嗎？」

嗶。

「但是你沒辦法說話嗎？」塔莉沉下臉來。

嗶。

塔莉嘆口氣，知道是怎麼一回事了。「很好，不錯的把戲，醜人。不過我還有更重要的事要辦。」她再度啟動旋翼，朝鎮上飛去。

嗶……嗶。

塔莉停了下來，不確定是否該忽視這個聲音。任何有辦法進入卡特族頻道的醜人，可能都會有一些有用的資訊。直接面對凱波博士之前，先了解一下城裡的事情也不會有什麼壞處。

她檢查了一下信號的強度，又強又清楚。不管這個發信號的人是誰，應該離此不遠。

塔莉滑到空盪的街道上，小心翼翼地看著信號。訊號在左方微微地變強，她朝那個方向轉過去，又滑過一個小巷。

「好了，年輕人，一次表示是，兩次表示不是。懂了嗎？」

嗶。

「我認識你嗎？」

嗶。

「嗯。」塔莉不斷往前直到訊號轉弱為止，隨後再轉個彎，緩緩地退回去。「你是犯罪社社員嗎？」

嗶……嗶。

訊號強到了極點，塔莉抬頭往上看。她上方的塔樓是廢墟僅存的最高建築，舊煙城人經常在這裡出入，也是架設電臺來播放訊號最合理的地點。

「你是醜人嗎？」

對方沉默了很久，隨後發出一聲嗶。

塔莉開始靜靜地往上升，浮板的磁性在塔樓古老的鋼架上取得浮力。她的感官逐漸加大幅度，細心地傾聽每一個聲響。

風向變了，她聞到某種熟悉的味道，她的胃開始抽緊。

「義大利肉醬麵？」她搖著頭說道：「那麼你是從這個城市出來的囉？」

嗶……嗶。

隨後塔莉聽到了一個聲音，有人在塔樓的廢墟地板上走動。塔莉從浮板上走下來，穿過空的窗戶外框，將毀損的隱身衣調整成近似碎石的材質。她抓著窗戶的兩邊，鑽進去，抬頭往上看。

他就在那裡，低著頭看她。「塔莉？」他喚道。

她大吃一驚，原來是大衛。

大衛

「你來這裡幹什麼？」

「等妳，我知道妳會走這個方向……再一次經過廢墟。」

塔莉爬向他，從這根鐵柱盪到另一根，幾秒之內便跨越這段距離。他擠在尚未全部塌陷的角落，身旁狹窄的空間，僅能讓他勉強攤開睡袋。他的隱身衣設定成與廢墟內部陰影相符的顏色。

他手上拿著一包自動加熱的食物，叮鈴一聲，表示已經可以食用了。義大利肉醬麵噁心的味道再次襲擊塔莉。

她搖搖頭問道：「可是你是怎麼……」

大衛伸出手，上面有一個粗糙的儀器，另一隻手拿著指引方向的天線。「我們治癒他之後，佛斯特就幫我們製作這個東西。每次你們靠近的時候，我們就能探測到你們的皮膚信號器，甚至可以聽到你們說話的聲音。」

塔莉蹲下來，靠在一根生鏽的鐵杆上，三天來不停地飛行，突然覺得暈眩了起來。「我不是問你如何呼叫我，而是問你怎麼會這麼快就趕到這裡來？」

「哦，那簡單。妳不告而別之後，雪宜發現妳是對的——狄亞哥市比妳更需要她，但是他們卻不需要我。」他清了清喉嚨。「所以我就坐直升機到接送逃亡者的集合地點，省了到這裡一半的路程。」

塔莉嘆口氣，閉上眼睛。雪宜曾說她是用「特務員腦袋」在思考，其實她可以搭直升機，省一大半的路程。這就是過於情緒化產生的問題：過度情緒化有時候會讓人表現得像個蠢美人。不過她聽到有人去接逃亡者時，不禁鬆了一口氣，狄亞哥市尚未放棄他們。

「那你到底為什麼來這裡？」

大衛的表情十分堅決。「我是來這裡幫妳的，塔莉。」

「聽著，大衛，就算我們現在好像是站在同一陣線，那也不表示我就希望你在我身邊。你不是應該要回去狄亞哥市嗎？你知道那裡在打仗哪！」

他聳聳肩。「我本來就不大喜歡待在城市裡，而且我對打仗的事也一竅不通。」

「嗯，我也不懂，不過我還是會盡力。」她比了一下自己的浮板，它仍漂浮在下面等她。「要是特勤局的人發現我跟煙城人在一起的話，恐怕不容易說服他們相信我說的是事實。」

「可是塔莉，妳還好吧？」

「這已經是第二次有人問我這個愚蠢的問題了，」她輕輕地說道：「不，我當然不好。」

「是啊！這個問題的確很蠢，可是我們是在擔心妳。」

「我們是誰？你和雪宜嗎？」

他搖搖頭。「不，是我媽媽和我。」

塔莉發出一陣簡短又尖銳的大笑。「瑪蒂什麼時候擔心過我了？」

「她最近常常想到妳的事情。」他說，把未吃過的義大利肉醬麵放到地板上。「她需要研究特務員的手術，才有辦法做出解藥。她對特務員的事情知道的不少，也能了解妳的心情。」

塔莉立刻站起來，握起拳頭，一個跳躍便跳過了兩人之間的間隙，使得廢棄建築中心的鐵鏽，像小雨般地落下。她露出尖牙，對著他的臉說道：「沒有人能了解我現在的心情，大衛，我向你保證，沒有人能了解。」

他毫不畏縮地迎視著她的目光，但塔莉卻嗅得出他的恐懼，他的軟弱全都流露出來了。

「我很抱歉，」他平靜地說道：「我並不是那個意思……這不是關於薩納的事。」

聽到他的名字，塔莉的心突然碎裂，憤怒也淡去了。她彎下腰，呼吸急促。那一瞬間，感覺體內憤怒的狂潮，彷彿變成沉重的鉛塊。薩納死後，沒有任何情緒，甚至連憤怒都無法撼動她的心，這是第一次有情緒能突破她絕望已極的心房。

但是這種感覺只維持了幾秒鐘，隨後連日來不停趕路的疲勞突然襲來。

她垂下頭，將臉埋在雙手裡。「隨你怎麼說。」

「我帶了東西給妳，也許妳會用得上。」

塔莉抬起頭，看到大衛手上拿著一個注射器。

她疲倦地搖搖頭。「你不是真的想要給我解藥，大衛。如果我不是特務員的話，特勤局的人是不會相信我的。」

「我知道，塔莉，佛斯特已經把妳的計畫跟我們解釋過了。」大衛啪地一聲把針筒上的蓋子闔上。「不過，妳可以留著這個。也許妳告訴他們事情的經過之後，妳會想改變自己。」

塔莉皺起眉頭。「現在談自首之後的事情，似乎沒什麼意義，大衛。這個城市的人或許會生我的氣，所以到時候，我可能沒什麼選擇的餘地吧！」

「我不認為如此，塔莉，這是妳不可思議的地方，不管妳的城市對妳做了什麼事，妳似乎總是有其他的選擇。」

「總是？」她不滿地說道：「薩納死時，我似乎看不出還有什麼選擇？」

「不……」大衛搖搖頭。「我再次道歉，我老是說些愚蠢的話，但是妳還記得以前美人時期的事嗎？妳改變了自己，而且帶領犯罪社社員逃出了城市。」

「是薩納帶領我們的。」

「他服了一顆藥丸，但妳沒有。」

她哀叫道：「不要再提醒我了，這就是他躺在醫院的緣故呀！」

「等等。」大衛舉起手來。「我想說的是，妳是那個靠自己的方式，獨力掙脫蠢美人束縛的人。」

「對，我知道，我知道，這讓我獲益良多，或是讓薩納。」

「事實上，塔莉，不僅讓妳獲益良多而已。我媽媽看到妳做的事情之後，找到了如何矯正手術的重大發現，找到了蠢美人的解藥。」

塔莉抬頭看他，想起薩納以前在美人時代提到的理論。「你是說讓自己酷炫的事嗎？」

「對極了，我媽媽發現，我們不需要除掉腦袋損傷的那個部分，只需要刺激周圍腦細胞的運作就夠了。因此新的解藥才會更安全，而且效果更迅速。」他快速地說著，眼睛在暗影裡明亮有神。

「這就是我們為什麼能在兩個月內改變狄亞哥市的緣故，就因為妳讓我們發現了這些事情。」

「所以那些人把小指變成小蛇也要怪我囉？好極了。」

「他們該怪妳讓他們找到了自由，塔莉，怪妳終結了這個整型手術的制度。」

她苦笑道：「你是說，我終結了狄亞哥市吧！等到凱波博士控制他們之後，他們會期望不曾見過你媽媽的小藥丸呢！」

「聽著，塔莉，凱波博士比妳想像的還要脆弱。」他靠近她說道：「我來這裡就是要告訴妳這件事：新政策實施之後，有些狄亞哥工廠的經理協助我們大量生產藥丸。過去一個月來，我們偷渡了二十萬顆到妳的城市。如果妳能讓特勤局內部失去平衡的話，即使只有幾天，妳的城市也會開始改變。恐懼是唯一能阻止新政策也在這裡發生的唯一因素。」

「你是說，擔心那個攻擊軍械庫的人嗎？」她嘆口氣。「所以，這也是我的錯了。」

「也許吧！但是如果妳能消除他們的恐懼，全世界的城市都會開始注意這件事。」他拉起她的手。「妳不只是阻止戰爭而已，塔莉，妳正要改變全世界的一切。」

「或是毀掉一切。難道沒有人想到，若是每個人都同時痊癒了，大自然中的荒野會變成什麼樣子嗎？」她搖搖頭說道：「我只知道我必須阻止這場戰爭。」

他微笑道：「世界已經在改變了，塔莉，是妳讓世界改變的。」

她抽開手，沉默了一會兒。不論她說什麼，只會引來另一段讚美她有多好的話。她感覺並不好，只是覺得筋疲力竭而已。大衛坐在那裡似乎很滿意的樣子，可能認為他說的話生效了，但是塔莉的沉默除了累得說不出話來之外，別無他意。

對塔莉．楊布拉德來說，這場戰爭已經開始，也已經結束了，只留下一堆冒煙的斷垣殘壁。她無法改變一切，最簡單的理由就是，她唯一在乎的人已經不會再回來了。

瑪蒂或許能治癒全世界所有的美人，但是薩納卻永遠不會活過來。

不過，有一個問題仍在煩擾她。「那麼，你是說，你媽媽現在真的喜歡我嗎？」

大衛微笑了起來。「她終於明白妳有多麼重要，對世界的未來，還有對我都很重要。」

塔莉搖搖頭。「不要說這種話，不要談你和我的事情。」

「我很抱歉，塔莉，但是，這是事實。」

「你父親因我而死，大衛，因為我背叛了煙城。」

他緩緩地搖頭。「妳沒有背叛我們——妳是被特勤局操縱了，就跟其他人一樣。是凱波博士的實驗殺了我父親，不是妳。」

塔莉嘆口氣，她已經累得沒力氣爭辯了。「好吧！我很高興瑪蒂已經不再恨我了。說到凱波博士，我得去見她才能阻止這場戰爭。我們談完了嗎？」

「談完了。」他拿起食物和筷子，目光落在食物上，語音輕柔地說：「我要說的話都說完了，除了……」

她哀號一聲。

「聽著，塔莉，妳不是唯一一個失去至親的人。」他瞇起了雙眼。「我父親死後，我也想過要消失。」

「我不是要消失，大衛，我也不是要逃走，我是要去做我該做的事情，好不好？」

「塔莉，我只是想說：妳的事情辦完之後，我會在這裡等妳。」

「你？」她搖搖頭。

「妳並不孤單，塔莉，不要假裝妳只有一個人。」

塔莉想要站起來，離開這場無意義的談話，但是她身邊荒廢的塔樓彷彿搖晃起來，她又彎腰坐了下去。

又一個過於情緒化的爛反應。

「好吧！大衛，看樣子我不睡一下，好像哪裡也去不了。我猜我應該要搭那架直升機的。」

「用我的睡袋吧！」他急忙挪到一旁，並舉起天線。「如果有人出現在這附近的話，我會叫醒妳；妳在這裡很安全。」

「安全。」塔莉從大衛身邊擠過去，那一瞬間，突然感覺到他的體溫，微微地想起以前兩人在一起時，他身上的味道，那好像是好幾年前的事了。

這種感覺真是奇怪，她上一次看到他醜陋的臉時，覺得很噁心，但是在狄亞哥市看多了怪異的手術之後，他眉頭上的疤痕和歪曲的笑容，反而像一種更時髦的表現，這樣的特色並不惹人討厭。

但他不是薩納。

塔莉鑽進睡袋裡，從爛掉的地板望下去，可以看到一百公尺底下，布滿瓦礫的地表。

「嗯，不要讓我睡著的時候滾下去好嗎？」

他微笑了一下。「好的。」

「還有，把那個給我。」她將注射器從他手上接過來，放進隱身衣的袋子裡。「有一天也許我會用到。」

「也許妳不會用到，塔莉。」

「不要把我弄糊塗了。」她咕噥地說道。

塔莉躺下去之後，立刻睡著了。

緊急會議

她走水路回家。

在激流上火速飛行，新美人鎮熟悉的地平線就在眼前，塔莉不知道這會不會是她最後一次從城外望著家園。攻擊自己的城市，意外地摧毀城市的軍備，又害大家捲入一場愚蠢的戰爭，不知道會被關多久？

等她來到城市電腦轉發器的網路時，新聞報導像一波波的海潮般湧進塔莉的皮膚信號器。超過五十個頻道報導戰爭的事情，呼吸急促地形容著飛行器如何突破狄亞哥市的國防，將他們的市政廳夷為平地。大家對此事都歡天喜地，好像砲轟沒有反擊能力的敵人，就跟看到慶典中等待已久的壓軸煙火秀似的開心不已。

聽到新聞報導每五秒鐘就提到特勤局，感覺真是奇怪——說軍械庫被摧毀之後，他們如何介入，如何保護市民的安全。在一星期前，大部分的人甚至不相信特務員的存在，他們現在卻突然變成了城市的救星。

事實上，新的戰時規則有自己的頻道，這個頻道不像那些報導那麼歡心鼓舞的感覺，只是一堆要背的條列規章而已。醜人的宵禁比以往更嚴格，這是塔莉記憶所及，第一次聽到新美人也要遵守一些規定，政府規定了哪些地方不能去，哪些事情不能做。熱氣球活動全面禁止，只能在公園和運動場上滑浮板。自從毀滅軍械庫的大火照亮天空之後，新美人鎮晚上的煙火秀全部都被取消了。

不過，似乎沒有人抱怨，就連像熱氣球社這樣的社團，一整個夏天幾乎都住在熱氣球上的人都沒有抱怨。當然，即使有二十萬人痊癒了，那也還有一百萬的蠢美人。也許這些想要抗議的人，數量還是太少，所以沒有人聽得到他們的聲音。

或者，也許他們太害怕特勤局的人，甚至完全不敢大聲表達意見。

當塔莉飛進脆園鎮的外圍時，塔莉的皮膚信號器連上了一架在城市邊境巡邏的無人飛機。這個機器用電子儀器快速地掃描她之後，才發現她是個特務員。

她不知道是否有人想出騙過新偵察機的伎倆，或者，所有愛作怪的醜人現在都消失了，不是逃到狄亞哥市，就是被特勤局徵收了。她離開後的這幾個星期，每件事都變好多。她越接近城市，越沒有回家的感覺，尤其薩納永遠不會再見到這裡的天空……

塔莉深吸了一口氣，該是解決這一切的時候了。「發訊給凱波博士。」

這個訊息卻被退回來，城市的電腦中心要她排隊等候。這些日子以來，特勤局顯然非常忙碌。

但是隔一會兒之後，另一個聲音回覆道：「楊布拉德特務員嗎？」

塔莉皺起眉頭，這是麥莎米拉・菲斯特的聲音，她是凱波博士的副指揮官。卡特族一向都直接跟凱波博士報告的。

「讓我跟凱波博士說話。」塔莉說道。

「她現在沒空，正在跟市議會開會。」

「她在市中心嗎？」

「不，在特勤局總部。」

「特勤局總部？市議會什麼時候開始在那裡開會了？」

「從開戰以來，楊布拉德。妳和妳那群流氓朋友在荒野中鬼混的時候，這裡發生了很多事情。你們這些卡特族到底跑到哪裡鬼混了？」

「說來話長，這些事我只能當面跟凱波博士說。告訴她我要過去了，還有我要說的話非常重要。」

菲斯特沉默了半晌，隨後這個女人的聲音又回來了，她不耐煩地說道：「聽著，楊布拉德，我們現在在打仗，凱波博士現在擔任市議會主席，她要管理一整個城市，沒時間給你們這些卡特族平日的特別待遇了。所以，現在就告訴我妳到底要說什麼，否則妳要很久以後才能見到『這位博士』了，懂了嗎？」

塔莉嚥了嚥口水。凱波博士正在管理這個城市？也許向她自首還不夠。要是她很享受掌控權，不願意相信事實怎麼辦？

「好吧！菲斯特，妳只要告訴她，卡特族上個禮拜在狄亞哥市——打仗好嗎？——還有，我有很重要的情報要告訴市議會，這關係到整個城市的安危。給妳這些資料夠嗎？」

「妳去了狄亞哥市？妳是怎麼……」副指揮官正要開口，塔莉卻切斷了通訊。她已經說了很多，足夠引起那個女人的注意力了。

她將身體往前傾，催促旋翼加速，以最快的速度朝工業區飛去，希望在市議會的會議結束之前趕到那裡。

他們是聽取她自白的最佳觀眾。

特勤局總部往外伸展到工業區的平原上，建築物矮平又毫不起眼，但它卻遠比外表看起來更大，而且往地底延伸十二層樓。要是市議會害怕第二波的攻擊，躲在這個地方也是合情合理。塔莉確信凱波博士一定展開了雙臂迎接市議會，很高興政府官員屈居在她的地下室。

塔莉在丘頂上，朝山丘的長斜坡方向俯瞰特勤局總部。以前在醜人時代，她和大衛曾經跳上浮板，從這裡滑到總部的屋頂上。從那次以後，總部便裝上了移動感應器，以便防止有人再次闖入，免得同樣的事情再度發生。不過，沒有一個堡壘會設計來防止自己人進去，尤其她還有重要的情報要告訴他們。

塔莉再次打開皮膚信號器。「發訊給凱波博士。」

這一次，菲斯特副指揮官馬上就回覆了。「不要再玩遊戲了，楊布拉德。」

「讓我跟凱波博士談話。」

「她還在跟市議會的人開會，妳得先跟我談。」

「我沒時間解釋同樣的事情兩次，麥莎米拉，我的報告跟整個市議會有關。」她停頓了良久，緩緩地呼一口氣。「有另一波攻擊要來了。」

「另一波什麼？」

「攻擊，而且很快。告訴博士我兩分鐘後會到那裡，我會直接到市議會的會議室裡去。」

塔莉再次關掉皮膚信號器，切斷了對方的回答。她把浮板掉轉過來，從山丘的長斜坡滑下去，隨後再度轉到丘頂的方向，彎了幾下手指。

這個把戲是要讓她入場時，越戲劇化越好，氣勢如虹地從每個人身邊呼嘯而過，直接衝進市議會的會議廳。凱波博士可能會很享受這一刻，她豢養的卡特族寵物衝進來，遞送重要的情報，證明特勤局的人確實有在辦事。

當然，這個消息卻不是凱波博士所預料的。

塔莉催促浮板加速前進，旋翼和磁力同時發揮功能。她爬上山坡，一路上不斷加速。到了丘頂，地平線突然溜走了，地面消失在她身下，塔莉飛翔在天空中。

她關掉旋翼，彎起膝蓋，手指緊抓著浮板。

靜寂往外延伸，塔莉墜落時，總部的屋頂越來越大。她感覺自己臉上的笑容漸深。這可能是她最後一次有機會做如此酷冰的事情了，她所有特殊的感官吸收著世界的一切，或許她也能好好地享受此刻的美好。

離地約一百公尺時，浮板的旋翼開始啟動。旋翼將浮板推向她，奮力要讓塔莉不摔下來，防墜手鐲也拉扯著她的手腕，拚命要減輕墜落時的衝力。

浮板重重地撞到屋頂上，塔莉從浮板上滾下來之後，立刻起身往前跑。警報器鈴聲大作，但她比了個手勢，皮膚內的皮膚信號器關掉了保全系統的警鈴。她對著飛車出入門的前方大叫著要求緊急進入。

對方稍微頓了一下，隨後菲斯特焦慮的聲音回答道：「楊布拉德嗎？」

「我要進去，快點！」

「我把妳的話轉給凱波博士了，她要妳直接到市議會的會議室見她，他們正在J樓層的外科手術室。」

塔莉滿意地笑了一下，她的計畫奏效了。「知道了，快把門打開。」

「好。」金屬門的縫隙變大了，塔莉腳下的停機坪開始往兩邊開啟，好像屋頂裂成了兩半似的。她從逐漸加寬的縫中跳下去，從明亮的陽光下落入陰影中，落在一架特勤局的飛車上，塔莉不理會機棚內的工人，滾到地板後，立刻站起來不斷快速奔跑。

副指揮官的聲音又出現在她耳邊。「我已經安排好一臺電梯在等妳，就在妳的正前方。」

「太慢了。」塔莉緊急煞在電梯口前，氣喘吁吁地說道：「幫我開個空的電梯井。」

「妳開什麼玩笑，楊布拉德？」

「不，一秒鐘都不能耽擱，快點動手！」

一會兒之後，另一扇門打開了，裡面一片漆黑。

塔莉走進電梯井中。

她在電梯井中朝左右兩邊彈來彈去，吸力鞋嘎吱作響，她只能勉強控制下墜的速度，但她下降的速度遠比電梯快上十倍。透過皮膚信號器，她聽到菲斯特在總部的頻道上警告大家讓開不要擋她的路。燈光射進電梯井中，J樓層的電梯門已經開了。

塔莉抓到上一層樓地板上突出的一塊，從門口一盪而出，一落地便拚命往前衝。她火速衝過走廊，特務員紛紛貼在牆上，讓路給她，好像塔莉是前鐵鏞人時期的信差，正要送最新消息給國王一般。

她看到麥莎米拉和兩個特務員，全副武裝地站在本層樓最大的外科手術室門口。「這件事情最好真的很重要，楊布拉德。」

「相信我，真的很重要。」

菲斯特點點頭，門打開後，塔莉衝了進去。

她緊急煞住，手術室內靜默無聲，四周只有巨大的環形會議空椅瞪視著她，凱波博士不在這裡，市議會也不在。

除了氣喘吁吁的塔莉．楊布拉德之外，空無一人。

她立刻轉身。「菲斯特，這是怎麼一回……」

門已經關上，把她獨自困在這個房間裡。

她從皮膚信號器聽到菲斯特得意洋洋的聲音說道：「妳就在那裡稍等一下吧！楊布拉德，凱波博士跟市議會的人開完會之後，馬上會去找妳的。」

塔莉搖搖頭，如果凱波博士不願意相信的話，她招供也沒有用。她需要一些目擊者作證。「可是，現在事情已經發生了！不然妳認為我為什麼要十萬火急地衝過來？」

「為什麼？也許是要告訴市議會說，狄亞哥市跟攻擊軍械庫的事情無關？這件事其實是妳做的？」

塔莉張大著嘴巴，辯解的話卻卡在嘴邊。她在心中慢慢地重複著菲斯特的話，無法相信她剛剛所聽到的。

他們是怎麼知道的？

「妳到底在說些什麼？」最後，她終於勉強說道。

菲斯特冷酷得意的聲音逐漸加深。「耐心點，塔莉，凱波博士會跟妳解釋的。」

隨後燈光熄滅，使她陷入全然的黑暗之中。塔莉想要再開口說話，卻發現她的皮膚信號器已經失去功能了。

招供

待在這全然的黑暗中，感覺好像長達好幾個鐘頭，塔莉心中強烈的憤怒不斷增強，像森林大火一般，隨著分秒的消失越燒越旺。她忍住想在黑暗中橫衝直撞的衝動，心中極想毀掉碰得到的所有東西，撕裂天花板，衝到樓上，一直往上衝到晴空之中。

但是塔莉強迫自己坐在地板上，試著深呼吸，讓自己平靜下來。她的思維在腦中飛轉，不斷地想著，她這次又要輸給凱波博士了。她輸了，就像煙城遭到攻擊時一樣，她自首後變成美人，她和薩納一起逃走，最後卻只能再回來。

塔莉一次又一次地，努力壓下心中的狂怒，拳頭握得很緊，緊到感覺手指好像都要斷掉了似的。她感覺到一種深深的無力感，就像薩納躺在她面前，逐漸死去時一樣……

於是她在黑暗中等待著，心中交戰不已。

◈　◈　◈

門終於開了，門外的燈光映出凱波博士熟悉的身影。天花板上的幾盞聚光燈也同時打亮，直接照在塔莉的眼睛上。目盲了一會兒，她聽到更多的特務員進來之後，門才又再度關上。

塔莉立刻站起來。「市議會在哪裡？我有要緊的事情要告訴他們。」

「我怕妳要說的話會惹他們不高興，所以不能讓妳這麼做。市議會這陣子都緊張兮兮的。」凱波博士的身影傳來一陣笑聲。「他們在樓上的H樓層，還在那裡閒聊呢！」

距離兩層樓……她已經這麼接近了，卻又再次失敗。

「歡迎回家，塔莉。」凱波博士柔聲說道。

塔莉看著四周空盪盪的觀眾席。

「謝謝妳這場驚喜派對。」

「我認為妳才是想給我們驚喜的人。」

「什麼，說出事實算是驚喜？」

「事實？從妳口中？」凱波博士笑道：「還有什麼更讓人驚訝的事情？」

塔莉心中湧起一陣怒意，但她緩緩地深吸了一口氣。「妳是怎麼知道的？」

凱波博士走進聚光燈的亮光處，從口袋裡拿出一把小刀。「我想這把刀是妳的。」她將小刀拋到空中，小刀旋轉著，在聚光燈下閃閃發光，隨後深深地刺進塔莉兩腳間的地板上。「我們在這把小刀上發現的皮質細胞確實是妳的。」

塔莉瞪視著那把刀。

那是雪宜為了啟動軍械庫警報聲投擲出去的小刀，也是塔莉當晚自割的刀子。塔莉鬆開拳頭，凝視著自己的手掌。閃動刺青在被刀子切斷的疤痕上，仍以無力的節奏旋轉著。她看到雪宜擦掉了刀子上的指紋，但是細小的痕跡應該還留在上面……

那場攻擊之後不久，他們一定將這把刀上的細胞拿去比對ＤＮＡ，所以從一開始便知道塔莉・楊布拉德去過軍械庫那裡。

「我知道這個壞習慣遲早會讓你們卡特族的人惹上麻煩。」凱波博士喃喃地說道：「自割的感覺真的有這麼好嗎？下次我把這麼年輕的人變成特務員時，一定要檢查一下腦中這部分的區塊。」

塔莉彎下身，將刀子從地上拔起來，拿在手上衡量著它的重量，納悶地想著，如果她瞄準凱波博士的喉嚨，不知道能不能射中。但是這個女人的反應就跟塔莉一樣迅速。

塔莉不能再用特務員的腦袋思考了，她得想別的辦法來解決當下的問題。

她把刀子拋到一旁。

「只要回答我一個問題就好，」凱波博士問道：「妳為什麼要這麼做？」

塔莉搖搖頭，把整個事實都說出來的話，就表示會把薩納牽扯進來，這只會讓情況變得更加難以控制。

「那是個意外。」

「意外？」凱波博士大笑起來。「那可真是個了不起的意外啊！竟然把城市大半的軍備都毀了。」

「我們並不打算要放出奈米蟲的。」

「我們是誰？卡特族嗎？」

塔莉搖搖頭，現在也沒必要提到雪宜的名字。「意外事件就這樣接踵而來。」

「的確，塔莉，這種事情老是發生在妳身上，不是嗎？」

「可是，妳為什麼要對大家說謊呢？」

凱波博士嘆口氣說道：「事情應該很明顯的，塔莉，我總不能告訴他們說，差點把本市國防軍備毀掉的人是妳。卡特族是我的驕傲和樂趣，我最特別的特務員。」宛如剃刀般銳利的笑容漾在她的臉上。「除此之外，妳給了我一個除掉宿敵的絕佳機會。」

「狄亞哥市跟妳有什麼仇恨？」

「他們支持過舊煙城，接收我們的逃亡者很多年。後來雪宜又跟我報告說，有人提供隱身衣給煙城人，還幫他們大力生產那些可怕的藥丸。還有誰會做出這種事情？」她的聲音越來越大。「其他的城市只是在等別人攻占狄亞哥市，他們的新政策和整型手術標準異於常人。妳只是給了我一個開戰的理由罷了；塔莉，妳一向都是個很有用的人。」

塔莉緊閉著雙眼，希望樓上市議會的人能聽到凱波博士說的話。要是他們知道凱波博士怎樣欺騙他們就好了……

然而，整個城市的人都太害怕了，無法清晰地思考，因為做了同等強烈的攻擊，興奮無比，於是非常樂於接受這個變態女人的規定。

塔莉搖了搖頭，過去幾天，她一直努力改變自己，可是其實她卻需要改變每一個人才行。或者，也許只要找到一個正確的人選就行了……

「這一切什麼時候才會結束？」她沉靜地問道：「這場戰爭到底要打多久呢？」

「戰爭永遠不會結束的，塔莉，我已經做了很多以前無法做的事情，而且，相信我，蠢美人看這些新聞看得很興奮呢！只是來場戰爭就這麼有趣，塔莉，幾年前我早該想到了！」凱波博士走近一些，她冷酷又美麗的臉孔，在聚光燈的邊緣顯得容光煥發。「妳看不出來嗎？我們已經進入新紀元了。從現在開始，每天都是特殊情況呢！」

塔莉緩緩地點頭，隨後刻意讓一抹笑容悄悄地流露出來。「很高興妳跟我解釋得這麼清楚，還跟每一個人說得這麼詳盡。」

凱波博士揚起一邊的眉頭。「妳說什麼？」

「凱波，我來這裡並不是要告訴市議會的人這件事情的真相。如果他們讓妳負責指揮的話，表示他們也只是一群沒用的傢伙。我來這裡是要讓大家都知道妳的謊言。」

這個女人發出一陣低沉的笑聲。「不要跟我說，妳自己拍了一段影片之類的東西，塔莉，妳想跟人解釋是妳引起這場戰爭的嗎？有誰會相信這種事呢？妳在蠢美人和醜人之間，也許曾經聞名一時，但是二十歲以上的人，甚至根本聽都沒聽過妳這個人呢！」

「不，但是，妳現在負責管理城市，他們認識妳。」塔莉伸進隱身衣的袋子裡，拿出那個注射器。「現在他們正在看妳解釋這個蠢戰爭的節目，他們會永遠記得妳的。」

凱波博士沉下臉來。「那是什麼東西？」

「這是衛星傳送器，完全不會受任何東西的干擾。」塔莉把注射器的蓋子打開，露出細針。「妳看這個小天線，很不可思議，不是嗎？」

「妳不可能……不可能從這底下傳送的。」凱波博士閉上眼睛，當她查看新聞時，嘴唇激動的顫抖著。

塔莉不停地說著，露著尖牙的笑容不斷地擴大。「狄亞哥市的人都喜歡做瘋狂至極的手術，他們把我的眼睛換上立體攝影機，把我的指甲換成麥克風。整個城市的人現在都在看著妳，聽妳解釋自己做了什麼好事。」

凱波博士睜開眼睛，輕蔑地說道：「新聞上什麼也沒有，塔莉，妳那個小玩意兒不管用。」

塔莉揚起眉頭，困惑地看著注射器的底端。「哦，糟糕，剛剛忘了按傳送！」她正要移動手指……

凱波博士立刻衝過來，一手伸出來要搶注射器，塔莉就在同一瞬間，馬上把針轉到正確的角度……

她把針筒從手上拍掉，塔莉聽到角落傳來劈啪一聲，注射器裂成了碎片。

「真是的，塔莉，」凱波博士笑著說道：「像妳這麼聰明的人，有時候還真有點笨呢！」

塔莉低下頭，閉上雙眼，不過她正用鼻子緩緩地呼吸，在空氣中搜尋著……

隨後她聞到了……一絲鮮血的味道，微弱得幾不可聞。

她睜開眼睛，看到凱波博士瞄了一眼她的手，因為被針刺到，顯得有點不耐煩的樣子。雪宜說過，她剛開始注射解藥之後，幾乎沒注意到有什麼變化，過了幾天之後才出現徵兆。

這段時間，塔莉不希望凱波博士開始納悶，自己怎麼會被小天線刺到，或者，跑去細看碎掉的針筒。也許她需要製造一些事件來分散她的注意力。

塔莉的臉上裝出極度憤怒的表情。「妳是在罵我笨蛋囉？」

她朝凱波博士的胃部踢了一腳，害她一時喘不過氣來。

其他的特務員立刻做出反應，不過塔莉已經開始行動了，她衝到剛剛聽到注射器落下的角落。一腳正好落到注射器殘破的針筒上，她使勁全力，把它踩得粉碎，隨後轉身用力一踢，踢中了緊追而來的那個特務員的下巴。她跳上第一排的坐椅上，腳不落地，沿著椅背奔跑著。

「楊布拉德特務。」另一個護衛叫道：「我們不想傷害妳！」

「恐怕你們非打不可哪！」她又折回去，跑到第一個護衛躺下的地方。手術室的門突然被撞開，一大群穿著灰色銀制服的特務員衝進房間。

塔莉跳到倒下的那個護衛旁，再次落到注射器的碎片上。另一個全副武裝的護衛，朝她肩膀上打了一拳，使她滾到第一排的椅子上。她跳起來，直接朝他身上撞過去，完全無視於朝她這邊衝過來的一群特務員。

幾秒鐘之後，塔莉趴倒在地板上，雙臂被壓在下面。她扭動著身子，把地上最後一塊注射器的碎片，壓成了粉末。隨後有人在她的肋骨上踢了一腳，使她痛得悶哼一聲。

越來越多人壓在她身上，好像一隻大象坐在她背上一樣。房間的燈變暗了，塔莉感覺好像要被壓扁，幾乎要失去知覺了。

「不要緊，博士，」其中一位特務員說道：「我們已經控制住她了。」

凱波博士沒有回答。塔莉伸長頸子去看她，博士走回來，仍在喘息著。

「博士？」這位特務問道：「妳沒事吧？」

只要給她一點時間就好，塔莉心想道，她就會好很多很多……

瓦解

塔莉在她的牢房裡看到一切的經過。

剛開始這些變化來得很緩慢。前幾天，博士來看她的時候，似乎還是變態的老樣子，傲慢地要求她說出狄亞哥市的情形。塔莉很樂意回答，編了很多故事，說新政策即將瓦解，同時，觀察著解藥是否產生了任何徵兆。

不過，數十年的虛榮和冷酷卻消失得很緩慢，塔莉在四面厚牆的牢房裡，感覺時間好像停止了一般。卡特族並不是為了住在室內而設計的，尤其不是住在這麼小的空間裡，塔莉大部分的精力都集中在如何不讓自己發瘋。她盯著牢房的門，心中十分絕望，忍著心中海潮般狂湧而來的怒意，拚命抗拒著想用指甲和牙齒撕裂自己的衝動。

這就是她為了薩納改變自己的方式──不再弄傷自己──她現在不能向這個弱點屈服。

最難熬的是，當塔莉想到自己處在十二層樓的地底下，離地面多麼遙遠時，感覺這間牢房就像是被深埋在地底下的棺材。彷彿她已經死去，但是凱波博士邪惡的機器，卻使她清醒地活在墳墓裡。

牢房使她想起鐵鏽人以前的生活方式──在毫無生氣的廢墟內的房間，狹小又擁擠，人口過多的城市就像不斷往天空延伸的監獄一般。每一次門打開，塔莉都以為會被拖上手術臺，可能醒來之後就會變成蠢美人或某種怪物般的特務員。但是聽說是凱波博士要審問她時，她幾乎暗自慶幸起來——只要能離開這空洞的牢房，做什麼事都好。

她終於開始看到解藥發生功效了……速度很緩慢。凱波博士似乎變了，她越來越不確定自己的想法，越來越難下決定了。

「他們把我的祕密全都告訴大家了！」有一天她把手指刷過頭髮，開始喃喃地嘀咕道。

「誰？」

「狄亞哥市民。」凱波博士不滿地說道：「昨天晚上他們讓雪宜和塔哈斯上全世界的新聞節目，讓大家看他們身上的疤痕，還罵我是怪物。」

「他們真是遜啊！」

凱波博士瞪視著她。「他們還在報導中，把掃描妳身上得到的全部細節公諸於世，還說妳『違反形態法』呢！」

「妳是說，我現在很出名了？」

「妳現在是惡名昭彰，塔莉，每個人都怕妳。狄亞哥市的新政策讓其他的城市緊張，但是，他們似乎認為一群十六歲大的瘋子，更讓人害怕。」

塔莉笑了起來。「我們還滿酷冰的。」

「那狄亞哥人怎麼會抓到妳呢？」

「是啊！這件事真的很遜，」塔莉聳聳肩。「而且他們只是一群普通的看守員而已。他們穿的那身制服看起來像一群大黃蜂似的。」

凱波博士瞪著她，像薩納一般地顫抖起來。「可是，塔莉，妳以前這麼強壯，動作又這麼迅速啊！」

塔莉又再聳聳肩。「我現在還是很強呀！」

凱波博士搖了搖頭說道：「暫時如此，塔莉，只是暫時而已。」

孤獨了兩個禮拜之後，有人突然對塔莉無聊透頂的情況大發慈悲，牢房內的螢幕開了，自動轉到新聞節目。她驚訝地發現，凱波博士對城市的控制竟然消失得這麼快。新聞已經不再報導打勝仗的事了——蠢美人的連續劇和足球比賽充滿各個電視頻道，反而看不到軍隊輝煌的成就。市議會將新規定一個個地逐一解除。

看來瑪蒂的解藥及時改變了凱波博士的心智：攻擊狄亞市的計畫始終未能實現。

當然，其他城市的介入可能也與這些事情有關。他們從來都不喜歡新政策，但是卻更不喜歡戰爭爆發，畢竟真的造成了人們的死傷。

凱波博士的外科手術實驗變得惡名昭彰，狄亞哥市一再否認攻擊軍械庫的事，終於贏得了大家的信任。新聞報導開始質疑，那天晚上究竟發生了什麼事，尤其在目擊了博物館攻擊事件的老美人館長，出面對大眾提出他的說詞時，大家對真正的原因更加質疑。他宣稱奈米蟲不是遭到某個軍隊攻擊，才被釋放出來的，而是被兩個看不清臉孔的人放出來，這兩個人看起來不像是嚴肅致命的軍人，反而比較像魯莽不懂事的年輕人。

之後，同情狄亞哥市的報導，開始在本地的新聞中出現，新聞還訪問了在市政廳事件中倖存的人士。塔莉總是快速地瀏覽這些新聞片段，通常他們都會在結尾的時候，列出在這場攻擊事件中的死亡名單——諷刺的是，其中一個受害者還是從這個城市逃出去的人。

而且，新聞也都會播出他的相片。

關於戰爭的爭執——還有關於其他事情的爭執——開始爆發。塔莉看著新聞報導中的反對聲浪越來越大，逐日變得益加激動，最後大家對城市未來的激辯，變得跟醜人的態度一模一樣。他們談到整型手術的標準，讓醜人和美人混合居住，甚至還談到朝荒野中擴建的事情。

解藥已經影響了此地，就像狄亞哥市的情形一樣。塔莉不知道她到底把大家解放到什麼樣的未來世界。城市美人現在是不是會變得像鐵鏽人一樣？開始要朝荒野擴建，在地球上生產過多的人口，把路上的一切全都夷為平地？到時還有誰能阻止他們呢？

凱波博士似乎已經從新聞中銷聲匿跡了，她的影響力也逐漸消退，她的性格在塔莉眼前日漸變弱。她不再來牢房內看她，不久之後，市議會終於取消了她的權力，說危機已過，她擔任主席的職權也解除了。

接著，大家開始討論要將特務員恢復成平凡人。

特務員是危險人物，很可能成為心理變態，而且特殊手術的想法本來就不公平。大部分的城市從來不曾製造出這種特殊的人物，頂多只幫少數的消防員和護林員強化身體機能而已。也許這場考慮欠周的戰爭驚醒大家的思維，此時該是把他們全部消除的時候了。

經過一場長期的辯論之後，塔莉的城市開始進行這項行動——這是一項對全世界表達和平善意的舉動。因此特勤局內的人員，一個個地恢復成平凡、健康的市民，凱波博士一次也不曾高聲抗議過。

塔莉感覺牢房的牆壁一天比一天更沉重地壓迫著她，彷彿即將要再次被改造的想法衝擊著她。她在牆壁的螢幕上看著自己，想像自己野狼般的眼睛變得水汪汪，她的臉孔變成庸俗的凡人，就連她手臂上的疤痕都會消失，塔莉卻發現自己並不想失去這些。是這些東西提醒了她過去所經歷過的一切，提醒她，她克服了什麼樣的艱辛。

雪宜和其他人仍在狄亞哥市，仍是自由的，也許他們能在這件事發生之前偷偷地逃走。他們住在哪裡都可以：畢竟卡特族就是為了在荒野中生活而設計的。

可是塔莉卻無處可逃，無法自救。

等到某一天晚上，那些醫生終究會來找她。

手術

她聽到有人在外面，兩個緊張的聲音在說話。塔莉從床上下來到門邊，將手掌貼在特別防音的陶瓷牆壁上。她手上的晶片將咕噥的低語聲變成完整的字句……

「你確定這個對她有用嗎？」

「目前為止都很有用。」

「但是，你知道，她可不是普通人，而是某種超級怪物哪？」

塔莉嚥了嚥口水，當然，塔莉・楊布拉德是全世界最出名的十六歲怪物，她全身有著致命武器，所有的細節都在全世界的電視上播放得一清二楚。

「放輕鬆點，他們特地為了她一個人，製造出這批特殊的東西。」

一批什麼東西？她好奇地想道。

隨後她聽到了嘶嘶的聲響……有瓦斯吹進了牢房。

塔莉急忙從門邊跳開，趁瓦斯尚未遍布牢房各處時，迅速地深吸了幾口空氣。她在原地瘋狂地轉身四顧，在熟悉已極的四面牆上，拚命尋找牆上的弱點，即使她已經找過一百萬次以上了。她一再地搜尋著逃生的路口……

塔莉心中驚慌不已，他們不能這樣對待她，不能再改造她了。她變得像現在這麼危險也不是她的錯，是他們把她變成這樣的。

可是，這裡卻無路可逃。

她憋住氣時，腎上腺素不斷升高，塔莉的視線開始出現一堆紅點。她停止呼吸幾乎要一分鐘了，她慌亂時產生的酷冰感逐漸消失，但是她卻不能放棄。

要是她能想出辦法就好了……

她低頭看著手上那排疤痕，距離她上一次自割已經超過一個月了，好像所有心碎的感覺，都亟欲從她的血管中衝出來。也許只要她再自割一次，就能想出逃出此地的方法。

至少，她當特務員的最後一刻還是酷冰的……

她將指甲靠到皮膚上，咬緊尖牙。「我很抱歉，薩納。」她喃喃低語道。

「塔莉！」她的腦中突然傳來一個嘲諷的聲音。

她大吃一驚，這是她被關進牢裡之後，皮膚信號器第一次恢復正常。

「不要光站在那裡，妳這個呆子！趕快假裝妳昏倒了呀！」

塔莉痛得要命的肺吸了一口氣，瓦斯的味道充滿她的頭部，她坐倒在地板上，眼睛裡出現一大堆紅色的星星。

「對，好多了，繼續假裝下去。」

塔莉深深地吸氣——幾乎沒辦法停止自己吸氣。但是奇怪的事情發生了：黑色的煙霧從眼前消失，她急需的氧氣使她更加清醒。

這個瓦斯毫無作用。

她靠在牆上，閉上眼睛，心臟仍怦怦地狂跳著。是誰在腦中對她說話？雪宜和其他的卡特族？

還是，難道……

她想起大衛說的話：妳並不孤單。

塔莉閉上眼睛，往一邊倒下，讓頭撞到地板上，一動也不動地躺在那裡等待著。

隔一陣子之後，門開了。

「還真夠久的。」這個聲音顯得很緊張，對方仍猶豫不決地站在走廊上。

一陣腳步聲傳過來。「嗯，跟你說的一樣，她是超級怪物，不過，她就要到凡人鎮去了。」

「你確定她不會再醒過來嗎？」

有隻腳踢了一下她的側腹。「看吧？冷冰冰的。」

這一踢使塔莉狂怒不已，但是，一個月孤獨地關在地牢裡，使她學會控制自己。等他們又再踢她第二腳時，她順勢翻過來正躺。

「不要動，塔莉，什麼都不要做，等我……」

塔莉想要低聲的問，你是誰？但她不敢開口。這兩個弄昏她的人正蹲下來，把她搬到漂浮擔架上。

她只好讓他們把她帶走。

◇　◇　◇

塔莉小心翼翼地聽著走廊上的聲音。

特勤局的走廊上現在已經空了許多，大部分的冷酷美人都已被改造了。她聽到幾句路過的人片段的談話，不過沒有人帶著特務員銳利的嗓音。

她不知道他們是不是把她留到最後才動手。

坐電梯的時間很短，可能只有往上一層樓，一下子就到了主要的外科手術室。她聽到門關上的聲音，感覺自己的身體突然轉了一個銳利的角度。擔架轉入另一個小房間，裡面充滿金屬器具和消毒水味。

塔莉全身都很想從擔架上跳起來，一路狂打，衝到地面上。她以前還是醜人時，曾經從這棟建築裡逃出去過。如果別的特務員都消失了，那現在就沒有人能阻止她了……

但是她還是忍住了這個衝動，等著說話的那個人告訴她下一步該怎麼做。

她不停地重複著這句話：我不是孤單的。

他們脫掉了她的衣服，把她放到手術缸內，塑膠牆壁隔絕了室內的聲音。她感覺冰冷平滑的表面抵著她的背部，機械手臂的金屬爪子刺著她的肩膀。她想像著金屬爪子拿著手術刀，最後一次切開卡特族的身體，把那些特殊的東西，從她體內抽出來。

一條皮帶壓在她的手臂上，皮帶上的細針先噴了一些止痛劑之後，再刺進她的血管裡。她納悶著，不知道他們什麼時候才會開始給她打麻醉針，也不知道她的新陳代謝系統是否有辦法排除麻醉劑，讓她保持清醒。

等到手術缸密封起來之後，塔莉的呼吸突然慌亂起來。她希望這兩個醫護人員沒有注意到她臉上狂轉的閃動刺青。

不過，聽起來他們似乎很忙碌。房間內的機器一一開啟，嗶嗶聲和嗡嗡聲四起，機器手臂也在她身邊動作起來，小鋸子在旁邊測試著。

兩隻手伸進來把呼吸管插進她口中，塑膠管上有消毒劑的味道，管內吹進來的是消過毒的、不自然的空氣。呼吸器啟動之後，伸出卷鬚般的管線，矇住她的鼻子和頭部，幾乎使她窒息。

她很想把這些東西拔掉，站起來大戰一場。

但是那個聲音叫她等待。不管那人是誰，既然有辦法把催眠瓦斯變成無害的空氣，那人一定有好計畫，她必須要保持冷靜。

隨後液體開始注入手術缸內。

這些液體從四面八方流進來，使她赤裸的身體浸在又濃又黏、充滿養分和奈米的液體中，在外科醫生將她切成碎片時，這些液體能讓她的細胞組織繼續存活。這裡的溫度跟她的體溫一樣，但是當這些液體跑進她的耳朵裡時，塔莉體內卻竄起一股寒意。手術室內的聲音被蒙住了，幾乎聽不到外面的聲音。

手術液淹到她的眼睛，她的鼻端，將她整個人全部淹沒……

她從管子中吸著空氣，努力不讓眼睛睜開，現在她幾乎全聾了，又變瞎的話，簡直是一大折磨。

「我就快到了，塔莉。」她腦中的聲音又再響起。

難道只是她的想像？

她現在被困住了，完全不能動，這個城市可以對她施行最後的報復：把她的骨頭磨掉，變成一般美人的高度；把她臉頰上銳利的角度切掉，拆掉美麗的肌肉和骨頭，拿掉她下巴和手上的晶片，還有她致命的指甲，再換掉黑色完美的眼睛，把她再變回一個蠢美人。

只是這一次她卻是清醒的，而且會感覺到全部的……

隨後塔莉聽到一個聲音，某個東西重重地撞到塑膠手術缸的側邊——她睜開了眼睛。

手術用的液體把每樣東西都霧化了，但是透過透明的手術缸，她看到了激烈的打鬥動作，聽到另一個撞擊聲。閃著燈的機器倒了下來。

她的救兵來了。

塔莉立刻動起來，把手臂上的管子拔掉，然後伸手把呼吸器從口中扯掉。呼吸器開始扭動起來，她腦後的卷鬚收緊，想固定在原位。她咬了一下，瓷牙咬斷了塑膠，呼吸器在她手中失去了功能，在塔莉的臉上噴出最後一堆泡泡。

她拚命想找到手術缸的邊緣，試著從這裡出去，但是這透明的牆壁擋住了她。

該死！她心想道，手指想在塑膠牆上抓出一個洞來。她從來不曾看過使用中的手術缸；這些手術缸空著的時候，蓋子通常都是打開的呀！塔莉用指甲抓著兩邊，越抓心裡越慌。

但是塑膠牆卻完全沒破。

她的肩膀碰到機器手臂上準備好的手術刀，一陣粉紅色的血霧在她眼前展開，模糊了她的視線。手術液裡的奈米，數秒內就能止住血。

哦，那可真方便啊！她心想道，當然，能呼吸就更好了。

她從模糊的液體中望出去，打鬥仍在進行中，一個人影對抗很多人，快一點啊！她心想道，到處亂抓，想再找回呼吸器。她把呼吸器放進口中，但它已經壞了，被手術液堵塞住了。

手術缸的上方有一塊不到一公分的縫隙，塔莉往上用力撐起來，吸著那一丁點氧氣，但是，這樣她是撐不了多久的，她必須離開這個手術缸才行！

她捶著手術缸，想逃出去，但是液體太濃太黏了，塔莉揮拳的動作變得很緩慢，就像在糖漿裡揮拳一般。

紅點在她的眼角閃閃發光……她的肺已經空了。

隨後她看到模糊的人影踉踉蹌蹌地走過來，從打鬥中被擲過來，人影撞到手術缸側邊，使整個塑膠缸搖晃起來。

也許這就是逃生的方法。

塔莉開始左右搖晃，每一次都搖晃得更多一點，她左右搖晃時，手術刀割傷了她的肩膀，奈米修復她肌肉的嘶嘶聲，跟眼前的紅點相呼應，淡紅色的血，瀰漫在濃液裡。

不過，手術缸最後還是倒下來了。

她周圍的世界似乎傾斜了，倒下的時候，液體如漩渦般地翻騰起來，整個手術缸倒下時翻轉了起來。塔莉撞到地板，聽到朦朧的撞擊聲，看到塑膠牆面出現許多裂縫。黏液從她身旁流出去，她吸入第一口空氣，聲音頓時衝入她的耳裡。

她的指甲刺進塑膠牆的裂縫中，撕開它，從手術缸裡擠出來。

全身流血又赤身裸體，塔莉跌跌撞撞地往前走，拚命喘著氣，黏在她身上的液體，看起來彷彿她才剛從裝滿蜂蜜的浴缸裡走出來似的。昏倒的醫護人員躺成一堆，液體從他們身邊流過去。

她的救兵就站在她的面前。

「是雪宜嗎？」塔莉擦掉眼睛裡的黏液。「大衛？」

「我不是叫妳躺著不要動嗎？還是妳一定每次都要毀掉一切？」

塔莉大吃一驚，不敢相信她的眼睛。

救她的人是凱波博士。

淚水

她看起來好像有一千歲了一般，黑色的眼睛失去了深度和邪惡的光芒。就跟佛斯特一樣，變成沒有氣泡的香檳，終於痊癒了。

但她仍有辦法冷嘲熱諷。

塔莉一面拚命吸氣，一面問道：「妳來這裡做……」

「救妳呀！」凱波博士說道。

塔莉看著門口，努力傾聽是否有警報聲和腳步聲。

這個老女人說道：「塔莉，這個地方是我建造的，我很清楚它的伎倆。沒有人會來的。讓我休息一下。」她重重地坐到溼答答的地板上。「我年紀太大了，已經不大能做這種事了。」

塔莉盯著她這位宿敵，雙手彎起來，露出致命的爪子。但是凱波博士仍在喘氣，嘴唇的傷痕開始流血。她看起來像一個很老很老的老美人，好像她一輩子能做的延壽手術全都用完了一般。

只是她的腳下卻躺著三個昏迷的醫生。

「妳還有特殊能力嗎？」

「我根本不是特務員，塔莉，現在實在很可悲，」這個老女人聳聳肩。「不過我還是個危險人物。」

「喔，」塔莉又擦了一下眼睛裡的手術液。「不過，倒花了妳滿久的時間。」

「是啊！那是因為聰明的塔莉先把呼吸器給拿掉了。」

「當然，這個計畫真是好，把我留在這裡，直到他們幾乎……」塔莉眨了幾下眼睛。「嗯，妳為什麼要這麼做？」

凱波博士微笑道：「塔莉，如果妳先回答我一個問題，我就會告訴妳。」她的眼神有一瞬間變得銳利起來。「妳對我做了什麼？」

這次換塔莉微笑了。「我給妳注射解藥。」

「我當然知道這個，妳這個小笨蛋。但是，妳是怎麼做到的？」

「還記得妳從我手上搶過去的那個傳送器嗎？那根本不是傳送器——那是支注射器，裡面裝的是瑪蒂幫特務員調製的解藥。」

「又是那個可惡的女人，」凱波博士的眼神又垂到溼淋淋的地板上。「市議會重新開放了城市的邊界，她的藥丸傳得到處都是。」

塔莉點點頭。「看得出來。」

「所有的事情都瓦解了，」凱波博士看著塔莉，不滿地說道：「妳知道，他們不久之後又會開始侵襲大自然中的荒野。」

「是啊！我知道，就跟狄亞哥市一樣。」塔莉嘆息道，想起安德魯・辛普森・史密斯的森林大火。「我猜，自由總是有辦法摧毀事物。」

「而妳還把這個東西當成解藥？這東西是把癌細胞釋放到世界上。」

塔莉緩緩地搖頭。「那麼，這就是妳來這裡的原因嗎？凱波博士，妳是為這些事情來責備我的嗎？」

「不，我來這裡是要放妳出去。」

塔莉抬眼看她——這一定是個陰謀，凱波博士想報復她的手段。但是想到能再回到遼闊的天空底下，使她痛苦地升起一絲希望。

她嚥了嚥口水。「可是，我不是毀了妳的世界嗎？」

凱波博士以她那茫然又水汪汪的眼睛，瞪視著她良久。「沒錯，但妳是最後一個了，塔莉。我在狄亞哥市的新聞上看到雪宜和其他人——他們看起來都不大對勁，我猜，應該是注射了瑪蒂的解藥。」她長長地嘆了一口氣。「他們不會比我好多少，市議會幾乎把我們每一個人都變成普通人了。」

塔莉點點頭。「可是，為什麼選我呢？」

「妳是唯一僅存、真正的卡特族。」凱波博士說道：「是我為野外求生設計的特務員，能在城市外面生存的最後一個特務員。妳逃出這裡之後，可以永遠消失。我不希望我的作品被完全消滅，塔莉，請妳……」

塔莉驚訝不已，她從來沒想到自己會是一種瀕臨絕種的動物。不過，她不想爭辯，想到可以重獲自由，就讓她興奮得頭暈目眩起來。

「妳快點走就是了，塔莉，妳可以搭任何一臺電梯到屋頂上。這棟大樓幾乎已經空了，而且我把大部分的攝影機都關閉了。老實說，現在也沒有人能阻攔妳了。快走吧！為了我，繼續當特務員，有一天，這個世界可能會需要妳。」

塔莉嚥了嚥口水，就這樣走出去好像太簡單了一點。「那可以給我一個浮板嗎？」

「當然，浮板在屋頂上等妳。」凱波博士輕蔑地說道：「妳們這些流氓到底有什麼毛病呀？」

她低下頭看著昏倒在地的三個人。

「他們不會有事的，」凱波博士不耐煩地說道：「妳也知道我是個醫生。」

「妳當然是。」塔莉低聲說道，蹲下身來，輕輕地從一位醫護人員身上脫下衣服。等她穿上之後，身上的手術黏液滲出來，產生許多深色的汙點，不過至少她現在已經不再赤身裸體了。

她朝門邊走了一步，但又轉過身來面對凱波博士。

「妳不擔心我會自己注射解藥嗎？那我們就沒剩半個人了。」

這個老女人抬起頭，她挫敗的表情變了，一抹邪惡的光芒又回到她的眼中。「我對妳的信心一向都能得到回報，塔莉．楊布拉德，我為什麼現在要開始擔心呢？」

等塔莉來到空曠的戶外時，她站在那裡，望著夜空好一會兒。她並不擔心有人會追過來。凱波博士說得對：現在還有誰能攔得住她呢？

繁星和弦月溫柔地綻放著光芒，微風將野外的氣息吹到此地。吸了一個月不斷循環再用的空氣之後，清涼的夏風吹進她的舌間，嘗起來宛如有生命一般；塔莉吸著這酷冰世界的氣息。

她終於從地牢裡出來了，離開了手術缸，也脫離了凱波博士的控制；再也沒有特勤局了。即使得到釋放的心情令人寬慰不已，塔莉心中仍在流血，自由刺痛著她的心。

畢竟，薩納已經死了。

塔莉的唇彷彿嘗到了鹹味，提醒著她，那海邊苦澀的最後一吻。在地牢時，每個小時不斷出現在她腦中的畫面：她最後一次對他說的話，她沒通過考驗，把他推開了。但是，不知為什麼，記憶這一次卻產生了不同的感覺，她心中有種漫長、緩慢又甜蜜的感覺——彷彿她不曾感覺到薩納的顫抖，彷彿她讓這個吻一直持續下去……

她又嘗到鹹味了，終於感覺到熱淚從她的臉頰上流下來。塔莉伸手觸碰它，不大敢相信這是真的，直到她看到自己指尖上的淚水，在星光下閃閃發光時，才敢相信這一切。

特務員是不會哭的，但她終於流淚了。

廢墟

塔莉在離開城市之前將皮膚信號器連上網路，發現有很多訊息在等她。

第一個訊息是雪宜傳來的，告訴她卡特族會留在狄亞哥市。他們在市政廳的攻擊事件中協助狄亞哥市之後，已經成為這個城市國防部的軍隊，更不用說，還是消防員、救生員，更是狄亞哥市所仰賴的英雄人物。雖然他們違反了形態法的規定，市議會甚至改變了法律，讓他們繼續保持原有的身體；至少，暫時如此。

不過，他們的尖牙和利爪必須除去。

由於市政廳仍是百廢待興，狄亞哥市需要各界的幫助。不過，解藥已經進攻其他的城市，慢慢地改變整塊大陸，每天都有新的逃亡者抵達狄亞哥市，準備擁抱新政策。

受到重大改革的地區，那些固守成規的蠢美人文化已經被新文化取代了。因此，終有一天，會有另一個城市迎頭趕上——從此以後，潮流一定會改變——但是，狄亞哥市比起其他城市暫時還是改變最多的地方。這會是個引導潮流的地方，而且會逐日壯大。

雪宜的訊息每小時都不斷添加，每天記錄著卡特族幫忙重建狄亞哥市所面對的挑戰，這個城市彷彿每天都在他們面前變化著。雪宜好像希望塔莉知道所有的事情，以便等她終於被釋放出來之後，可以立刻加入協助他們的行列。

不過，雪宜對一件事情感到遺憾。他們已經聽到所有的特務員都變成普通人的事情了。大家都知道，這是他們表示和平的舉動。卡特族很想衝過來營救塔莉，可是他們不能貿然進攻這個城市，因為現在他們已經成為狄亞哥市國防部正式的軍隊。尤其在戰爭即將結束之際，他們不能再點燃戰火。塔莉應該能了解，對不對？

但是，塔莉・楊布拉德永遠都是卡特族的一員，不管她是不是特務員都一樣……

第二個訊息來自大衛的母親。

她說大衛離開了狄亞哥市，到荒野中生活。煙城人散布在這塊大陸的各個角落，仍在走私解藥到那些堅持蠢美人手術的城市。不久之後，他們就會派一組探險隊深入南方大陸，另一組則會飄洋過海到東方的大陸。各地的逃亡者似乎從他們的城市中蜂湧而出，各自設立他們自己的新煙城，從遠方用傳言啟發醜人。

如果塔莉願意幫忙的話，全世界的人都在等待解放。

瑪蒂最後以這句話作結尾。「加入我們。如果妳見到我兒子的話，告訴他我愛他。」

第三個訊息來自帕里斯。

他和其他的犯罪社社員已經離開了狄亞哥市。他們曾替市政廳辦過一項特殊任務，不過他們不大喜歡留在城裡。住在一個每個人都是罪犯的城市，感覺遜斃了。

於是他們到荒野去，聚集煙城人釋放出來的村民，教導他們科技的知識，告訴他們保留區外的世界是以什麼樣的模式運作的，還有如何不再引起森林大火。最後，他們輔導後的村民會回到自己的村子裡，把他們的同胞帶出來。

他們得到的回報是，犯罪社社員從村民身上學到關於野外求生的一切，如何打獵、捕魚和住在離地數呎的地方，趁前鐵鏽人的知識失傳之前，趕緊將這些東西收集起來。

塔莉看到最後幾句話時，不禁笑了起來。

那個叫安德魯什麼的，他說他認識妳，這種事到底是怎麼發生的？他說，叫我告訴妳：「繼續挑戰天神。」隨便啦！反正意思差不多是這樣。

總之，不久之後再見了，塔莉—娃。永遠的好朋友，終於又是好朋友了！

——帕里斯

塔莉並未回覆這些訊息，現在還不想回覆。她滑著浮板往上游飛去，最後一次飛過這條湍急的河流，將來永遠不會再見到了。

月光映照在白色的水花上，在她身旁濺起的每一個水花都像鑽石般閃閃發光。初夏的暖風將所有的冰柱融化了，森林中散發著松樹的氣息，嘗起來宛如糖蜜一般。塔莉並未使用紅外線裝置，只讓其他的感官在黑暗中探索著。

在這美麗的大自然中，塔莉清楚地知道該怎麼做。

她飛入熟悉的小路時，浮板的旋翼啟動了，沿著小徑轉入自然的鐵礦路線，這是好幾代以前的醜人發現的。她在磁性網上方輕輕掠過，來到陰暗的鐵鏽人廢墟。

四周矗立著死寂的建築物，高大的大樓遺跡記錄著他們的歷史，他們過度貪婪，而且人口過多，造成億萬的飢餓人口遍布全球。

塔莉經過那些燒毀的車輛和殘缺的窗戶時，凝視了良久，她特殊的眼睛回到了一個眼神空洞的骷髏頭上，她永遠都不會忘記這個地方。

尤其城市的一切即將改變，更是不能忘記……

她的浮板沿著鐵架，飛上最高的建築物。雪宜第一次帶她到城外時，就是帶她來這個地方，那幾乎是一年前的事了。靠著沉靜無聲的磁力，塔莉往上攀升，穿過建築物的空殼，這寂靜的城市透過空洞的窗櫺環抱著她。

但是，當她來到頂樓時，大衛已經不在了。

他的睡袋和其他的裝備都不見了，只有自熱包食物仍散落在殘破的地板上。地上有好多包——可見他等了很久。

他也帶走了曾呼叫她的那個粗糙的天線。

她打開自己的皮膚信號器，感覺到信號的網路伸展到死寂的空城各處，她閉著眼睛，等待某種回覆。

但是沒有人傳訊息給她，一公里的收訊範圍在荒野中根本不算什麼。

她飛到更上方，來到塔樓的頂端，從屋頂上的洞口滑出去，飛到強風狂吹的戶外。她讓浮板不停地往上爬升，直到高樓鋼架的磁性失去了浮力為止。隨後她的旋翼開始啟動，在極力將她推上高處時，變成了火紅色。

「大衛？」她輕聲喚道。

仍然沒有人回答。

隨後，她想起醜人時期雪宜的老伎倆。

塔莉在強風中搖晃不穩的浮板上蹲了下來，一隻手伸進儲物箱裡。凱波博士看在舊情分上，已經在裡面裝了醫藥噴劑，智慧塑膠，點火器和一包義大利肉醬麵。

隨後，塔莉在那附近摸到了一根安全閃光棒。

她點燃了閃光棒，高舉著它，任由強風吹著它，在她身後產生一道閃亮的火花，火花細長得像風箏的線一般。「我並不孤單。」她自言自語道。

她拿著閃光棒，直到腳下的浮板變得白熱，閃光棒燃燒到只剩下一根發亮的餘燼時才停止。

隨後塔莉往下降，回到鐵鏽人的高樓中，蜷縮在頂樓殘破的地板上，突然逃出來令她情緒激動得筋疲力竭，幾乎累得沒辦法再去思考是否有其他人看到她發出的信號。

大衛在黎明時來了。

計畫

「你去哪裡了？」她愛睏地問道。

他從浮板上走下來，筋疲力竭，腳步踉蹌。但是大衛的眼睛卻炯炯有神。「我試著進入城市裡，想去找妳。」

塔莉皺起眉頭。「邊境又開放了，不是嗎？」

「也許，如果我知道城市是如何運作的話就……」

她笑了起來，大衛十八年來都在野外生活。他不知道要如何應付像保全無人飛機這種簡單的東西。

「最後我終於進入城裡了，」他繼續說道：「可是我卻找不到特勤局的總部。」他疲憊地坐下來。

「但是你看到我發的信號了。」

「沒錯，我看到了。」他微笑了一下，但卻緊盯著她看。「我想這麼做的原因是……」他嚥了嚥口水。「我的天線可以收聽到城市的新聞，新聞說，他們要把你們全部變回普通人，變成比較不危險的人，那妳現在還是……？」

她凝視著他。「你認為呢？」

他看著她的眼睛好一會兒，隨後嘆口氣，搖了搖頭。「對我來說，妳看起來只是塔莉而已。」

她低下頭，視線模糊起來。

「怎麼了？」

「沒什麼，大衛。」她搖搖頭。「你剛剛又跨越了五百萬年的進化。」

「我什麼？我說錯了什麼嗎？」

「沒有，」她微笑道：「你說對了。」

他們一起吃著城市的食物，塔莉把浮板儲物箱內的義大利肉醬麵，拿來跟大衛換泰國菜罐頭。她告訴他如何用他的注射器改變凱波博士的經過，以及她被囚禁一個月的事情，還有最後如何逃出來的事。她解釋說，大衛在新聞上聽到的激烈辯論，表示解藥已經生效了，這座城市終於改變了。

即使在這裡，煙城人也贏了。

「所以妳還是特務員囉？」他終於開口問道。

「我的身體還是，但其餘的部分，我猜都已經……」她必須再嚥一下口水，才有辦法使用薩納的字眼。「重新連結了。」

大衛笑道：「我就知道妳辦得到。」

「所以你才會在這裡等我是不是？」

「當然，總得有人在這裡等妳呀！」他清了清喉嚨。「我媽媽以為我忙著到處旅行，散播革命思想呢！」

塔莉看著外面的城市廢墟。「革命本身進行得很順利，大衛，現在已經勢不可擋了。」

「是啊！」他隨後嘆道：「不過，看樣子我想拯救妳的事情，好像進行得不大順利。」

「我不是一個需要別人拯救的人，大衛，」塔莉說道：「現在已經不是了。哦，對了！我差點忘了提，瑪蒂要我帶訊息給你。」

他揚起眉毛。「他要妳帶訊息給我？」

「是啊！我愛你……」塔莉又嚥了一下口水。「她說，叫我這樣告訴你。所以也許她知道你在哪裡。」

「也許吧！」

「你們這些普通人的心事還真好猜。」塔莉微笑著說道。她一直緊緊地凝視著他，眼睛已經把他不完美的一切全部一覽無遺了，他臉孔的比例，皮膚的毛細孔，過大的鼻子，還有他臉上的疤痕。他已經不再是醜人了，對她來說，他只是大衛而已。也許他說得對，也許她不需要獨自承擔這一切。

畢竟大衛討厭城市，他不知道如何使用電腦中心的資訊或是呼叫飛車，他手工製的衣服在派對裡看起來總是特別遜。他當然更不適合住在一個人們常把小指變成蛇的地方。

更重要的是，塔莉知道，不管她的計畫變成什麼樣子，不管這個世界強迫她做什麼事情，大衛永遠記得，真正的她是什麼樣的人。

「我有個好主意。」她說。

「關於妳接下來要去哪裡的計畫嗎？」

「對，」塔莉點點頭。「這個有點像……拯救世界的計畫。」

大衛頓了頓，筷子停在嘴邊，義大利肉醬麵從筷子上垂下來掉進容器裡。他臉上的表情不斷變換著，跟一般的醜人一樣，輕易就能讓人讀出他的心思：困惑、好奇，接著是恍然大悟的表情。

「我幫得上忙嗎？」他簡單地問道。

她點點頭。「拜託你幫忙，因為你是做這個工作的最佳人選。」

隨後她向他解釋了一切。

當天晚上，她和大衛滑著浮板到城市的邊界，當電腦轉發器連上她的皮膚信號器時，他們便停了下來。雪宜、帕里斯和瑪蒂的訊息仍在那裡等著她。塔莉緊張地彎起指頭。

「妳看那個！」大衛指著前方說道。

新美人鎮的上方閃著火光，火箭式的煙火射到高空中，噴出巨大的紅色和紫色煙火。煙火又回來了。

也許他們正在慶祝凱波博士的統治期已經結束，或是慶祝新的改革進入這個城市，又或是慶祝戰爭的結束。也許這個煙火秀代表特勤局即將走入歷史，最後一個特務員也逃到荒野去了。

又或許他們只是再次像蠢美人一樣玩煙火罷了。

她大笑道：「你以前見過煙火秀對不對？」

他搖搖頭。「沒看過幾次，這些煙火真是美極了！」

「是啊！住在城市裡也不算太糟，大衛。」塔莉微笑道，希望現在煙火秀恢復，表示戰爭已經結束了。所有的動亂即將衝擊她的城市，也許這一項傳統永遠都不該改變，這個世界需要更多的煙花……尤其現在美麗和無用的事物即將銳減，煙火的存在似乎更重要了。

當塔莉正準備要開口時，全身突然顫抖起來，不管她的腦袋現在是不是特務員，她都得說出一套酷冰又有說服力的話，世界就全靠這個訊息了。

隨後，她突然感覺自己準備好了。

當他們站在那裡，看著新美人鎮的火光，眼睛跟著煙火緩緩上升，看著突然爆炸出驚人的煙花時，塔莉的四周雖然充滿激流的轟鳴聲，但仍口齒清晰地說出這段話，讓下巴的晶片收入她的話語。

她對大家發出這個訊息——雪宜、瑪蒂和帕里斯——回覆他們的都是同樣的內容……

發表宣言

我不需要解藥，就像我不需要再割傷自己來感覺或思考一樣。從此以後，除了我自己之外，沒有人能改變我的心。

以前在狄亞哥市的時候，醫生說我可以學習控制自己的行為，我也做到了。你們大家都幫助過我，不管是以什麼方式都一樣。

但是，你們知道嗎？我擔心的已經不再是我自己的行為了，而是你們的。

那是因為你們會有好一陣子看不到我，也許是很久的時間。大衛和我會留在荒野中。

你們大家都說需要我，也許你們真的需要，但不是需要我幫助你們；你們已經得到夠多的幫助了，數百萬酷炫的新人得到解放之後，所有的城市最後都會清醒過來。集合大家的力量，沒有我們，你們也能改變世界。

所以，從此以後，大衛和我會阻礙你們。

你們也了解，自由總是會摧毀事物。

你們有新煙城，新觀念，所有的新城市和新政策。嗯……我們則是新的特勤局。

當你們過度侵犯大自然的荒野時，我們就會在這裡，準備反擊回去。每次你們想要挖一個新的地基、建築新的水庫，或是砍伐樹林時，請記得我們。要提防我們，現在美人們已經甦醒了，不管人類有多麼飢餓，荒野仍有利齒，特別的利齒，醜陋的利齒，那就是我們。

我們會在這裡的某個地方——監視你們。隨時準備提醒你們，鐵鏽人過度貪婪所付出的代價。我愛你們大家，但是現在該是道別的時候了，至少暫時如此。小心愛護這個世界，否則下次我們再見的時候，情況可能會很難看。

——塔莉・楊布拉德

嬉文化

異人兒

（原名：SPECIALS）

著者／史考特・威斯特菲德（Scott Westerfeld）　譯者／舒靈
發行人／黃鎮隆　協理／王怡翔
總編輯／陳君平　國際版權／林孟璇・林宜錚
執行編輯／何璧妤　美術編輯／李政儀
企劃宣傳／邱小祐
出版／城邦文化事業股份有限公司 尖端出版
台北市中山區民生東路二段一四一號十樓
電話：（〇二）二五〇〇—七六〇〇
傳真：（〇二）二五〇〇—二六八三
E-mail：7novels@mail2.spp.com.tw
發行／英屬蓋曼群島商家庭傳媒股份有限公司城邦分公司
尖端出版 行銷業務部
台北市中山區民生東路二段一四一號十樓
電話：（〇二）二五〇〇—七六〇〇（代表號）
傳真：（〇二）二五〇〇—一九七九
讀者服務信箱：sandy@spp.com.tw
中彰投以北經銷（含宜花東）／高見文化行銷股份有限公司
電話：〇八〇〇—〇五五—三六五
傳真：（〇二）二六六八—六二二〇
雲嘉經銷／威信圖書有限公司 嘉義公司
電話：（〇五）二三三—三八五二
傳真：（〇五）二三三—三八六三
客服專線：〇八〇〇—〇二八—〇二八
南部經銷／威信圖書有限公司 高雄公司
電話：（〇七）三七三—〇〇七九
傳真：（〇七）三七三—〇〇八七
香港總經銷／城邦（香港）出版集團有限公司
香港灣仔駱克道一九三號東超商業中心一樓
電話：（八五二）二五〇八—六二三一
傳真：（八五二）二五七八—九三三七
E-mail：hkcite@biznetvigator.com
法律顧問／通律機構
台北市重慶南路二段五十九號十一樓
二〇一〇年十月一版一刷

■中文版■

國家圖書館出版品預行編目資料

異人兒 / 史考特．威斯特菲德(Scott Westerfeld)作；
舒靈譯．一1版．一臺北市：尖端出版，2010.10
面；公分．一(嬉文化)
譯自：Specials
ISBN 978-957-10-4380-7(平裝)

874.57 99015975